Ella
魔法にかけられたエラ
Enchanted

Gail Carson Levine

ゲイル・カーソン・レヴィン

三辺律子 訳

ディヴィッドへ
すてきな歌に。

もくじ

第一章

「従順」の魔法

あのとんまな妖精のルシンダは、わたしに呪いをかけたなんて夢にも思ってないだろう。それどころか、贈り物をしたと思ってるんだから。そのとき、生まれたばかりだったわたしは、いくらあやしても泣きつづけていた。その涙を見て、妖精は突然閃いたってわけ。そして、わかっていますよ、とばかりにお母さまに向かってうなずくと、ぽんとわたしの鼻をたたいた。「わたしの贈り物は『従順』です。これから、エラはどんな命令にも必ず従うでしょう。さあ、泣きやみなさい」

わたしは泣きやんだ。

お父さまはいつものように、仕事で旅行にいっていて留守だった。でも、料理人のマンディはその場にいた。マンディとお母さまはぞっとして、それがどんなに恐ろしいことなのか、必死になって説明したけれど、妖精は聞く耳を持たなかった。そのときの言い争いのようすが目に浮かぶ。いつにもましてそばかすが濃く浮きあがり、灰色の縮れ毛を振り乱して、二重あごを怒りで震わせているマンディ。出産の疲れで茶色の巻き毛がしんなりし、目からいつもの笑いが消え、ひたすら辛抱づよく説得をつづけるお母さま。でも、ルシンダがどうだったかは想像もつかない。わたしはルシンダの顔を知らないから。

結局、ルシンダは呪いを解かなかった。

わたしが初めて呪いの存在に気づいたのは、五歳の誕生日のときだった。その日のことは今でも、細かいところまでぜんぶ覚えている気がする。たぶん、マンディがしょっちゅう話して聞かせるせいだろう。

「お誕生日にね」マンディはいつもここから始める。「すてきなケーキを焼いたんですよ。六段重ねのをね」

メイド頭のバーサは、わたしのためにとっておきのドレスを縫ってくれた。「真夜中のような深いブルーでね、白いサッシュがついてましたよ。そのころから、あなたは年のわりに小さくてねえ。真っ黒い髪に真っ白のリボンをつけて、興奮でほっぺたを真っ赤にしているところなんか、まるで中国人形みたいにかわいらしかったんですから」

テーブルの真ん中には、使用人のネーサンが摘んできた花が花瓶からあふれんばかりに活けられていた。

わたしたちはそろってテーブルを囲んだ（お父さまはこのときも留守だった）。わたしの胸は期待ではち切れそうだった。マンディがケーキを焼いているのも、バーサがドレスを縫っているのも、ネーサンが花を摘んでいるのも、ぜんぶ見ていたから。

マンディはケーキを切った。そしてわたしに渡しながら、何も考えずに言った。

「さあ、食べなさい」

最初のひと口は至福だった。わたしは幸せいっぱいで、ひと切れ食べ終えた。なくなると、マンディはもうひと切れ、切ってくれた。今度のは、さっきほど簡単には食べられなかった。それもなくなると、もうだれも勧めようとはしなかったけれど、食べつづけなければならないことはわかっていた。わたしは、残っているケーキにぶすりとフォークを突き刺した。

「エラ、どういうつもり?」お母さまが言った。

「たしかにちょっとお行儀が悪いけど」マンディは笑った。「でも、奥方さま、今日はお誕生日ですから。好きなだけ食べさせてやりましょう」マンディはもうひと切れ切って、わたしのお皿にのせた。

胃がムカムカする。それに、怖かった。もう食べたくないのに、どうしてやめられないの?

もはや苦痛だった。ひと口ひと口が舌にのしかかる。ねばねばした糊のかたまりを無理やり飲みこんでいるみたい。わたしは食べながら、泣きはじめた。

最初に気づいたのは、お母さまだった。「食べるのをやめなさい、エラ」お母さまは命令した。

わたしはやめた。

だれでも命令ひとつで、わたしを思いどおりにできる。ただし、「ショールをはおりなさい」とか「もう、寝なさい」というように、直接命令する場合に限る。ただ頼むとか、提案するだけなら、効力はない。「ショールをはおってくれる?」とか「もう寝たら?」なら、いくらでも無視できるってわけ。でも、命令されたら最後、なすすべはなかった。

もし片足で跳ねていろ、と命令されれば、一日半でも跳ねていなければならない。でも片足で跳ねるなんて、まだまし。もっとひどい命令だってありうる。自分の首をはねろって言われたとしても、そのとおりにするしかないんだから。

常に危険と隣りあわせってこと。

大きくなるにつれ、命令に従うのを遅らせることはできるようになったけれど、そのたびにひどい目にあった。呼吸困難、吐き気、めまい、ほかにも数々の症状に襲われる。とてもじゃないけど、長いあいだはがまんできない。二、三分もたせるだけでも、死にものぐるいだった。

わたしには、妖精の名づけ親がいる。お母さまはその人に呪いを解いてくれるよう頼んだけれど、それができるのはルシンダだけだと言われてしまった。けれど、いつかルシンダの手を借りずに呪いは破られるだろう、とも言ったらしい。

でも、その方法はわからなかった。そもそも、わたしは名づけ親の妖精がだれなのかも知らなかったのだ。

ルシンダの呪いのおかげで、わたしはおとなしくなるどころか、むしろ反抗的になった。まあ、もともとそういう性格だっただけかもしれないけど。

お母さまがわたしに何かしなさいと言うことは、めったになかった。お父さまは呪いのことはまったく知らなかったし、そもそもほとんど会わないから、命令されることもなかった。でもマンディときたらとんだいばり屋で、それこそ息をするように命令をした。親切心からの命令もあれば、いわゆる「あなたのためなんですよ」っていう命令もある。「厚着しなさい、エラ」とか、「卵をかきまぜてるあいだ、ボウルを押さえててちょうだい」とか。

いくら実害がなかったとしても、わたしはこういう命令が大嫌いだった。しょうがないからボウルは持ったけれど、その代わり足を動かして、マンディを台所中引きずりまわしてやった。マンディは、このおてんば娘！　と叫んで、今度こそ逃げ道をふさごうと命令をより具体的にするのだけれど、わたしはまた新しい抜け穴を見つけた。そんなだから、何をするにもいちいち時間がかかる。お母さまは笑いながら、マンディとわたしと、かわりばんこにけしかけた。

でも、終わりはいつもめでたしめでたしだった。わたしがマンディの言うとおりにするか、マンディが命令をお願いに変えたから。

マンディが、そのつもりがないのにうっかり命令してしまったときは、「それって命令？」とききかえすことにしていた。そうすれば、マンディは言い直してくれた。

八歳のとき、わたしにはパメラという友だちがいた。パメラは召使いの子どもだった。ある日、わたしたちはふたりでマンディがマジパンを作っているのを見ていた。マンディが「食料室からもうちょっとアーモンドを取ってきて」と言ったので、わたしは二粒だけ取ってきた。次はマンディも、うんと細かく指示を出したので、わたしはまだなんとかマンディの裏をかく方法はないものかと考えながらも、マンディの言った通りにした。

そのあと、パメラとわたしは庭へいって、アメをほおばった。パメラが、どうしてすぐにマンディの言うとおりにしなかったの、ときいた。

「マンディっていばるんだもん」わたしは答えた。

パメラは自慢げに言った。「あたしは、いつも大人の言うことをきくわ」

「それは、きかなくたっていいからよ」

「そんなことないよ、父さんにたたかれるもの」

「わたしとはちがうわ。だって、わたしは魔法をかけられてるんだもん」

　わたしは、この言葉のもつ重みを楽しんでいた。魔法なんて、めったにお目にかかれるものじゃない。軽々しく人間に魔法をかけてまわる妖精なんて、ルシンダくらいだったのだ。

「眠れる森の美女みたいに？」

「わたしは、百年も眠らないけどね」

「どんな魔法なの？」

　わたしは話した。

「それって、だれかに命令されたら、ぜったい逆らえないってこと？　相手があたしでも？」

　わたしはうなずいた。

「やってみてもいい？」

「いやよ」そんなことを言われるとは思っていなかったので、わたしは話題を変えた。「門まで競走しない？」

「いいよ。でも、あんたが負けて。命令よ」

「じゃあ、やらない」

「競走しなさい、それで負けて」

　わたしたちは競走した。わたしは負けた。

　わたしたちはベリーを摘んだ。わたしはパメラにいちばん甘くて、熟したのをあげなくてはならなかった。それから、「王女とオグルごっこ」をやった。わたしがオグル役だった。

　魔法の話を打ち明けてから一時間後、わたしはパメラにパンチを食らわした。パメラは悲鳴をあげて、鼻から血がふきだした。

わたしたちの友情は、その日で終わった。お母さまは、わたしたちのフレルの町から遠く離れたところに、パメラのお母さんの新しい勤め口を見つけてきた。

暴力を使ったことを叱ってから、お母さまはわたしに、めったにしない命令をひとつした――呪いのことは決してだれにも言わないこと。でも、どっちにしろ、二度と言うつもりはなかった。わたしは、用心することを学んでいた。


十五歳になるちょっと前だった。お母さまとわたしは風邪をひいた。マンディは、ニンジンとニラネギとセロリとユニコーンのしっぽの毛で作った特製スープをわたしたちに飲ませた。味はおいしかったけど、野菜にまじって長い黄ばんだ毛がゆらりと浮かんでいるのは、かなりぞっとする光景だった。

お父さまはフレルを留守にしていたので、わたしたちは、お母さまのベッドにすわっていっしょにスープを飲んだ。お父さまがいるときは、両親の部屋には寄りつかなかった。お父さまは足手まといだと言って、わたしがそばにくるのをいやがった。

マンディに言われたので、わたしはしぶしぶ毛といっしょにスープを飲んだ。それでも思わず顔をしかめた。ついでに、マンディの出ていく後ろ姿にもイーッとしかめっ面をしてやった。

「わたしは冷めてから飲むわ」お母さまは言った。そして、マンディが出ていくと、毛を取りだしてスープを飲み、飲み終わってから空のお皿にもどした。

次の日、わたしはよくなり、お母さまはますます悪くなっていた。お母さまは、もう何も飲んだり食べたりできなかった。のどにナイフが刺さって、頭を槌でたたかれているようなの、と言う。気分がよくなるように、わたしはお母さまの額に冷たい布をあてて、お話をしてあげた。ありふれたおとぎ話をちょっとずつ変えて話しただけだったけれど、それでもときどきお母さまは声をあげて笑った。ただ、それもすぐ咳になってしまった。

夜になってマンディに部屋から追いだされたとき、お母さまはわたしにキスをしてくれた。「おやすみ、わたしの宝物」

それが、わたしへの最後の言葉になった。部屋を出るとき、マンディへの最後となった言葉が聞こえた。

「そんなにひどくないのよ。だから、ピーター卿にはお知らせしないで」

ピーター卿というのは、お父さまのことだ。

次の朝、お母さまは起きてはいたけれど、夢うつつだった。目を大きく見ひらいて、見えない廷臣たちとおしゃべりをし、しきりに銀の首飾りをかきむしった。なのに同じ部屋にいるマンディとわたしには、何も言わないのだ。

使用人のネーサンが医者を呼んできた。医者はわたしをお母さまの枕もとから追いはらった。

廊下はがらんとしていた。突きあたりのらせん階段までいって、おりていくと、お母さまと手すりをすべりおりたときのことが思い出された。

もちろん、まわりに人がいるときはやらなかった。「わたしたちは、しとやかにしてなくちゃいけないのよ」そういうとき、お母さまはささやいて、わざとうんと優美な身ごなしで階段をおりていく。わたしも、生まれつきの不器用さと闘いながらお母さまのまねをしてついていった。お母さまのおふざけの仲間になれるのが、うれしくてたまらなかった。

でも、わたしたちしかいないときは、上から下までキャーッと歓声をあげて手すりをすべりおりた。下までいくと、また駆けあがって、二回、三回とすべりおりたっけ。

階段をおりると、玄関の重い扉をギィーと引っぱって、明るい日の光のなかへそっとすべりでた。古いお城まではかなりあったけれど、わたしは願いごとをしたかった。そして願いごとをするなら、いちばんかなえられそうな場所でしたかった。

このお城は、ジェロルド王が子どものころから、ずっと使われていない。今でも、内輪の舞踏会とか結婚式などの特別なときには開かれたけれど、バーサは幽霊が出ると信じていたし、ネーサンはネズミがうようよしていると言っていた。お城の庭は草が伸びほうだいだった。でも、バーサは、あそこのロウソクの木にはまちがいなく魔力がありますよ、と言っていた。

わたしはまっすぐロウソクの木立ちまでいった。小さな木々は、枝つき燭台の形に育つように刈りこまれ、針金に結わえてあった。

願いをかけるなら、何かひきかえにするものがいる。わたしは目を閉じて祈った。

「お母さまがすぐよくなりますように。そうしたら、わたしは従順なだけじゃなくて、いい子になります。おしとやかにするよう努力もします。マンディをあまりからかわないようにします」

わたしは、お母さまの命を願いはしなかった。お母さまが死ぬかもしれないなんて、思ってもいなかったから。

第二章
涙を流す木

「あとに残された悲しみにくれる夫と子どものために、祈りましょう」トーマス大法官の一時間近くもつづいたものうげな声が、ようやく小さくなっていった。たしかに大法官は、お母さまの話もした。少なくとも、レディ・エレノアという名前は何度も出てきた。でもそこで「務めを果たした親」とか「忠実なる国民」とか「貞淑なる配偶者」などと形容されたのは、お母さまというより、大法官自身のことじゃないかという気がした。話のなかでは死についてもふれられていたけれど、大部分はキリア国とその統治者たるジェロルド王、そしてシャーモント王子ならびに国王ご一家への忠誠の義務に関する話だった。

お父さまがわたしの手を握った。その手は、九頭のヒュドラ（注：ギリシャ神話に出てくる九頭の大蛇。ヘラクレスに退治される）の住む沼みたいに、じめじめしてほてっていた。わたしも、マンディや召使いたちといっしょの席だったらよかったのに！

お父さまの手を振りほどいて、一歩横へずれる。なのに、お父さまはまたこっちへ寄ってきて、わたしの手を握った。

お母さまの棺はつやのあるマホガニー製で、妖精とエルフ（注：自然を司る小神族、妖精）の彫刻が施してあった。この妖精が棺から飛びだして、魔法でお母さまを生き返らせてくれれば！　そして、もうひとりの妖精にはお父さまを消してほしい！　わたしの名づけ親の妖精なら、やってくれるかもしれない。どこにいるのかさえ、知らないけれど。

大法官の話のあと、棺のふたを閉めるのはわたしの役目だった。お母さまをお墓の中におろさなければならない。お父さまがわたしの肩に手をかけ、前に押しだした。

お母さまの口もとは固く結ばれていた。生きていたときとは対照的だ。顔もうつろで、とても耐えられなかった。でも、もっとつらかったのは、棺のふたがおろされて、乾いたカチリという音とともに閉まったとき。お母さまは箱に入れられてしまったのだ、と思った瞬間だった。

その日一日中がまんしていた涙が、どっとあふれだした。わたしは宮廷中の人が見ている前でどうしようもなく、ただただ赤ん坊のように声をあげて泣きつづけた。

お父さまはわたしの顔を自分の胸に押しつけた。慰めているように見えただろうけど、本当は泣き声を押し隠そうとしただけ。でも、無駄だった。お父さまはわたしを放して、小さな鋭い声で言った。「出ていきなさい。静かにできるようになったら、もどってくるんだ」

生まれてはじめて、わたしは喜んで命令に従った。わたしは走った。重たい喪服のすそに足をとられ、転んだ。けれど、助け起こされる前に、また起きあがって走りだす。ひざと手がずきずきと痛んでいた。

墓地でいちばん大きな木は、しだれヤナギだった。〈涙を流す木〉と呼ばれている。わたしは垂れ下がった枝の中に飛びこんでいって身を投げだすと、泣きじゃくった。

帰らぬ旅、なんて言うけれど、お母さまはどこかへいったんじゃない。消えてしまったのだ。たとえどこへいったって、ほかの町でも、ほかの国でも、妖精の国でも、ノーム（注：大地をつかさどるこびとの妖精。老人のすがたをしている）の住む洞窟を探したって、お母さまを見つけることはできないのだ。

二度とお母さまと話すことはできない。いっしょに笑うこともできない。ルカーノ川で泳ぐことも、階段の手すりをすべりおりることも、バーサをからかうこともできない。もう何もできないのだ。

わたしは泣き疲れて、起きあがった。黒い絹のドレスは、前のところが泥で茶色になっていた。マンディが見たら、「みっともないったらありゃしない！」と言うだろう。

どのくらい経った？

もどらなくちゃ。お父さまがそう命令したから。呪いの力が、わたしを引っぱりはじめていた。

ヤナギのかげから出ると、シャーモント王子がそこにいて、お墓に刻まれている文字を読んでいた。こんなに近くで王子を見たのは初めてだった。泣いているのが聞こえてた？

王子はわたしより二歳年上なだけだけれど、背はずっと高かった。自分のお父さんそっくりに、足を広げ、手を後ろに組み、国中の兵士たちが行進しているのを眺めているようなかっこうで立っている。顔もお父さんそっくりだったけれど、ジェロルド王の鋭い輪郭は息子の顔ではちょっとやわらかくなっていた。ふたりとも、褐色の巻き毛と浅黒い肌をしている。王の近くにいったことはないから、息子と同じように鼻のまわりに、浅黒い肌のわりにはびっくりするくらいたくさんのそばかすがあるかどうかまでは知らなかった。

「この墓、ぼくのいとこのなんだ」王子は言って、墓石のほうを示した。「あんまり好きじゃなかったけど。でも、きみの母上のことは好きだった」王子は、お母さまのお墓のほうへ歩きだした。

ついてこいってこと？　相手が王子の場合、それにふさわしい距離をあけるべき？

馬車がらくらく一台通れるくらいのあいだをあけて、わたしは王子の横にならんだ。すると、王子はこっちに寄ってきた。それで、王子も泣いていたのがわかった。背筋をしゃんとしたままで、服も汚したりしてなかったけれど。

「シャーでいいよ」突然、王子は言った。「みんなそう呼んでるから」

本当に？　わたしたちは黙ったまま歩きつづけた。

「父上もシャーって呼んでる」王子はつけくわえた。

つまり、ジェロルド王が、ってこと⁉

「ありがとうございます」わたしは言った。

「ありがとう、シャー、だよ」シャーは言い直した。「きみの母上は、よくぼくを笑わせてくれた。前に、晩餐会の席でトーマス大法官が演説をしたことがあったんだ。大法官がしゃべっているあいだ、きみの母上はナプキンをいじってた。きみの父上がつぶす前に、見たんだ。きみの母上は、ナプキンのはじっこで大法官の横顔を作っていたんだよ。口を開けて、あごを突きだした大法官のね。大法官の顔がナプキンみたいに白かったら、そっくりそのままだったよ。ぼくは、何も食べずに席を立たなきゃならなかった。外に出て思いきり笑うためにね」

半分ほどもどったところで、雨がしとしとと降りだした。お母さまのお墓の横に、ぽつんと小さな人影が見える。お父さまだった。

「ほかの人たちは?」わたしはシャーにたずねた。

「ぼくがきみを探しにいく前に、みんな帰ったよ。待っていてほしかった?」シャーは心配そうにきいた。まるで、自分がみんなを待たせておくべきだったと思っているみたいだった。

「いいえ、だれにも待っていてほしくない」だれにもというのは、お父さまにも、ということだ。

「きみのことなら、何でも知ってるんだ」二、三歩歩いたところで、またシャーがいきなり言った。

「わたしのことを?　どうしてですか?」

「うちの料理人が、きみのところの料理人と市場で会うんだ。きみの家の料理人が、きみのことを話すんだよ」シャーは横目でわたしを見た。「きみはぼくのことをいろいろ聞いている?」

「いいえ」マンディはそんなこと、ひとことも言っていなかった。「どんなことをお聞きになってるんですか?」

「きみが、レディ・エレノアみたいに、ものまねができるってこと。前に、きみのところの使用人のまねをして見せただろ?　その使用人が自分ときみと、どっちが召使いかわからなくなるほどだったんだって?　あと、妖精物語を自分で作っちゃうこととか、物をよく落とすこととか、よくつまずくこととか。お皿をひとそろい、全部割ったことがあるのだって、知ってるんだ」

「あれは氷ですべったのよ!」

「その氷も、その前にきみが自分でこぼしたんだろ」シャーは笑った。ばかにしているのではなくて、おもしろい冗談を聞いたときのような楽しい笑いだった。

「あれは事故よ」わたしは言いかえした。でも、わたしも笑っていた。ひどく泣いたあとだから、まだ声が震えていたけれど。

お父さまのところまでいくと、お父さまはお辞儀をした。「ありがとうございます、殿下。娘をつれてきていただきまして」

シャーはお辞儀を返した。

「こっちへこい、エレノア」お父さまが言った。

エレノア。これまで、だれもわたしをそう呼ばなかった。わたしの本当の名前だったけれど、エレノアといえばいつもお母さまのことだったし、これからもずっとそう。

「エラよ。わたしはエラ」わたしは言った。

「なら、エラ。くるんだ、エラ」お父さまはシャーモント王子にお辞儀をして、馬車に乗りこんだ。

いかなければならない。シャーは馬車に乗るのを手伝ってくれた。わたしが手を差しだしたほうがいいのか、ひじを押しあげてもらうほうがいいのかわからなくてあたふたしたせいで、シャーはわたしの腕の真ん中を持つはめになり、わたしはもう一方の手で馬車の側面にしがみついた。シャーが扉を閉めたとき、スカートがはさまってビリビリッと大きな音を立てた。お父さまは顔をしかめた。窓からシャーがまたくっくっと笑っているのが見えた。スカートをめくってみると、すそが十五センチくらい破れている。さすがのバーサにも、きれいに直すことはできないだろう。

わたしは、できるだけお父さまから離れて座った。お父さまは窓の外を眺めていた。

「よい式だった。フレル中の人がきたからな。つまり、主だった人々が」まるでお母さまのお葬式が、馬上槍試合だか舞踏会のような言い方だった。

「よくなんかないわ。最低だった」わたしは言った。どうしてお母さまのお葬式がよかったなんてことがあるの？

「殿下はおまえに親切だったな」

「お母さまのことが好きだったのよ」

「おまえの母親は美しかった」お父さまの声には残念そうな響きがあった。「あれが死んだのは惜しかった」

ネーサンがムチをぴしりと入れ、馬車は動きだした。

第三章
准男爵夫人とふたりの娘

屋敷に着くと、お父さまは、すぐにきれいな服に着がえてお悔みを言いにくる人たちに挨拶しにおりてこい、と命じた。

部屋に入るとほっとした。何もかもがお母さまが亡くなる前と同じだ。ベッドカバーに刺繍してある小鳥たちは、クロスステッチの葉で作られた安全な世界にいた。鏡台の上には日記帳が置いてある。子どものころから友だちだったぬいぐるみのフローラと、七段フリルのドレスを着ている木の人形のロザモンドも、いつものカゴの中で寄りそっていた。

ベッドに座って、着がえておりてこいというお父さまの命令に従おうとする衝動と戦う。自分の部屋やベッドや、窓から入ってくるそよ風に、悲しみをいやしてほしいのに、どうしても、お父さまと着がえのことばかり考えてしまう。

前にバーサがマンディに、だんなさまは見かけは人間だけど、中身はお金と脳みそをこねた灰だね、と言っているのを聞いたことがある。

けれども、マンディはちがうと言った。「あの人は芯の芯まで人間なんだよ。あの人みたいに自分勝手な生き物はほかにいない。妖精だって、ノームだって、エルフだって、巨人だってね」

まるまる三分間、わたしは着がえを引きのばした。これは、危ないゲームだ。呪いを破れるか、命令に従おうとする欲求にどれだけ逆らえるかを試す。耳鳴りがしはじめ、床がぐらりと傾いて、ベッドからすべり落ちそうになる。腕が痛くなるまで枕を抱きしめる。まるで錨みたいにしがみついて、従おうとする力に押し流されまいとする。

あと一秒で、こなごなに砕けちる。わたしは立ちあがり、洋服ダンスのほうへいった。たちまち痛みが引いていく。

お父さまが言ったのは、また別の喪服に着がえるという意味だとわかっていた。でも、わたしはお母さまがいちばん気に入っていたワンピースを着た。生き生きとした緑はわたしの目の色をひきたてるから、って。自分では、バッタみたいに見えるような気がしたけど。ストレートの髪の人間の頭がついた、やせてごつごつしたバッタ。でも、少なくともこのワンピースは黒じゃない。お母さまは黒い洋服が大嫌いだった。

大広間は、黒い服を着た人でいっぱいだった。お父さまはすぐさまわたしのところへ飛んでくると、「娘のエレノアです」と大きな声で言った。そしてわたしをみんなのほうへ引っぱっていきながら、ささやいた。「その服を着ていると、まるで雑草みたいだ。本当なら、喪服を着るべきなんだぞ。それじゃ、喪に服してないと思われる――」

そのとき後ろから、パリパリした黒いサテンに包まれた二本の太った腕に抱きつかれた。「かわいそうなお嬢ちゃま！　お気の毒に！」甘ったるい声だった。「ああピーター卿、こんな悲しみの席でお会いすることになるなんて！」もう一度きつく抱きしめられてから、わたしは解放された。

声の主は、蜂蜜色の長い巻き毛を垂らした背の高い太った貴婦人だった。顔は練り粉みたいに真っ白で、両頰に丸く頰紅を塗っている。その横に、頰紅をのぞいて、彼女をそっくりそのまま小さくしたような女の子がふたりいた。小さいほうは、母親の豊かな髪もなく、頭の皮に貧相な巻き毛が、のりでくっつけたみたいにはりついていた。

「オルガ准男爵夫人だ」お父さまは背の高い夫人の腕をとりながら言った。

わたしは体をかがめてお辞儀したひょうしに、年下の子のほうにぶつかってしまった。「ごめんなさい」その子はなにも言わず、ぴくりともしないで、こちらを見返しただけだった。

お父さまはつづけて、「こちらがかわいらしいお嬢さまがたですか？」と言った。

「わたくしの宝ですわ。こちらがハティで、こちらがオリーヴです。近いうちに、お作法を学ぶためにフィニシング・スクールへやりますのよ」

ハティはわたしより二歳くらい年上だった。「お近づきになれてうれしいですわ」ハティは大きな前歯を見せて笑った。そして、手をこちらに突き出した。わたしが、キスをするか、身をかがめるかするだろうと思っているらしい。

わたしがただぼーっとその手を見ていると、ハティは腕をおろしたけれど、笑みはそのままだった。

さっきわたしがぶつかったほうが、オリーヴだった。「お会いできてうれしいです」オリーヴは必要以上に大きな声で言った。わたしと同い年ぐらいだろう。眉間に深いしわがくっきりと刻まれている。

「かわいそうなエレノアを慰めておあげなさい」オルガ准男爵夫人は娘たちに言った。「わたくしはピーター卿とお話がありますから」そして、お父さまの腕をとると、向こうへいってしまった。

「心が痛みますわ」ハティは言いだした。「お葬式のときにあなたがワーワー大声で泣きだしたのを見て、なんてお気の毒なのかしらと思いましたのよ」

「緑は喪の色じゃないわ」オリーヴが言った。

ハティは部屋を見まわした。「すごい広間。いつかわたしが住むことになる宮殿と同じくらいすごいわ。お母さまが……つまりオルガ准男爵夫人だけど、あなたのお父さまはすごいお金持ちだって言ってた。なんだって、お金儲けにすることができるって」

「足の爪だってね」オリーヴが口をはさんだ。

「お母さまが……つまりオルガ准男爵夫人が、あなたのお父さまはあなたのお母さまと結婚したときは貧乏だったって言ってたわ。お母さまが言うには、レディ・エレノアは結婚したときもお金持ちだったけど、あなたのお父さまのおかげでもっとお金持ちになったたって」

「わたしたちもお金持ちよ」オリーヴが言った。「お金持ちでよかったわ」

「お屋敷のほかのところも見せてくださる？」ハティがきいた。

わたしたちは二階へあがった。ハティは、隅から隅まで見ないと気が済まなかった。お母さまの部屋の洋服ダンスまで開けて、わたしがとめる前に、お母さまのドレスに手をさあーっとすべらせた。そして広間にもどってくると、「窓が四十二、全室に暖炉。窓だけで、まちがいなくＫＪ金貨トランクいっぱいぶんはするわね」と言った。

「うちの屋敷が、どんなだか知りたい?」とオリーヴがきいた。

がらんどうの丸太の中に住んでいようが、どうでもよかった。

「うちにきて、自分の目で見てくださらなくっちゃいけないわ」黙っていると、ハティがかわりに答えた。

わたしたちの横のサイドテーブルには、角にツタの葉をからめた牡鹿の丸焼きから、雪片みたいに小さくて繊細なバタークッキーまで、食べ物が山と積まれていた。いつの間にマンディはこんなに作ったのだろう。

「何か食べる?」

「ええ――」オリーヴが返事をしようとすると、ハティが強い口調でさえぎった。

「いえ、いえ。けっこうですわ。わたくしたちはパーティーではいただきませんの。興奮して食欲がなくなってしまって」

「わたしの食欲は――」オリーヴはもう一度、言おうとした。

「わたくしたち、食が細いの。お母さまは心配していますのよ。でもおいしそうだわね」ハティは食べ物のほうへじりっと近づいた。「ウズラの卵なんて、とてもめずらしいわ。一個、銅貨で十KJはするわね。見てオリーヴ、少なくとも五十はあるわよ」

窓よりウズラの卵のほうが多いってわけね。

「わたしはスグリのタルトがいい」オリーヴは言った。

「だめよ」ハティは言った。「でもちょっとだけなら」

巨人だって、鹿の足を半分と、山盛りのワイルドライスと、五十個のウズラの卵のうち八個と、さらにデザートまで平らげることはできないだろう。でも、ハティにはできた。

オリーヴはさらにすごかった。スグリのタルトと、干しブドウのパンと、クリームトライフルと、プラムプディングと、チョコレートボンボンと、スパイスケーキを平らげたのだ。しかも、ラム風味のバターソースと、アプリコットソースと、ペパーミントソースをたっぷりとかけて。

ふたりとも、フォークを運ぶ距離が最短ですむように、お皿を顔の近くまで持ちあげていた。オリーヴは着々と平らげていったけれど、ハティはしょっちゅうフォークを置いては、お上品にナプキンで口のまわりを拭いていた。そしてさらに勢いを増して、食べ物をかきこんだ。

見ているうちにむかむかしてきたので、わたしは目をそらして、足もとの小さなじゅうたんを眺めた。いつもは、お母さまの椅子の下に敷いてあったものだけど、今日は食べ物のテーブルの近くに寄せられていた。このじゅうたんをじっくりと眺めるのは初めてだった。

一匹の猟犬とハンターたちが、深紅のふさ飾りのほうへ向かってイノシシを追いかけている図柄だ。わたしがじっと見ていると、何かが動いた。イノシシの足もとの草がさあっと風になびいたのだ。目をしばたたかせると、動かなくなった。でも、もう一度見ると、また動きだした。

猟犬はちょうど、うなり声をあげたところだった。猟犬ののどの筋肉が緩んだのが感じられた。ハンターのひとりは足を引きずっている。ふくらはぎが痙攣しているのがわかる。イノシシはハアハアとあえぎながら、怒りと恐怖にかられて走りつづけた。

「何を見ているの？」オリーヴが声をかけてきた。食べ終わったらしい。

わたしははっとした。じゅうたんの中にいたような気がしていた。「別に。ただのじゅうたんよ」わたしはもう一度ちらりとじゅうたんを見た。ごく普通の模様の、ごく普通のじゅうたんだった。

「目玉が飛び出そうだったわよ」オリーヴは言った。

「オグルの目玉みたいだったわ」ハティも言った。「どうかしちゃったのかと思った。でも大丈夫、もうまともになったから」

あなたはまともじゃないわ、ハティ。ウサギそっくり。マンディが喜んでシチューにするような、まるまる太ったウサギ。オリーヴのほうは、つるっと皮をむいたジャガイモみたいに表情がないし。

「あなたの目は飛び出そうもないわね」わたしは言った。

「ええ、そうね」ハティはしたり顔でほほえんだ。

「飛び出るには小さすぎるもの」

ほほえみはそのまま、のりではりつけたみたいになった。

「許してあげるわ。わたしたち貴族は寛容なの。あなたのお気の毒なお母さまも育ちが悪いので有名だったものね」

有名だった。過去形がわたしの舌を凍りつかせた。

「さあ！」オルガ夫人がのしかかるように立っていた。「もう、おいとましなければ」夫人はわたしを抱きしめた。腐ったミルクの臭いがプンと鼻をついた。

オルガ夫人たちは帰っていった。お父さまは外の鉄の門のところにいて、お客に挨拶をしている。わたしはマンディを探しに台所へいった。

マンディは汚れたお皿を積みかさねていた。「あの人たちは、まるまる一週間、何も食べていなかったみたいだね」

わたしはエプロンをつけて、流しに水を注いだ。「マンディの料理を食べたことがなかったからよ」

マンディの料理の腕にかなう者はいない。お母さまとわたしはよく、マンディのレシピを試してみた。書いてあるそのままに作れば、おいしくできることはできるのだけど、マンディが作ったときのようにとびきりの味にはならないのだ。どういうわけか料理のことを考えていたら、さっきのじゅうたんがふっと浮かんできた。

「広間に敷いてある、ハンターとイノシシの模様のじゅうたんのこと知ってる？　さっきあれを見ていたら、不思議なことが起こったの」

「ああ、あれ。くだらないものですよ。あんな古いじゅうたんなんて、どうでもいいじゃありませんか」

マンディはおなべのほうを向いて、スープをかきまぜた。

「どういうこと？」

「ただの妖精の悪ふざけなんですよ」

妖精のじゅうたん⁉　「どうして知っているの？」

「あれは奥方さまのものでしたからね」マンディはいつもお母さまのことを奥方さまと呼ぶ。

それじゃ、答えになっていない。「わたしの名づけ親の妖精がくれたの？」

「昔ね」

「お母さまは、わたしの名づけ親がだれだかおっしゃった？」

「いいえ、おっしゃいませんでしたよ。お父さまはどこです？」

「外にいるわ。挨拶してる。マンディは知っているの？　お母さまには聞かなかったかもしれないけど」

「知ってるって何を？」

「わたしの名づけ親の妖精がだれかってことよ」

「もし奥方さまがあなたに教えるおつもりだったら、とっくにお話しになっていたはずですよ」

「これから話してくれるはずだったのよ。約束したんだもの。お願い、教えて、あなたしかいないの。お母さまの代わりに」

「わたしのことですかね」

「もちろんそうよ、お母さまの代わりに教えられるとしたら、マンディしかいないでしょ。だれなの？」

「だから、わたしなんです。あなたの名づけ親の妖精はわたしですよ。さあ、ニンジンスープの味見をして。今夜のぶんなんですからね。味はどう？」

第四章
妖精の友人

わたしは反射的に口を開けた。スプーンがさしこまれ、あつあつの、でも熱すぎないスープが流れこんできた。マンディはニンジンをいちばん甘くて、いちばんニンジンらしく料理していた。ニンジンと溶け合うように、ほかの風味も効いている。レモン、海ガメのスープ、名前まではわからない香辛料。世界一のニンジンスープ、マンディしか作ることのできない魔法のスープだった。

じゅうたん。スープ。これは妖精のスープだ。マンディは妖精なんだ！

でも、もしマンディが妖精なら、どうしてお母さまは死んじゃったの？

「マンディは妖精じゃないわ」

「どうして？」

「もしそうなら、お母さまを救えたはずだもの」

「ああ、エラ、もしできることなら、そうしましたとも。わたしの特製スープの毛をとったりなさらなければ、今ごろよくおなりだったのに」

「知ってたの？　じゃあ、どうしてそのままにしておいたのよ？」

「知りませんでしたよ、病気がひどくなるまでは。わたしたちにも、死を防ぐことはできないんです」

わたしはかまどの横においてあった椅子の上に崩れ落ちると、息もできなくなるほど泣きじゃくった。マンディの腕がわたしを包んだ。わたしは、マンディのエプロンのえりについたひだ飾りに顔を埋めて泣きつづけた。昔から何度も泣いたところで、そのころは、理由はもっと小さなことだったけれど。

指にぽたんとしずくが落ちた。マンディも泣いていた。顔がところどころ赤くなっている。

「わたしは、お母さまの名づけ親でもあったんです」マンディは言った。「それからおばあさまの」マンディはチーンと鼻をかんだ。

わたしはマンディの腕から抜けだして、改めてマンディをまじまじと見た。マンディが妖精なんてありえない。妖精っていうのは、痩せていて、若くて、きれいなのよ。たしかにマンディは、妖精がみんなそうであるように背は高いけれど、灰色の縮れ毛に二重あごの妖精なんて聞いたことがない。

「見せてよ」わたしは強い口調で言った。

「何をです？」

「マンディが妖精だって証拠。消えるとかなんとかして見せてよ」

「あなたに見せる必要なんてありません。それに、ルシンダは別だけど、妖精っていうのは、ほかの生き物が近くにいるときに消えたりしないんです」

「じゃあ、姿を消せるのね?」

「消せますよ。でも、やらないんです。あんな礼儀知らずの考えなしはルシンダだけですよ」

「どうして消えるのが考えなしなの?」

「自分が妖精だって、みんなにふれまわることになるからですよ」マンディはお皿を洗いはじめた。「手伝いなさい」

「ネーサンやバーサは知っているの?」わたしはお皿を流しに運んだ。

「何を?」

「マンディが妖精だってこと」

「またその話? あなた以外、だれも知りませんよ。あなたも、だれにも言わないことですね」マンディはきびしい顔つきになった。

「どうして?」

マンディはただ顔をしかめた。

「わかったわ。約束する。だけどなぜ?」

「いいですか、人間は妖精っていうイメージが好きなだけなんですよ。でも実際に、正真正銘の妖精が目の前に現れたとなると、必ず面倒なことになるんです」マンディは大皿をすすいだ。「拭いてちょうだい」

「どうして?」

「どうしてって、お皿がぬれてるからに決まってるじゃありませんか」それから、マンディはわたしの驚いた表情に気づいた。「ああ、どうして面倒なことになるかってこと? まあ大まかな理由はふたつだわね。

人間はわたしたちが魔法を使えるのを知っているから、自分たちの抱えている問題を解決してもらおうとするんですよ。それで、わたしたちがやろうとしないと、かんかんになって怒るんです。もうひとつの理由は、わたしたちが死なないってこと。これも、やっぱり人間たちを怒らせるんです。奥方さまのお父さまが亡くなったとき、奥方さまは一週間、わたしと口をきかなかったんですからね」

「どうしてルシンダは、妖精だってことが知られても平気なの?」

「あの人は、みんなに知ってほしいんですよ。バカなひとですよ。感謝されたいんです。とんでもない贈り物をあげてね」

「いつもそんなにひどいものばかりなの?」

「ひどいものばかりですよ。そうじゃなかったことなんてないんですから。でも、妖精からの贈り物だっていうだけで喜ぶような人もいるんですよ。そのせいで、みじめな思いをすることになってもね」

「どうしてお母さまはマンディが妖精だって知ってたの? どうしてマンディはわたしに教えてくれたの?」

「エレノアの血筋は代々妖精の友人なんです。あなたにも妖精の血が流れているんですよ」

妖精の血!

「わたしも魔法が使えるの? わたしも永遠に生きられるの? お母さまももし病気にならなければ生きられたの? 妖精の友人って大勢いるの?」

「ほとんどいません。キリア国では、あなたが最後ですよ。あとの答えはぜんぶ『いいえ』です。あなたは魔法は使えないし、永遠に生きることもありません。妖精の血はほんの一滴なんですよ。でも、ひとつだけ、すでに表に現われてることがありますけどね。あなたの足は、もう二、三年大きくなっていないはずです」

「ほかのところだって、大きくなってないわよ」

「すぐに大きくなりますよ。でも、あなたの足は、お母さまと同じで妖精の足なんです」マンディはスカートと五枚重ねたペチコートのすそを持ちあげて、自分の足を見せた。わたしの足とたいして変わらない大きさだった。「わたしたちは、足のわりに背が高すぎるんです。これだけは、魔法でも変えることができないんですよ。でも、男の妖精は靴に詰めものをするからわからないし、女の妖精はスカートで隠すんです」

わたしはドレスから足を突きだした。足が小さいのはすてきだけど、背がもっと高くなったら、このせいでますます動きがぎこちなくなりそう。ちゃんとバランスをとれるのかな?

「やろうと思えば、わたしの足を大きくすることはできる? それとも……」わたしは、ほかの奇跡はないか探した。雨粒が激しく窓をたたいていた。「雨をやませることはできる?」

マンディはうなずいた。

「やって。お願い」

「どうしてわたしがそんなこと、やるんです?」

「わたしのために。魔法を見てみたいの。大きな魔法を」

「わたしたちは、大きな魔法を使わないんですよ。そんなことをするのはルシンダだけ。大きな魔法は危ないんです」

「嵐を静めることの、何が危ないのよ?」

「危ないかもしれないし、危ないかもしれない。想像力を使ってごらんなさい」

「空が晴れているのはいいことよ。外に出かけられるもの」

「想像力を使いなさい」マンディはくりかえした。

　わたしは考えた。「植物には雨が必要だわ。作物にも」

「それから？」マンディは言った。

「もしかしたら、山賊がだれかを襲おうとしているかもしれない。でも天気のせいで、やめるかもしれない」

「そのとおり。そうじゃなければ、干ばつを引き起こしてしまうかもしれない。自分が始めたものは、元どおりにしなくちゃならないんです。だからって雨を降らせたら、今度は木の枝が落ちて、だれかの家の屋根を壊してしまうかもしれない。そうしたら、それも直さなくちゃならなくなる」

「それはマンディのせいじゃないでしょ。家の持ち主が、もっと丈夫な屋根を作っておけばよかったんだから」

「そうかもしれないし、そうじゃないかもしれない。もしかしたら、わたしのせいで洪水になって人が死ぬってこともあるでしょう？　これが大きな魔法のやっかいなところなんです。わたしは小さな魔法しか使いません。おいしい料理、病を癒すスープ、それから元気薬」

「ルシンダがわたしにかけた魔法は、大きな魔法になるの？」

「もちろんそうですよ。あのトントンチキ！」マンディが力まかせに鍋をこすったので、鍋が銅の流しにぶつかってものすごい音をたてた。

「呪いを解く方法を教えて。お願い、マンディ」

「わたしにもわからないんです。わたしにわかるのは、いつか解くことができるってことだけ」

「もしルシンダにこの呪いがどんなにひどいか話したら、呪いを解いてくれると思う？」

「さあ、どうでしょうね。もしかしたらね。でも、ひとつ魔法を解いたら、また別の、もっとひどい魔法をかけるかもしれない。ルシンダの面倒なところは、何か思いついたら次の瞬間、呪文を唱えてるってところなんですよ」

「見かけはどんな人？」

「ほかの妖精たちとはちがいます。一生見ないですむように祈るんですね」

「どこに住んでいるの？」わたしはきいた。もしルシンダを見つけることができれば、呪いを解いてくれるように説得できるかもしれない。いくらマンディだって、まちがえることはあるんだから。

「わたしたちは、会っても口をきくような間柄じゃないんです。ルシンダみたいなスットコドッコイがどこにいるかなんて知りません。お皿を落さないで！」

命令は間に合わなかった。わたしはほうきを持ってきた。「妖精の友人ってみんな不器用なの？」

「いいえ。不器用なのは、妖精の血のせいじゃありませんよ。それは、人間の血のほうです。わたしはお皿を落とさないでしょ？」

わたしは掃こうとしたけど、その必要はなかった。お皿のかけらがすぅーっと自然に集まって、ごみ箱の中に飛びこんだのだ。信じられない。

「わたしにできるのは、このくらいですよ。小さな魔法なら、だれかが困るようなことになりませんからね。便利なときもあるし。床にとがった破片が残らないでしょ」

わたしはごみ箱をのぞいた。中に破片が入っていた。「どうしてまたお皿にもどさないの?」

「その魔法は大きすぎるんです。そう思えないかもしれないけど、そうなんです。だれかが困ることになるかもしれない。わからないんです」

「つまり、妖精は未来を見ることはできないってこと? もし見られるなら、わかるはずでしょ?」

「わたしたちはあなたがたと同じで、未来を見とおすことはできません。それができるのはノームだけ。それも、全員じゃないわ」

家のどこかでベルがチリンチリンと鳴った。お父さまが召使いを呼んでいるのだ。お母さまは決してベルを使わなかったのに。

「ひいおばあさまの名づけ親もしたの?」質問が次から次へと浮かんでくる。「いつからうちの名づけ親をしているの?」本当のところ、マンディは何歳なんだろう?

バーサが入ってきた。「お嬢さま、ピーター卿が書斎でお待ちです」

「何の用?」わたしはきいた。

「おっしゃいませんでした」バーサは不安げに三つ編みをねじっている。

バーサは何でも怖いんだから。何が怖いっていうの? お父さまがわたしと話したいってだけでしょ。別に騒ぐようなことじゃない。

わたしはお皿を拭きおわると、もう一枚も拭き、さらに三枚目に取りかかった。

「お急ぎになったほうがいいです、お嬢さま」バーサは言った。

わたしは四枚目に手を伸ばした。

「いったほうがいいですよ」マンディが言った。「あと、エプロンをつけているところも見られないほうがいいでしょう」

マンディまで怖がってる！　わたしはエプロンを取ると、書斎へ向かった。

わたしは書斎に入ったところで、立ち止まった。お父さまはお母さまの椅子に座って、膝の上に置いているものをしげしげと眺めていた。

「ああ、きたか」お父さまは顔をあげた。「もっとこっちへこい、エラ」

命令されたことにむっとして、お父さまをにらみつけた。それから一歩だけ前に出た。いつもマンディとしているゲームだ。従順か、抵抗か。

「こっちへこいと言ったんだぞ、エレノア」

「いったわ」

「それじゃ遠いだろう。べつに噛みつきはしないよ。ただおまえのことをもうちょっと知りたいと思ってね」

お父さまはこっちへ歩いてくると、わたしを自分の向かいの椅子に座らせた。

「今までこれほどすばらしいものを見たことがあるか？」お父さまは膝にのせていた物を差し出した。「持ってごらん。大きさのわりに重いぞ。ほら」

お父さまがそんなに気に入っているものなら落としてやる。でも、ちらりと見たとたん、落とせなくなった。

わたしの手には、こぶしふたつぶんもないような陶器のお城があった。かわいらしい塔が六本ついていて、それぞれの先がミニチュアのロウソク立てになっている。それに、信じられない！　ひとつの塔の窓からもうひとつの塔の窓へ、やっぱり陶器でできたごく細い糸がわたしてあって、洗濯物まで干してある！靴下、ワンピース、赤ちゃん用のエプロン。どれもクモの巣のように繊細な造りだ。しかも下の階の窓には、笑いながら絹のスカーフをひらひらと振っている女の人まで描いてあった。少なくとも、わたしには絹に見えた。

お父さまはお城を取りあげた。「目をつぶりなさい」

重いカーテンを閉めている音が聞こえた。わたしは薄目を開けてのぞいた。お父さまのことは信用できない。

お父さまは暖炉の棚の上にお城を置いて、ロウソクを立てて火をつけた。

「目を開けなさい」

わたしはもっと近くで見ようと、駆けよった。陶器のお城は、きらめくおとぎの国だった。炎が真っ白い壁から真珠の色あいを引き出し、窓は黄金色にかがやいて、中に心地よい火が燃えているのが伝わってくるようだ。

「ああ！」わたしはため息をついた。

お父さまはカーテンを開けて、ロウソクの火を吹き消した。「すばらしいだろう？」

わたしはうなずいた。「どこで手に入れたの？」

「エルフたちからだ。これはエルフが作ったのさ。やつらは最高の陶芸家なんだ。あのアーグレンの弟子のひとりの作品だ。本当はアーグレン自身の作品がほしいのだが、まだ手に入れたことはない」

「これをどこへ置くつもり？」

「おまえはどこがいいんだ、エラ」

「窓のところ」

「おまえの部屋じゃなくて？」

「どの部屋でもいいわ。でも窓辺がいい」そうすれば、中にいる人も外を歩いている人もみんなが、光が瞬くのを楽しめるから。

お父さまは長いあいだじっとわたしを見つめていた。「買い主には窓に置くように言っておこう」

「売るつもりなの⁉」

「わたしは商人だよ、エラ。物を売るのが仕事なんだ」そして、ぼそりとひとりごとを言った。「本物のアーグレンの作品だと言ってつかませることもできるかもしれないな。どうせわかりはしない」それから、お父さまはまたわたしのほうを見た。「さあ、これでおまえは、わたしという人間がわかったろう——ピーター卿、商人だ。では、おまえはだれだ？」

「前は母親がいた娘」

お父さまは、話にならないというふうに手を振った。「でも、エラとはだれなんだ？」

「質問ぜめにされたくない娘」

お父さまは面白がっていた。「おまえは勇敢だ、このわたしにそんな口をきくとはな」それから、わたしのことをさっと眺めまわした。「これはわたしのあごだ」お父さまはあごに触れた。わたしは後ろへ下がった。「力。意思の強さ。鼻もわたしだ。小鼻が張り出しているのをおまえが嫌がっていないといいんだが。目もわたしだ。ただし、おまえの目は緑だがな。おまえの顔のほとんどはわたしのものだ。女の顔だとどうなるのか、大人になったときが楽しみだな」

どうしてわたしのことを生身の娘じゃなくて、肖像画みたいに話せるわけ？

「おまえをどうすればいいんだろうな」お父さまは自分に向かって言った。

「どうにかしなくちゃいけないわけ？」

「いつまでも料理人の手伝いをさせておくわけにもいかんだろう。教育を受けさせなきゃならん」それから、ふいに話を変えて言った。「オルガ夫人の娘たちをどう思った？」

「あれじゃ、慰めにはならないわ」わたしは言った。

お父さまは笑った。頭をのけぞらせ、肩をふるわせて、腹の底から笑っていた。

何がそんなにおかしいの？　わたしは笑われるのが嫌いだった。そのせいにちがいない。あの最低なハティとオリーヴをかばいたい衝動に駆られた。「悪気はなかったんでしょ、たぶん」

お父さまは涙をぬぐった。「悪気はあったさ。年上のほうは母親そっくりのいやらしい食わせ者だし、年下のほうはただのバカだ。あいつらに、人によくしてやろうなんて頭はないよ」それから考えこんだようなな声になって言った。「オルガ准男爵夫人は爵位をもっているし、金持ちだ」

それがなんの関係があるわけ？

「あの娘たちといっしょにフィニシング・スクールにいかせるか。おまえも、若い娘らしく歩くことを学ぶだろう。今は、小さな象みたいだからな」

フィニシング・スクール！　マンディと、離ればなれになってしまう。おまけにそんなところじゃ、四六時中何かをしろって命令されるだろうし、それがどんな命令だろうと、わたしはそのとおりにしなくちゃならない。わたしの不器用さを直そうとしたって、できっこない。そのせいでわたしは罰を食らうだろう。わたしはやり返すだろうし、そのせいでさらに罰を食らうことになる。

「このままここにいちゃいけないの？」

「家庭教師を雇うってこともできるだろうな。もしだれか見つけられれば……」

「家庭教師のほうがずっといいわ、お父さま。家庭教師をつけてくれたら、一生懸命勉強するから」

「もしつけなかったら？」お父さまは眉をつり上げたが、面白がっているのがわかった。お父さまは立って、お母さまがよく生活費の計算をしていた机までいった。「もういっていいぞ。わたしは仕事があるからな」

わたしは部屋を出た。そして、ドアを閉めるときに言った。「きっと小さな象はフィニシング・スクールには入れないわ。小さな象にはマナーなんて身につかないもの。きっと……」わたしは口をつぐんだ。お父さまがまた大笑いしていた。

第五章　父への抵抗

次の日の夜は、お父さまと食事をしなければならなかった。バーサにきちんとしたドレスを着せられたせいで、ペチコートがかさばって、食卓に着くのも一苦労だった。

お皿には、タラゴン風味のマスタードソースのかかったアスパラガスがのっていた。お父さまのお皿の前には、精巧なクリスタル細工のゴブレットが置いてある。

ようやくわたしが椅子に収まると、お父さまは使用人のネーサンに、ワインを注ぐよう合図した。「グラスが光をとらえるさまをごらん、エレノア」お父さまはグラスをかかげた。「ワインをまるでガーネットのように輝かせる」

「きれいね」

「それだけか？　きれいだけ？」

「とてもきれいだと思うわ」ゴブレットに心を奪われたくない。お父さまはどうせこれも売ってしまうだろうから。

「使ってみれば、価値もわかるだろう。ワインを飲んだことはあるか?」

マンディは絶対に飲ませてくれなかった。わたしはゴブレットに手を伸ばした。大きくふくらんだそでに、アスパラガスのソースがくっついた。

でも、ゴブレットには届かなかった。仕方なく立ちあがったひょうしに、スカートのすそを踏んで、前につんのめった。転ぶまいと手をテーブルにつこうとして、お父さまのひじにぶつかってしまった。

ゴブレットが落ちて、柄が根元からぽっきりと折れた。みるみるうちにテーブルクロスに真っ赤なしみが広がり、お父さまの上着にワインが飛び散った。

お父さまのカミナリが落ちるのを覚悟したけれど、お父さまは意外なことを言った。

「わたしがバカだった」お父さまはナプキンで洋服をたたきながら言った。「さっきおまえが入ってきたとき、動きづらそうにしているのを見ていたのに」

ネーサンと給仕係のメイドが、テーブルクロスと割れたガラスをさっと片づけた。

「ごめんなさい」わたしは謝った。

「謝ったって、クリスタルが元にもどるわけじゃないだろう」お父さまは鋭い口調で言ったが、気を取り直した。「もういい。ふたりとも着がえて、あらためて食事にしよう」

十五分後、わたしは普段着に着がえて席にもどった。

「わたしのせいだ」お父さまはアスパラガスを切りながら言った。「おまえを、できそこないにしてしまった」

「わたしはできそこないじゃないわ！」

マンディは言葉を飾るほうじゃないけれど、わたしをそんなふうに呼んだことは一度もない。ぶきっちょ、どじ、がさつ者。でも、できそこないなんて言わなかった。へたくそ、なまけ者、へま。でも、できそこないなんて絶対に言わなかった！

「だが、おまえはまだ若い。これからでも十分間に合う。いつか、きちんとしたところに出られるようになるだろう」

「きちんとしたところなんて嫌い」

「おまえが嫌いでも、向こうに好いてもらわないと、わたしが困るのさ。もう決めたのだ。おまえをフィニシング・スクールへやる」

むりよ。ぜったいにいや！

「家庭教師を雇うって言ってたじゃない。そっちのほうが、わたしを学校へいかせるより安いんじゃない？」

給仕係が、手のつけられていないアスパラガスのお皿をさっと片づけると、ホタテとトマトのゼリー寄せを置いた。

「そんなことまで心配してくれるとはありがたいがね。家庭教師のほうがずっと高いんだよ。それに、家庭教師と面接をしている時間がない。二日後におまえはオルガ准男爵夫人の娘たちといっしょにフィニシング・スクールにいくんだ」

「いかないわ」

お父さまは、何も聞こえなかったかのようにつづけた。「校長あてに手紙を書いて、ＫＪ銀貨がたっぷり入った財布といっしょに渡しておく。ぎりぎりになって飛びこんできた生徒に、校長が文句をつけないようにな」

「わたしはいかないわ」

「おまえはわたしの言ったとおりにするんだ、エレノア」

「いかない」

「エラ……」お父さまはホタテを口に入れると、ゆっくりと嚙みながら言った。「おまえの父親は、いい人間ではない。おまえも、召使いたちからそう聞いているだろう。わたしの想像がまちがっていなければだが」

わたしは否定しなかった。

「わたしが利己的だとかなんとか言っているのだろうが、そのとおりだ。気が短いと言っているかもしれんが、そのとおりだ。なんでも自分の思いどおりにすると言っているか？　それもそのとおりだ」

「わたしもそうよ」わたしはウソをついた。

お父さまは、誇らしげにわたしを見てほほえんだ。「わたしの娘は、キリア国中でいちばん勇敢な娘だな」ほほえみは消え、口もとがきつくきゅっと結ばれた。「だがその娘も、このわたしが自らフィニシング・スクールまで連れていくと言えば、いくしかない。そして、おまえのせいで仕事の時間を無駄にすることになれば、旅は愉快なものではなくなる。わかるな、エラ？」

怒ったお父さまは、カーニバルの人形芝居で使われるオモチャを思い起こさせる。バネの先に革製のげんこつがついているあれだ。バネを放すと、あわれな人形に向かってパンチが繰りだされる。お父さまの場合、こわいのはげんこつではない。バネのほうだ。たたく力を決めるのは、バネだから。お父さまの目の中にある怒りのバネはきつく巻かれ、外れたら、何が起こるかわからなかった。

怖じ気づくなんていやだった。でも、怖かった。「フィニシング・スクールにはいくわ」わたしは付け加えずにはいられなかった。「でも、心の底から嫌ってやる」

お父さまはまたにやりとした。「いけば、あとは憎もうが愛そうが、おまえの勝手だ」

命令されたわけではないのに、従うしかない。服従の味は、ルシンダの呪いに負けず劣らずいやなものだった。わたしは食堂をあとにした。お父さまはとめなかった。

ようやく日が暮れたところだった。まだそんな時間ではなかったけれど、自分の部屋へあがって、部屋着に着がえた。それから、人形のフローラとロザモンドをベッドに連れてきて、いっしょにもぐりこんだ。人形たちと寝るのはもう何年も前にやめていたけれど、今夜だけはどうしても慰めてほしかった。

人形たちをおなかの上にのせると、眠りが訪れるのを待った。けれども、眠りはどこかよそで忙しくしているらしい。

涙が溢れてきた。わたしはフローラを顔に押し当てた。

「入りますよ……」ドアが開いた。マンディがトニックと箱をひとつ持って入ってきた。

ただでさえ、最低の気分なのに。「トニックはいらないわ、マンディ。わたしは大丈夫。本当よ」

「ああ、エラ」マンディはトニックと箱を置いてわたしを抱きしめ、おでこをなでた。

「いきたくない」わたしはマンディの肩に顔を埋めた。

「わかってますよ」マンディは言った。マンディの腕の中でうとうとしはじめると、マンディは体を起こして言った。「トニックの時間ですよ」

「今夜はいらない」

「だめですよ。とくに今夜はね。これから強くならなきゃいけないってときに、体が弱ったら困るでしょう」

エプロンからスプーンが出てきた。「飲みなさい。三匙ですよ」

わたしは気持ちを奮い立たせた。トニックは木の実の香りがしておいしいのだけれど、ぬるりとしていて、カエルを飲みこんでいるような感じなのだ。ひと口ひと口が、じっとりとのどを流れ落ちていく。その感触をぬぐい去りたくて、飲み終わってからも何度か唾を飲みこんだ。

でも確かに、気分が――幾分かは――よくなった。少なくとも、話をする気にはなった。また横になって、マンディの膝に頭をのせる。

「どうしてお母さまは、お父さまと結婚したの？」これは、そういうことを考えられる年ごろになってからずっと、抱いてきた疑問だった。

「結婚するまでは、ピーター卿はとても奥方さまにやさしかったんです。わたしは信用しませんでしたが、奥方さまはわたしの言うことなど聞こうともなさいませんでした。奥方さまのご家族は、お父さまが貧しいという理由で反対なさいました。それで、奥方さまはますます意志を固くなさったんです。奥方さまはおやさしいですから」わたしのおでこを心地よくいったりきたりしていたマンディの手が、ぴたりと止まった。「エラ、わたしの大事な子、お父さまには呪いのことを知られないようになさい」

「どうして？　お父さまは何かするかしら？」

「あの人はなんでも自分の思いどおりにしたがるから。あなたのことを利用するでしょう」

「お母さまに、呪いのことはだれにも言わないように命令されているもの。でも、どっちにしろ、言わないようにする」

「そうなさい」マンディの手がまた、わたしのおでこをなではじめた。わたしは目を閉じた。

「どんなだと思う?」

「学校のこと? いい子もいますよ。さあ、起きあがって。プレゼントたちが待ってますよ」

すっかり箱のことを忘れていた。ひとつしかなかったはずだけど? 「プレゼントたち?」

「まず、こっちから」マンディはさっきの箱を渡した。「はい、どうぞ。どこへいっても、一生大事にしてちょうだい」

箱の中には、妖精物語の本が一冊入っていた。こんな美しい挿絵は見たことがない。今にも動きだしそう。わたしはページをめくりながら目を見張った。

「この本を見れば、わたしのことを思い出して、また元気になれますよ」

「出発まで読まないでとっておくわ。旅先で初めて読むために」

マンディはくすくす笑った。「そんなに早く読み終わるようなものじゃありませんよ。読めば読むほど、面白くなるんですから」それから、エプロンのポケットをごそごそと探って、ちり紙の包みを取りだした。

「これは奥方さまからです。奥方さまはきっと、あなたに持っていてほしいとお思いだったでしょうから」

お母さまの首飾りだった。細い銀を何本も編みあわせ、小さな真珠をちりばめたもので、わたしの腰くらいまであった。

「今にぴったりになりますよ。きっと、お母さまのように似合うようになります」

「肌身離さずつけているわ」

「外へ出るときは、ドレスの下に隠しておきなさい。そのくらい価値のあるものなんですよ。ノームが作ったんです」

下でベルがチリンチリンと鳴った。「あなたのお父さまですね」

わたしはマンディにしがみついた。

けれども、マンディはわたしの腕をほどいた。「いかないと、ね」そして、わたしの頬にぎゅっと唇を押しつけてから、出ていった。

わたしはまたベッドに横になった。こんどは眠りがわたしを連れさった。

第六章
王立動物園で

次の朝、わたしはお母さまの首飾りにしっかりと指をからめたまま、目を覚ました。ジェロルド王の宮廷の時計が六時を打っていた。ちょうどいい。今日は早起きをして、お気に入りの場所にさようならを言って回りたかった。

首飾りの上からドレスを着て、そっと食料室へおりていくと、焼きたてのスコーンののったお皿を見つけた。あつあつのスコーンをふたつポーンとほうりあげると、カゴがわりに広げたスカートで受け止める。朝ごはんばかり見ながら走っていたので、玄関でお父さまとぶつかってしまった。

お父さまは入り口で、ネーサンが馬車を回してくるのを待っているところだった。

「今はおまえにかまっているひまはないんだ、エレノア。走っていって、別のやつにぶつかれ。それからマンディに、管理人を連れて帰ると伝えておけ。昼食を用意しておくように」

命令されたとおり、わたしは走っていった。呪いはもちろん危険だけど、そうじゃなくても、しょっちゅうバカなことをするはめになる。わたしがこんなにがさつに見えるのは、そのせいもある。だって、今からわたしは別の人にぶつからなければならない。

バーサがぬれた洗濯物を運んできた。わたしがぶつかると、バーサはカゴを落とし、わたしのドレスやら靴下やら下着やらがタイルの上に散らばった。洗濯物を拾うのは手伝ったけれど、バーサはまたぜんぶ一から洗い直さなければならなかった。

「お嬢さま、そうじゃなくても急いでお荷物を用意するのはたいへんなんですよ。同じことを二回しているひまなんてないのに」バーサは小言を言った。

バーサに謝り、マンディにお父さまの伝言を伝え、さらにちゃんと座ってお皿から朝食をとらされてからやっと、わたしは王立動物園へ向かった。動物園は宮殿の城壁のすぐ外側にあった。

わたしのお気に入りは、言葉をしゃべる鳥と異国の動物たちだった。沼で飼われている大蛇ヒュドラと竜の赤ん坊以外は、ユニコーンも、半人半馬のセントールの群れも、グリフィンの一家も、異国の動物たちは、城の堀の水をひいてきて造った緑の島で暮らしていた。

竜は鉄の檻で飼われていた。この小さく獰猛な動物は美しかった。炎を吹いているときがいちばん幸せそうで、ルビー色の目が邪悪な光を放った。

わたしは檻の横の売店で小さな黄色いチーズを買って、その炎であぶった。これにはこつがいる。近づけないとチーズがうまくあぶれないし、近づけすぎると竜にエサをプレゼントすることになってしまう。

竜が大きくなったら、ジェロルド王はどうなさるおつもりなのだろう。そのころには、わたしももどってきて、竜の運命を知ることができるだろうか？

　竜のうしろを見やると、堀のそばにセントールが一頭いて、こちらをじっと見つめていた。セントールもチーズを食べる？　どうか逃げませんように、と念じながら、そっと近寄っていった。

「どうぞ」声がした。

　ふりむくと、シャーモント王子がりんごを差しだしていた。

「ありがとう」

　わたしは受け取ると、腕を前にのばして、そろそろと堀のほうに近づいていった。セントールは鼻の穴を広げ、トコトコと寄ってきた。わたしはりんごを放り投げた。向こうのほうからセントールがもう二頭走ってきたけれど、わたしのセントールがりんごを受け止め、ガリガリと大きな音をたてて食べはじめた。

「いつも、思ってしまうんです、セントールがお礼を言うか、『何じろじろ見てるんだ？』って言いだすんじゃないかって」

「セントールは人間の顔はしていても知能が低くて、言葉をしゃべることはできないんだ。目を見てごらん。うつろだろう？」シャーモント王子は、ほらというように指をさした。

　わたしだってそれくらい知っているけれど、まあ、臣下の者たちにものごとを説明するのが王子の役目なんだろう。

「言葉を話せたとしても、話すことを思いつかないってことですね」

　シャーは驚いて、一瞬、黙った。それから笑いだした。「なるほどね！　きみって面白いよ。レディ・エレノアそっくりだ」シャーははっとした。「ごめん。思い出させるつもりじゃなかったんだ」

「どっちにしろ、しょっちゅう思い出しているから」ほとんど一日中。

わたしたちは堀にそって歩きはじめた。

「きみも食べる？」シャーがもうひとつりんごを差しだした。

わたしはもう一度、シャーを笑わせたかった。そこで右の足で地面をけって、たてがみをはらいのけるように頭をふった。それからこれ以上はむりっていうくらい目を大きく見ひらいて、いかにも頭が悪そうにシャーを見つめると、りんごを取った。

やっぱりシャーは笑った。それから、宣言するみたいに言った。「きみのこと、好きだ。すっかりきみのとりこだよ」

シャーは、ケープのポケットから自分用に三つ目のりんごを取りだした。

わたしもシャーが好きだった。いばったり、人を見くだしたり、もったいぶったりしない。トーマス大法官とは大ちがい。

わたしたちが通ると、キリアの人たちはみんなお辞儀をした。キリアを訪れているエルフやノームも頭を下げた。わたしはどう応えればいいのかわからなかったけれど、シャーはその度にひじをすっと曲げて腕をあげていた。これは王族の習わしだった。シャーにとっては習性みたいなもので、ものを説明するのと同様ごく自然なことなんだろう。わたしは深々とうなずくことにした。ひざを曲げるお辞儀をすると、よくよろめくから。

わたしたちはオウムの檻まできた。ここもわたしのお気に入りの場所だ。鳥たちは、地球上のあらゆる言語を話した。外国の人間語、それにノーム語やエルフ語、オグル語やアブデギ語（巨人の言語）といった人間以外の生き物の言葉。わたしには、オウムたちがなんて言っているのかはわからなかったけれど、彼らの言うことをまねるのが好きだった。

飼育係のサイモンとは、友だちだった。サイモンはシャーを見ると、深々と頭を下げた。それからまた、オレンジ色の鳥にエサをやりだした。

「新しくきたやつです」サイモンは言った。「ノーム語をしゃべるんですが、くちばしを閉じやしないんですよ」

「、フソッコー　えヴとーふ　ブラざい　アアース　ゆまドゥぼエッチ　えヴとーふ　ブラッざイ」オウムは言った。

「、フソッコー　えヴとーふ　ブラざい　アアース　ゆまドゥぼエッチ　えヴとーふ　ブラッざイ」わたしは繰り返した。

「ノーム語をしゃべるんだ！」シャーが言った。

「音をまねるのが好きなだけです。意味までわかる言葉は、少ししかなくて」

「このお嬢さんはうまいもんでしょう、殿下？」

「フソコ　えぶとーふ　ブラザイ……」シャーはあきらめた。「きみのほうが上手だ」

「、あちょエッド　ドゥフ　えージュ　あふシュジィ　ウオくらっどワーチ」オウムはギャーギャーわめいた。

「なんて言っているのかわかる？」わたしはサイモンにたずねた。サイモンはたまに通訳できるときがある。

サイモンは首を振った。「殿下はおわかりですか？」

「いいや。うがいをしているみたいに聞こえるよ」

ほかの客がサイモンを呼んだ。「ちょっと失礼します」サイモンはそちらへいった。

シャーは、わたしが一羽一羽にさようならを言っているのを見ていた。

「。イクワォ　ぷワッチ　ブラざい　うフェディジェーい」ノーム語で、「また穴掘りのときに！」という意味だ。

「アフシュおおん　シュシュんぐ！」オグル語で「たんとお食べ！」

「あいいええ　おおお（遠吠えのように）べく　あああう！」巨人が話すアブデギ語で「またすぐに会おうね！」

「ポー　オル　ペス　ワッド」エルフ語で「木陰を歩め」

わたしは鳥たちとサイモンの姿を目に焼きつけた。「さようなら」わたしはサイモンに向かって叫んだ。サイモンは手を振った。

鳥たちの羽が恐怖で抜け落ちたりしないように、鳥園から庭をへだてたところにオグルの檻があった。花壇のあいだを歩きながら、わたしはシャーに今、言った言葉をいくつか教えた。シャーは記憶力はよかったけれど、キリアなまりだけはどうしても抜けなかった。

「ぼくが話すのを聞いたら、エルフたちは二度と木陰に入れてくれないだろうな」

「ノームたちに、シャベルで頭に一発ガツンとやられるかも」

「オグルたちに、こいつは食う価値がないと思ってもらえるとか」

オグルの小屋が近づいてきた。小屋にはカギがかかっていたが、それでも矢の届く距離に番兵たちが配置されている。窓から、オグルが一匹、ぎらぎらした目でわたしたちをにらみつけていた。

オグルが危険なのは、その大きさや残忍な性質のためだけではない。彼らは相手の持っている秘密を一目で見ぬくことができるし、知恵もある。オグルがその気になれば、だれもその誘いに抗うことはできない。オグルがキリア語で話しだしたら最後、ひと言目にはもう、鋭くとがった歯も、つめの下にこびりついた血も、顔中を覆っているごわごわの黒い毛も目に入らなくなる。彼がすばらしいハンサムに見え、まるで親友のように思えて、二言目を言い終わるころには、鍋に放りこもうが、お急ぎなら生で食べようが、ご自由にどうぞ、という具合だ。

「、ぴいウッチ　あおおイエ　ゾちょあック」やわらかい舌足らずの声がした。

「今の、聞こえた？」わたしはきいた。

「オグルじゃないみたいだ。どこから聞こえたんだ？」

「、ぴいウッチ　あおおイエ　ゾちょあック」また同じ声が聞こえた。今度は涙声になっている。

水路橋のあいだから、よちよち歩きのノームの子どもが顔を出した。小屋からほんの数十センチしか離れていない。わたしがその子を見たのと同時に、オグルもその子を見た。

ガラスをはめていない窓から手を伸ばせば、子どもに届いてしまう！　わたしは男の子めがけて走りだした。が、シャーのほうが早かった。シャーはオグルが腕を突きだす寸前に、男の子をさっと抱き上げ、なんとか彼の腕から逃れようともがく子どもを抱いたまま後ろに下がった。

「こっちへ渡して」わたしは、子どもをおとなしくさせられるかもしれないと思って、言った。

シャーが男の子をこちらへ渡す。

「シュいい　フラ　マイんん」オグルはシュウシュウした声で言うと、シャーをにらみつけた。「マイんんシュシュんぐ　シュいい。　マイんん　ソおおシュ　ふぉーんス」それからオグルは、わたしのほうを見た。たちまち表情が変わる。オグルはげらげら笑いはじめた。「めミュ　んが　すシュシュ　ヒィジィんん　エもんぐ。マイんん　わだズ　シュいい　ああフ　おあース　ハジ　えつシュシュ　シュいい」涙が流れ落ち、汚らしい顔に幾すじも跡をつけた。

そしてオグルはキリア語で言った。わざわざ、彼らの力を使う必要もなかった。「子どもを連れて、こっちへ来い」

わたしは足を踏んばった。今こそ呪いを破らなければならない。自分と、他人の命がかかっているのだ。歩こうとする力のせいで、ひざがガクガクふるえだした。ふるえをとめようとする。筋肉が痙攣し、ふくらはぎに痛みが走った。ノームの子どもを抱く腕に力が入る。子どもはキーキー叫んで、腕の中で身をよじった。

オグルは笑いつづけていた。それからもう一度言った。「今すぐ命令に従え。来い。今だ」

わたしの決意とは反対に、足が一歩前に出た。立ち止まると、またふるえがはじまった。そしてまた一歩。そしてもう一歩。もう何も目に入らなかった。しだいに迫ってくる悪意に満ちた顔しか。

第七章
危険、探究、三人の人物

「どこへいくつもりだ?」シャーが叫んだ。

見れば、わかるでしょ!「止まれないの」わたしは言った。

「止まれ! わたしの命令だ」

わたしは止まった。体がふるえていた。兵士たちが小屋を取り囲む。剣がオグルへ向けられ、オグルはわたしをにらみつけると、背中を向けて薄暗い奥へ引っこんだ。

「どうしてやつの言うことをきいた?」シャーがたずねた。

わたしは、まだノームの子どもに手こずっていた。子どもは短いあごひげをかきむしって、逃げようともがいている。

「、ぴウィッチ アッぞーグ ふらえっチュ」子どもは泣き叫んだ。

子どもが叫んでいるのをいいことに、答えをはぐらかそうとした。「怯えてるわ」

シャーはごまかされなかった。「どうしてやつの言うことをきいたんだ、エラ？」

ともかく、何か答えなきゃ。「あの目よ。何かあるわ。逆らえなかったの」わたしはうそをついた。

「新しく魔法をかける方法を見つけたのか？ 父上にお知らせしなければ」シャーは危機感を滲ませて言った。

ノームの子どもは泣き声をあげ、足をばたつかせた。

オウムの言葉でなだめることができる？ 悪い意味でないことを願いながら、言ってみた。「、フソッコー えヴとーふ ブラざい アアース ゆまドゥぼエッチ えヴとーふ ブラッざイ」

子どもの顔がパッと明るくなった。にっこりと笑った口元から、真珠のような乳歯がのぞく。「、フソッコー えヴとーふ ブラざい アアース ゆまドゥぼエッチ えヴとーふ ブラッざイ」子どもは繰り返した。幼いぽっちゃりした頬に刻まれたシワの中に、えくぼが見えた。

下へおろしてやると、子どもはわたしとシャーの手をとった。

「きっと親が心配してるわ」でも、親のいる場所をきくノーム語なんてわからないし、どっちにしろまだ小さくて答えられそうもない。

猛獣のところにも、草食動物たちのところにも、ノームの姿はなかった。が、池のそばでやっとノームの老女が座りこんでいるのを見つけた。ひざのあいだに顔をうずめ、打ちひしがれている。ほかのノームたちは、アシや生垣の中を探したり、通りがかりの人にたずねたりしていた。

「！ふらえチャラムむ」小さなノームは叫ぶと、シャーとわたしを引っぱった。

老女のノームは、涙でぬれた顔をあげ、「**ザフルふ！**」と大声で言うと、子どもをしっかりかき抱いて、顔やひげにキスの雨を降らせた。それからわたしたちのほうに向きなおって、シャーに気がついた。

「殿下。孫をおもどしいただき、ありがとうございます」

シャーは、照れたようにコホンと咳をした。「お連れできてよかったです、マダム。もう少しでオグルのランチになるところでした」

「シャーが——シャーモント王子が、この子を救ったんです」そして、わたしのことも。

「ノームはみな、殿下に感謝するでしょう」ノームは頭をさげた。「わたくしは**ザハタふ**と申します」

ザハタふは、背はわたしとたいして変わらなかったが、横幅があった。ノームは大人になると、そのあとは横に伸びるのだ。**ザハタふ**ほど貫禄があって年とった人に会ったのは初めてだ（マンディだけは別かもしれないけど）。革のように硬くなった肌のしわの中にまたしわが、深いひだの中にまた小さなひだが刻まれている。目は深く落ちくぼみ、くすんだ銅色をしていた。

わたしはひざを曲げてお辞儀をしたが、またよろめいてしまった。「エラです」

ノームたちが集まってきて、わたしたちを取り囲んだ。

「どうやって、この子にいっしょに来るよう言いきかせたのですか？　この子は、人間が苦手なのに」**ザハタふ**がたずねた。

「エラが話しかけたのです」シャーは誇らしげに言った。

「なんと言ったのですか？」

わたしはためらった。サイモンの前でオウムをまねたり、赤ん坊に話しかけたりするのとはわけがちがう。こんな威厳のある老婦人の前でノーム語をしゃべるなんて、なんだか愚かしいことのように思えたけれど、思い切って言った。「、フソッコーえヴとーふ　ブラざい　アアース　ゆまドゥぼエッチ　えヴとーふ　プラッざイ」

「それなら、あの子がついてきたはずです」ザハタふは言った。

「!フラエふ」ザフルふがうれしそうに叫んだ。ザフルふはザハタふの腕の中で身をくねらせた。ザハタふより若い女のノームが、子どもを受けとった。「どこでノーム語を覚えたのですか？　わたくしは、ザフルふの母です」

わたしはオウムのことを話した。「わたしはザフルふになんて言ったのでしょう？」

「ノームの言いまわしなのです。わたくしたちは挨拶に使っています。キリア語だと、『穴掘りは富のもと、健康のもと』という意味になります」ザハタふはわたしのほうに手を伸ばした。「あなたが助けることになるのは、ザフルふだけではないでしょう。わたくしにはそれが見えます」

ほかに何が見えるんだろう？　マンディが、ノームのなかには未来を見ることができる者がいると言っていたっけ。「これからわたしに何が起こるか、見ることができるのですか？」

「ノームには、詳しいことまではわかりません。明日どんな服を着るのか、どんなことを言うのか、そうしたことはわからないままです。見えるのは、輪郭だけなのです」

「教えていただけますか？」

「危険、探求、三人の人物。あなたのすぐそばにいますが、友ではありません」ザハタふは、わたしの手を放した。「お気をつけなさい！」

動物園を出ると、シャーは言った。「今夜はオグルの見張りを三倍にしよう。それから、近いうちにセントールを捕まえて、きみにプレゼントするよ」

オルガ准男爵夫人は時間に正確だった。

夫人と娘たちは、わたしのトランクとトニックの樽が馬車に運びこまれるのを眺めていた。

お父さまも見送りに出てきた。マンディは遠くのほうに立っていた。

「ずいぶん荷物が少ないのね」ハティが言った。

オルガ夫人もうなずいた。「エラの身分と釣りあいがとれませんわ、ピーター卿。うちの娘たちには、ふたりで八つのトランクを持たせましたのよ」

「ハティが五個と半分よ、お母さま。わたしはたったの……」オリーヴはそこで黙って、指を折って数えた。

「ちょっとよ。ハティより少ない。不公平よ」

お父さまがうまい具合に割って入った。「エラをごいっしょさせていただいて助かります、オルガ夫人。ご面倒をおかけしなければよいのですが」

「いいえ、わたくしが面倒を見るわけじゃございませんもの、ピーター。わたくしはいきませんから」

お父さまは、馴れ馴れしい呼び方に顔をしかめた。

オルガ夫人はしゃべりつづけた。「御者がひとりと従僕がふたりいれば、オグルでも来ないかぎり安全ですわ。オグルとなると、わたくしとて、防ぎようがございませんもの。それに、年寄りの母親がいないほうが、子どもたちも楽しいでしょうしね」

一瞬、間があいてから、お父さまは言った。「年寄りだなんて。年寄りなんてことはありません、マダム」それからわたしのほうを向いた。「楽しんでこい」そしてわたしの頬にキスをした。「さみしくなるよ」うそつき。

従僕が馬車の扉を開け、ハティとオリーヴの手をとってのせた。次の瞬間、わたしはマンディのほうへ走りだした。最後にもう一度抱きしめてもらわなければ、どうしてもいけない。

「あの人たちをみんな消して、お願い」わたしはささやいた。

「ああ、エラ。大丈夫ですよ」マンディはわたしをきつく抱きしめた。

「エレノア、お友だちが待っているよ」お父さまが呼んだ。

わたしは馬車にのり、小さな旅行カバンをすみっこにしまいこんだ。馬車が動きはじめた。気持ちを落ちつけようと、お母さまの首飾りを隠してある胸のあたりに手を置く。お母さまさえ生きていれば、こんな人たちと馬車に揺られて家を離れるようなことにならなかったのに。

「わたしなら、料理人と抱き合ったりしないわ」ハティは、おおいやだ、というように身ぶるいした。

「そうでしょうね」わたしは言った。「あなたと抱き合う料理人なんていないでしょうから」

ハティはさっきの話題にもどった。「そんなに持ち物が少ないと、ほかの女の子たちは、あなたが召使いなんだか、わたしたちと同じ身分なんだかわからないわよ」

「どうしてドレスの前のところに、しわが寄っているの？」オリーヴがきいた。

「あら、首飾り？　どうして洋服の下にしているの？」ハティがきいた。

「みっともないの？」オリーヴがきいた。「だから隠してるの？」

「わたしの首にとめてちょうだい……」

呪いと格闘しているところを見られてはならない。

「ちょっと待ってて」わたしはとめ金をはずしながら言った。いつもみたいに遅らせようとしなかった。

ハティの目がきらりと光った。「そうよ、命令よ。首飾りを渡して」

命令だった。「それって命令?」わたしは思わず口をすべらせた。口を閉じてなきゃいけなかったのに。

「ねえ、つけさせて。いいでしょ?」

「だめよ」

「傷をつけたりしないわ。つけてみてもいい? お母さまは、わたしにお母さまの首飾りをつけさせてくれるのよ。傷つけたことなんてないわ」

「さわらないで」わたしは首飾りを引きよせた。

オリーヴもいっしょになって、指をすべらせた。

ハティは銀の鎖に指をすべらせた。「オリーヴ、見て。この真珠、まるでミルクみたいな色よ」

だいぶ長いけど」

「それをつけてたら、あなたのことを召使いだと思う人なんていないわ。すごくいいものね。あなたには
「わあ」オリーヴはため息をついた。「お母さまのいちばんいい首飾りよりもずっとすごいわ」

命令だった。わたしは首飾りを取りだした。ここなら平気だろう。泥棒がいるわけじゃないし。

「見せて。オリーもわたしも見たいから」

「そんなことないわ」

わたしはそのとおりにした。

「……オリーヴ」

それは妹への命令だった。

「ありがとう」ハティは席にもどった。「わたしって、こういう宝石をつけるように生まれついてるのよね」

「わたしにもつけさせて、エラ」オリーヴが言った。

「大きくなったらね」ハティが答えた。

でも、わたしは従わなければならない。わたしは死にものぐるいでオリーヴの命令を無視しようとした。いつもの症状がはじまった。胃がむかむかし、こめかみがズキズキ痛み、息が苦しくなる。

「オリーヴにもつけさせてあげなさいよ」わたしは歯を食いしばって言った。

「ほら」オリーヴは言った。「エラがいいって言ってるわ」

「あなたにとっていいことは、姉であるわたしがわかっているわ、オリーヴ。あなたもエラもまだ子どもすぎるのよ……」

わたしはハティに突進して、ハティが止める間もなく、首飾りを外した。

「オリーヴには渡さないで、エラ」ハティは言った。「わたしに返して」

わたしは言うとおりにした。

「わたしに渡してちょうだい、エラ」オリーヴが声を荒らげた。「意地悪しないでよ、ハティ」

わたしはハティから首飾りを引ったくると、オリーヴに渡した。

ハティがわたしをじっと見た。どういうことか、ハティにもわかってきたのだ。

「お母さまは、これを結婚式のときにつけたの」わたしはハティの考えをそらそうとして言った。「お母さまのお母さまも……」

「あなたっていつもそんなに従順なの、エラ？　首飾りを返して」

「そうはさせないわ」オリーヴが言った。

「返すのよ。じゃないと、今夜は夕飯ぬきよ」

わたしはオリーヴから首飾りをとった。ハティは首飾りをつけて、満足そうになでた。

「エラ、これをわたしにくれるわよね。わたしたちの友情の証として」

「友だちじゃないわ」

「あら、友だちよ。わたし、あなたのこと大好きだもの。オリーヴもあなたが好きよ、ねえ、オリー？」

オリーヴはまじめくさってうなずいた。

「きっと、わたしが『そうしろ』って言ったら、くれるんじゃないかしら。わたしに渡しなさい、エラ。友情の証に。命令よ」

いやよ。渡さない。絶対に。――「あげるわ」言葉が口から飛びだした。

「ありがとう。なんて親切なお友だちなのかしらねえ、オリーヴ」ハティは話題を変えた。

「召使いたちがきちんと馬車を掃除しなかったようね。綿ぼこりが目ざわりだわ。こんなきたない馬車にのるのはいや。拾ってちょうだい、エラ」

わたしの得意な命令だ。わたしは綿ぼこりをつかむと、ハティの顔にこすりつけた。「あなたにはこれがぴったりよ」

でも、その満足感も束の間だった。

第八章 ハティのいやがらせ

ハティは、ルシンダや呪いのことはわからなくても、わたしが必ず命令に従うということは理解した。わたしがほこりをこすりつけたあとも、ハティはただ、にんまりとしただけだった。ほこりなんて、自分が手にした力にくらべればたいしたことはない、という笑い。

わたしは馬車のすみに引っこむと、窓の外を眺めた。

ハティは、首飾りをとり返すなとは命令しなかった。もしあの大きな頭から首飾りをとったらどうなるだろう？　あの首からむりやり引きちぎるとか？　ハティのものになるくらいなら、壊れたほうがましだ。

わたしはやろうとした。腕に動けと命じ、手につかめと言い聞かせる。けれども、呪いが邪魔をした。だれか別の人にとり返せと命じられれば、そのとおりにしたはずだ。でも、自分で自分にとり返すよう命じることはできなかった。わたしは無理やり目を首飾りのほうに向けて、その光景に少しでも慣れようとした。わたしが見ている目の前で、ハティはほれぼれしたようすで鎖をさすっていた。

やがて、ハティの目が閉じた。口がぽっかり開き、いびきをかきはじめた。

オリーヴが反対の席から来て、隣に座った。「わたしも、友だちの証拠のプレゼントがほしい」オリーヴは言った。

「そっちがくれればいいじゃない?」

眉間のしわがますます深くなった。「いや。あなたがちょうだい」

また命令。「何がほしいの?」わたしはたずねた。

「お金がほしい。お金をちょうだい」

約束どおり、お父さまはKJ銀貨の入った財布を渡してくれていた。わたしは旅行カバンに手を伸ばすと、中から銀貨を一枚取りだした。「ほら。これで友だちよ」

オリーヴは銀貨にぺっとつばを吐きかけると、きゅっきゅっとこすってぴかぴかにした。「うん、友だちね」オリーヴは席へもどると、銀貨を目の前に持っていってしげしげと眺めた。

わたしは、グウグウいびきをかいているハティを見やった。きっとわたしをあれこれこき使っている夢でも見ているんだろう。オリーヴはというと、KJ銀貨のふちをおでこにくっつけては、鼻までつーっとすべらせている。わたしは、フィニシング・スクールに着くのが待ち遠しくなった。このふたり以外に人がいるっていうだけでも、まだましだから。

しばらくすると、オリーヴもうとうとしはじめた。ふたりがぐっすり眠りこんだのを確認すると、カバンからそっとマンディがくれたもうひとつのプレゼントを取りだした。妖精物語の本だ。それから本を見られないようにふたりに背を向け、馬車の窓から入ってくる光で読みはじめた。

本を開くと、妖精物語のかわりに挿絵が現われた。マンディ！　マンディはカブをトントンとさいの目に切っているところだった。カブの隣に、今朝マンディが羽根をむしっていたニワトリが置いてある。マンディは泣いていた。抱きしめてくれたときも、必死でこらえていたのはわかっていた。

ページがぼやけた。わたしの目にも涙が溢れていた。でも、ハティとオリーヴの前で泣くのだけは、たとえふたりが寝ていても、絶対にいや。

もし今マンディがいっしょに馬車にのっていたら、わたしを抱きしめて、好きなだけ泣かせてくれただろう。背中をやさしくたたいて、それから――。

だめ。こんなことを考えていたら泣いてしまう。必死になって別のことを考えようとする。もしマンディがいたら、今ごろきっと、ハティをウサギに変えるのがどうして大きな悪い魔法なのかをくどくど説明してる。それでわたしは、妖精って何の役に立つのよって腹を立てて……。

うまくいった。おかげで涙は引っこんだ。ふたりがまだ寝ているのを確認してから、次のページを開く。

今度出てきたのは、部屋の絵だった。ジェロルド王のお城らしい。シャーがいるし、タペストリーの上の壁にキリア国の紋章が描かれている。シャーは、今日、動物園でオグルの見張りをしていた三人の兵士たちに何かしゃべっている。

これはどういう意味なんだろう？　次のページを見ればわかるかもしれない。ページをめくると、もうふたつ絵が現れた。でもシャーの絵でも、兵士たちの絵でもなかった。

左のページは、フレルの町の地図だった。うちの屋敷もあって、「フレルのピーター卿」と説明書がある。わたしは指で、古城から動物園へつづく道のりをなぞってみた。フレルを出て、南へ向かう道もある。わたしたちがいる道だ。地図の境界線を越え、フレルのピーター卿の屋敷よりはるか先までつづいていた。今右の絵は、お父さまの馬車だった。後ろにラバの引く荷車を三台従えている。取引の品物が積まれているのだ。お父さまは御者と並んで御者台に座っている。御者はせっせとムチをふるい、お父さまは風にむかって身を乗り出し、笑みを浮かべていた。

次はなにが出てくるだろう?

今度は、本当の妖精物語だった。『靴屋とエルフ』だ。でもこの本では、エルフひとりひとりに個性があって、読み終わるころには、靴屋よりもエルフたちのことに詳しくなっていた。靴屋が服を作ってやったあと、どうしてエルフたちが姿を消したのかも、今回初めて知った。巨人のために蚊の大群を退治しにいったのだ。巨人には、蚊は小さすぎて見えないからだ。エルフたちは靴屋にちゃんとお礼状を残していったのだけど、靴屋がその上にコーヒーカップを置いたせいで、濡れた底にくっついてしまったのだった。

なるほど、そういうわけだったんだ。

「その本、すてきね。見せてちょうだい」ハティの声がした。

わたしは飛びあがった。もしハティがこれも取りあげたら、殺してやる。渡すとき、本がずっしりと重くなった。

本を読んで、ハティは目をまるくした。「こんなのが面白いの?『セントールにつくダニの一生』が?」

ハティはページをめくった。「『危険地帯におけるノームの銀の採掘』?」

「あら、面白くない？」あせりがすうっと引いていくのが感じられた。「しばらく読んでいていいわよ。友だちになるんだったら、同じ興味をもたないとね」

「そっちが、わたしの興味に合わせるのよ」ハティは本をつっ返した。


この旅行で、わたしはハティという人間を知った。

最初の夜、宿屋につくと、ハティはわたしが場所をとったせいでメイドが馬車に乗れなくなったのだと言った。

「でも困ることないわ。あなたが代わりをつとめてくれるもの」ハティは気取って首をかしげた。「いいえ、ちがうわ。あなたは貴族も同然だから、召使いでは失礼ね。おつきの女官になってもらうわ。ときどき妹の面倒も見てやってね。オリー、何かエラにたのみたいことはない？」

「ない！　自分で着がえくらいできるもん」オリーヴはむきになって言った。

「だれも、あんたができないなんて言ってやしないわよ」ハティは、わたしたちがみんなでいっしょに寝るはずのベッドに腰かけて、足をもちあげた。「ひざまずいて、靴をぬがせてちょうだい、エラ。つま先が痛むの」

わたしは何も言わずに靴をぬがせた。ハティの足のすえたような臭いがぷんと鼻に広がった。わたしはそのまま靴を窓まで持っていくと、外に放り投げた。

ハティはあくびをした。「余計な仕事を増やしただけよ。降りて、取ってらっしゃい」

オリーヴは窓まで走っていった。「肥だめの中に落ちたわ！」

わたしはぷんぷん臭う靴を部屋まで持っていかなければならなかった。でも、ハティも、トランクから新しいのを出すまで、その靴をはいていなければならなかったから、そのあと、もっと慎重に命令を出すようになった。

次の日の朝食で、ハティはこのオートミールは傷んでいると言った。「食べてはだめよ、エラ。食べたら、具合が悪くなるわ」そして自分は、オートミールをスプーンにたっぷりとすくった。

目の前のお皿から湯気が出ていた。シナモンの香りがする。マンディもいつもオートミールにシナモンを入れてくれた。

「腐ってるんだったら、お姉さまはどうして食べてるの?」オリーヴは姉にきいた。「わたし、お腹すいた」

「あなたのは大丈夫そうよ。わたしは、腐っていても平気なの」ハティは舌で口のはしについたオートミールの粒をなめとった。「だって、栄養がいるんですもの。この旅行をあずかっている身ですからね」

「お姉さまはあずかってなんか……」オリーヴが文句を言おうとした。

「オートミールがお気に召しませんか、お嬢さん?」宿屋の主人が、心配そうにわたしにきいた。

「妹は胃の調子が悪いんです」ハティは言った。「お皿を下げてくださいな」

「わたしはあんたの妹なんかじゃないわ」台所に消えていく宿屋の主人の後ろ姿を見送りながら、わたしは言った。

ハティは笑って、空のお皿にちょっぴりへばりついていたオートミールまでスプーンでこそげとった。

宿屋の主人が、ナッツとレーズンの入った黒パンの厚切りがのったお皿を持ってもどってきた。「これなら、お嬢さんの食欲も出るでしょう」主人は言った。

宿屋の主人が隣のテーブルの女の人に呼ばれていってしまう前に、わたしはなんとかパンをひと口ほおばった。

「パンを置きなさい、エラ」ハティはパンのはしっこをちぎって、味をみた。「こってりとしすぎてるわ」

「じゃあ、わたしにぴったり」オリーヴは言って、テーブルの向こうから手を伸ばした。

わたしの朝ごはんは、四口で消えた。

そのひと口のパンが、三日間の旅行でわたしが口にした唯一の食べ物だった。あとはトニックだけ。そのトニックも取り上げられるところだったけど、ハティは先に味見をした。トニックを飲みこんだときのハティの吐きそうな顔は見ものだった。

第九章
アヨーサ国のアレイダ

旅行の最後の日、わたしたちは豊かな農地を抜けて、フィニシング・スクールのあるジェンの町に向かっていた。その日は蒸し暑く、わたしは暑さのあまりお腹のすいているのも忘れるほどだった。ハティもようやくひとつの命令をする力しか残っていなかった。あおいでちょうだい、だ。

「わたしのこともあおいでよ」オリーヴが言った。オリーヴは、ハティが何かを命令するとわたしが従い、それと同じことを頼めば自分もやってもらえる、というふうに理解していた。ハティはわたしがどんな命令にも従うということを、オリーヴには説明していなかった。頭の回転の遅いオリーヴにわざわざ説明するのは面倒だし、秘密の甘い汁を自分だけで吸いたかったのだろう。

腕が痛い。お腹がぐうぐう鳴っている。わたしは窓の外にいる羊の群れを眺めながら、子羊とレンズマメのサラダを忘れさせてくれるようなことが起こらないかと願っていた。願いはすぐさま叶えられた。いきなり馬車が狂ったように走りだしたのだ。

「オグルだ！」御者が叫んだ。ほこりがもうもうとあがって、後ろの道を覆い隠す。けれども、土煙をあげながら追いかけてくるオグルの群れがわずかに見えた。

わたしたちはなんとかオグルを引き離した。土煙が遠のいていく。

すると、一匹のオグルが呼びかけた。「どうして友から逃げようとするのだ？」聞いたこともないような甘い声。「おまえたちが心の底から望んでいるものをやろうというのに。富、愛、永遠の命……」

望みのもの……お母さま！　オグルだったら、お母さまを生き返らせてくれる。どうしてわたしたちはいつも、心から望んでいるものを奪いとられなければならないの？

「スピードを落として」ハティは命じたが、その必要はなかった。御者はすでにたづなを引いていた。

オグルはほんの数メートル後ろに迫っていた。オグルの魔力がきかない羊たちは、恐怖にかられてメーメー鳴き叫んでいる。その声が、一瞬、オグルの蜜のように甘い言葉をかき消した。魔法は破られた。オグルにお母さまを生き返らせることなどできないのに！　馬たちはふたたびムチを入れられ、全速力で走りだした。

だが、オグルが羊たちを追い越すのは時間の問題だ。そうすれば、わたしたちはまた、オグルの言いなりになってしまう。わたしはハティとオリーヴと御者と従者に向かって叫んだ。

「大声で叫ぶのよ！　オグルの言葉が聞こえなくなるように！」

最初に御者が意味を悟った。御者はわたしといっしょになって、今まで聞いたこともないような言葉をどなりだした。次はハティだった。「わたしを最後に食べて！　わたしを最後に食べて！」キイキイ声でわめきたてる。

しかし、わたしたちを救ったのはオリーヴだった。オリーヴの言葉にならないほえ声は、考える力を圧倒した。どうやって息を吸っているのかは謎だった。ともかく声は一度も途切れなかった。ジェンの町の外に広がる家々を過ぎ、オグルたちが見えなくなり、わたしが恐怖から立ち直っても、オリーヴは吠えつづけていた。

「黙りなさい、オリー」ハティが言った。「もうだれも食べられないから。頭がガンガンするわ」

けれども、オリーヴは静かにならなかった。とうとう御者は馬車を止め、わたしたちのところに入ってきて、オリーヴの頬をぱしりと打った。

「すみません、お嬢さま」御者は言うと、またひょいと出ていった。


フィニシング・スクールは、平凡な木造の建物だった。広がったスカートを着た女の子の形に刈り込んである巨大な庭木をのぞけば、あまり繁盛していない商人の家と言っても通りそうだ。

どうか昼食がたっぷり出ますように。

わたしたちの馬車が近づいていくと、ドアが開いて、背筋をぴんと伸ばした灰色の髪の女の人が、気取ったようすで小道を馬車のほうへ歩いてきた。

「ようこそ、若きレディたち」女の人は、これまで見たことがないほどなめらかに、ひざを曲げてお辞儀をした。わたしたちもお辞儀を返した。

女の人はわたしを手で示した。「ところで、こちらはどなたです？」

わたしは説明されたくないような方法で説明される前に、一気に言った。

「エラと申します。わたしの父は、フレルのピーター卿です。ここに手紙があります」わたしは旅行カバンから、お父さまの手紙とお父さまがくれた財布を取りだした。

女の人は、手紙と財布を（慣れたようすで、手のひらで重さを量ったあとで）エプロンのポケットにしまいこんだ。

「思いがけない生徒さんがいらして、嬉しいわ。わたくしはマダム・エディス、あなたがたの新しい家の校長です。わたくしどものつつましき学舎へようこそ」マダム・エディスはまたひざを曲げてお辞儀をした。

もうやめてくれればいいのに。お返しに頭をさげたひょうしに、わたしの右ひざがポキンと鳴った。

「ちょうど昼ごはんが済んだところですのよ」

たっぷりの昼食の夢は破れた。

「これから、刺繍のお授業がはじまります。ここの若きレディたちも、一刻も早くあなたがたにお会いしたがっておりますし、教養を身につけるのは、早く始めれば始めるほどいいですからね」

マダム・エディスは、わたしたちを日あたりのよい大部屋に案内した。「みなさん。新しいお友だちが三人みえました」

教室にあふれかえった少女たちがいっせいに立ちあがって、ひざを曲げてお辞儀をし、また席についた。全員がおそろいのピンクのドレスを着て、髪に黄色いリボンをつけている。わたしのドレスは旅でしみがついてシワだらけだし、たぶん髪もほどけてくしゃくしゃだ。

「では、お勉強のつづきをなさい。新しい生徒さんたちは、お裁縫の先生が見てくださいますからね」

わたしはドアのそばの椅子に腰をおろし、挑戦的な態度でまわりのお上品な面々をじろじろ見まわした。ひとり、わたしと同じ年くらいの女の子と目があった。女の子はおずおずとほほえんだ。わたしの表情もやわらいだんだと思う。その子のほほえみがぱっと広がって、ウインクしてくれたから。

お裁縫の先生がこちらへきた。針と、ひと組の刺繍糸と、花の模様が下描きしてある白いリネンを一枚持っている。この下描きにそって花を刺繍し、枕や、椅子の背のカバーにするってことらしい。

何をするのか説明すると、お裁縫の先生は、わたしがやりかたを知っていると思いこんで、そのまま向こうへいってしまった。わたしは針を持ったことさえなかった。ほかの女の子たちの見よう見まねでやろうとしたけれど、針に糸を通すこともできない。十五分くらい四苦八苦していると、お裁縫の先生がすっ飛んできた。「まさかオグルか何かに育てられたというんじゃ、ないでしょうね！」先生は叫んで、針をひったくった。「もっとそっとお持ちなさい。槍じゃないんですから。糸を針に近づけるんです」先生は針にすっと緑色の糸を通して、わたしに返した。

わたしは命令されたとおり、針をそっと持った。

先生は向こうへいってしまった。わたしはバカみたいに、自分の布をただ見つめた。それからバラの輪郭に針をぶすりと突き刺した。何も食べていないせいで頭がずきずきする。

「糸の先に結び目をつくって、下から刺しはじめないと」話しかけてきたのは、さっきウインクをした女の子だった。その子は椅子を引いて、わたしの隣に来た。「あと、緑でバラを刺繍したりしたら、お裁縫の先生にまたバカにされちゃうわ。バラは赤かピンクじゃなくっちゃ。せめて黄色ね」

女の子は自分が着ているのと同じようなピンクのドレスをもう一枚ひざに広げると、背中をまるめて、とても細かいステッチで縫いはじめた。

彼女の茶色の髪はいくつもの三つ編みに編まれ、ひとつにまとめて頭の高い位置でとめてあった。肌はシナモン色で、頬にキイチゴの色がさしていた（どうしても、食べ物と関連づけてしまう）。唇は両はしが自然に上がっていて、感じのいい、満ち足りた雰囲気を醸している。

名前はアレイダといって、家族はアヨーサ国との国境ぞいにあるアモンタの町に住んでいた。アヨーサ語のアクセントで話し、「m」のあと唇を音をたてて離し、「i」を「y」のように発音した。

「アベンサ　ウトゥユ　アンジャ　ウベンス」アヨーサ語で「よろしくね」のはずだけど。オウムから教わったのだ。

アレイダは、とてもうれしそうにほほえんだ。**「ウベンス　オコッモ　アヨーサ？」**

「ほんの二、三言しか知らないの」わたしは白状した。

アレイダは気の毒なほどがっかりした。「自分の国の言葉で話せる人がいたら、すてきなのに」

「教えてくれない？」

「あなたの発音はとてもきれいよ、でも……」アレイダは自信がなさそうだった。「作文の先生がアヨーサ語を教えているのだけど、しゃべれるようになった人はだれもいないの」

「わたし、言葉を覚えるのは得意なのよ」

さっそく、アレイダは教えはじめた。何語でも、わたしは一度聞けば忘れない。その時間の終わりには、短い文章を作れるようになっていた。アレイダはとても喜んだ。**「ウトゥユ　ウベンス　エヴターム　オ**

イェント?」わたしはきいた。(フィニシング・スクールは好き?)。

アレイダは肩をすくめた。

「嫌いなの?　そんなにいやなところ?」わたしは、思わずキリア語にもどってきいた。

放りっぱなしだった刺繍にさっと影が落ちた。お裁縫の先生はわたしの枕カバーを取り上げて、芝居がかったようすで言った。「この時間中やっていて、ステッチが三つだけ!　それもあいだの広すぎる、雑なステッチが三つ!　まるで歯ぐきに歯が三本だけ残っているようだわ。自分の部屋にもどりなさい。就寝の時間まで出てはいけません。今夜の夕食は抜きです」

教室中に響きわたるような大きな音でわたしのお腹が鳴った。ハティがにたりと笑った。ハティじゃ、こんなにうまい罰は思いつけないだろうから。

ハティをこれ以上、喜ばせるのはごめんだった。「お腹は空いてませんから」わたしはきっぱりと言った。

「それなら、朝食も抜いて、生意気な態度を反省するんですね」

第十章
マンディからの手紙

メイドに案内されて歩いていくと、ドアがずらりと並んだ廊下に出た。ドアはひとつひとつちがうパステル色で塗りわけられ、部屋の名前を書いた札が貼ってある。ライム・ルームとデイジー・ルーム、オパール・ルームの前を過ぎ、ラベンダー・ルームの前で止まると、メイドはドアを開けた。

その瞬間、空腹は吹っ飛んだ。わたしはうす紫の洪水のなかにいた。わずかにピンクの入った紫もあれば、うす青がかった紫もあるけれど、紫以外の色はひとつもない。

カーテンは細長いリボン状になっていて、ドアが閉まったときに起きた風でフワーッと波のようにうねった。足もとには、巨大なスミレを刺繍したじゅうたんが敷かれ、部屋のすみには、キャベツの置き物に見える陶器の室内用便器があった。ベッドは五つあって、うすく透けた布で覆ってある。鏡のついた寝室用タンスも五床あって、これもうす紫の濃淡の波模様に塗ってあった。

わたしはベッドに身を投げだして、お腹がすいていることや、そのほかすべてのことを嘆き悲しみたい気分だった。でも、このベッドは身を投げだせるようなベッドではない。ふたつある窓の一方の横に紫の椅子が置いてあったので、わたしはそこにへなへなと座りこんだ。

これからずっとここで暮らすんだ。飢え死にしないですめばだけど。いやな先生のもと、ハティにこき使われながら。窓の外のマダム・エディスの庭をぼんやりと眺めているうちに、疲れと飢えのせいで体がしびれたようになってきた。しばらくして、わたしは眠りに落ちていった。


「ほら、エラ。食べ物よ」

栗がたっぷりつまったキジのローストの夢の中に、しきりにささやく声が入りこんできた。だれかがわたしの肩を揺さぶっている。「起きてちょうだい、エラ、起きて」

命令だ。わたしは起きた。

アレイダが、わたしの手にロールパンをひとつ押しこんだ。「これしか持ってこられなかったの。ほかの人たちが来る前に食べて」

ふた口でわたしはふかふかの白いロールパンを飲みこんだ。中身よりも空気のほうが多いようなパンだったけれど、それでもこの数日でとった栄養より多かった。

「ありがとう。アレイダもこの部屋で寝ているの?」

アレイダはうなずいた。

「どのベッド?」

ドアが開いて、三人の少女が入ってきた。

「あら!　やっぱり変わり者どうしは気が合うらしいわ」そう言ったのは、学校でいちばん背の高い生徒だった。彼女はiをyのように発音した。アレイダのアクセントをバカにしているのだ。

「エセテ　イッフィベンシィ　エヴタメ　オィジャント?」わたしはアレイダにきいた(これがフィニシング・スクールで教えるお行儀ってわけ?)

「オテムソ　イッフィベンシィ　アルーラ　イッピリ」(これよりもっとひどいときもあるのよ)

「あなたもアヨーサから来たの?」背の高い少女がきいた。

「いいえ、でもアレイダにアヨーサの美しい言葉を教わってるの。アヨーサ語だと、あなたは『イビウィウンジュ』ってとこね」本当は、ただの「背の高い女の子」という意味だった。アヨーサ語の悪口なんてまだ知らない。でも、アレイダが笑いだしたので、すごい悪口を言ったような感じになった。

わたしもいっしょになって笑った。アレイダがわたしの上に倒れこんできて、わたしたちは紫の椅子をギシギシきしませながらキャアキャア笑いころげた。

いきなり校長のマダム・エディスが入ってきた。「まあ!　いったいどういうことです?」

アレイダはさっと立ちあがったが、わたしは起きあがれなかった。どうしても笑いが止まらなかったのだ。

「わたくしの椅子は、そんな粗末な扱いには耐えられません。それに若きレディは、ひとつの椅子にふたりで座ったりしないものです。聞いているんですか?　エラ!　その品の悪い笑いを今すぐおやめなさい」

笑いはくすくす笑いになった。

「まだましだわ。今日は一日目ですから、大目に見てあげましょう。明日からは、よくなると信じています」

マダム・エディスはほかの少女たちのほうにむき直った。「ネグリジェにお着がえなさい。眠りの国の岸辺はもうすぐですよ」

アレイダとわたしは目で合図をかわした。友だちがいるっていうのは、すごくすてきなことだった。

ほかのみんなは眠りの国の岸辺にたどり着いたのに、わたしは遠く大海にとり残されていた。渡されたネグリジェは、リボンやらフリルやらがあちこちについていて、満足に横たわることさえできない。

仕方がないのでベッドから抜けだして、旅行カバンを開いた。眠れないのなら本を読めばいい。マダム・エディスが、若きレディは暗闇をこわがるものと信じていたおかげで、ランプがひとつ灯したままになっていた。

本を開くと、マンディからの手紙が出てきた。

エラへ

今朝、スコーンを焼きました。寝る前にバーサとネーサンとわたしで食べました。でも、わたしはつい、よけいに二個焼いていたんです。三人であなたのぶんも分けて食べなければなりませんでした。

さびしいなどと言って、あなたを困らせないと決めていたのに、わたしときたらもうこんなことを書いてしまいましたよ。

今日、あのサイモンとかいうオウム係が、あなたにあげるのだと言って鳥を一羽持ってきました。ノーム語とエルフ語をしゃべるそうです。動物園には向かないんだけど、お嬢さんなら気に入ると思って、と言っていました。エサに何をやればいいのか、説明していきましたよ。このわたしがオウムのために料理することになるとはね。

しかし、ちょっとでいいから、くちばしを閉じていてくれないでしょうかね。オウムのシチューのレシピはあったかしら。うそですよ。あなたへのプレゼントをシチューにしたりしやしませんから。

昨日は、もっとすてきなお客さまが、オウムよりもっとすばらしい贈り物を持って、いらっしゃいました。殿下ご自身が、セントールの子馬を引いてあなたに会いにいらしたんですよ。わたしがお留守だと申しあげると、殿下はあなたがどこへいって、いつ帰ってくるのかおたずねになりました。そしてフィニシング・スクールへいったことを知ると、憤然となさって、なんでお行儀なんて習う必要があるんだ、今のままでなにも問題はないのに、とおっしゃいました。わたしは答えられませんでしたよ。だって、それはわたしがあなたのお父さまに言いたいことなんですから。

殿下に、うちには大きくなったセントールを飼う場所がないことを申しあげました。なかなか美しい子馬だけど、わたしにはとても手に負えませんしね。そうしたらあなたの殿下は、ぼくがエラのために育てよう、とおっしゃいました。あなたに子馬の名前はアップルだと伝えてほしいとおっしゃってましたよ。それを聞いて、子馬が殿下に連れられて出ていく前に、名前と同じものをやりました。

出ていくといえば、あなたが出発したのと同じ日に、お父さまもお出かけになりました。「緑の化け物」

のところにいくそうですよ。どうやら、この失礼な呼びかたはエルフたちのことらしいですね。そんなにすぐには帰っていらっしゃらないそうです。

あなたには早く帰ってきてほしいですよ。バーサとネーサンがよろしくと言っていました。わたしからも、カゴいっぱいの、樽いっぱいの、いいえ、大樽いっぱいの愛をおくります。

あなたの料理人、マンディより

追伸　トニックを飲みなさい

わたしは本を閉じて、背表紙に向かってささやきかけた。「どうかこの手紙を消さないで」それから、トニックを飲んだ。

セントールの子馬！　美しい子馬。ひと目でいいから見られたら！　なでられたら！　わたしのことを覚えてもらえたら！

昼間に出てこなかった涙が、今、出てきた。もしわたしが三日も食べなかったことを知ったら、もしわたしがあの怪物みたいなハティにあごで使われていると知ったら、マンディは怒り狂うだろう。

次の朝、音楽の先生はみんなに歌わせて、すぐさまひとつだけ調子の外れたわたしの声に気づいた。「エラは、音というのはひとつではないことに気づいていません」音楽の先生はみんなの前で言った。「こちらにいらっしゃい。この音を出してごらんなさい」そして、ハープシコードの鍵《キー》をたたいた。

できるわけがない。まともに歌えたためしがないんだから。命令に従えなかったら、どうなるんだろう？

案の定、音は外れた。音楽の先生は眉をひそめた。

「もっと高く。でないと、どこかよその学校へいって、若い殿方と歌っていただきますよ」音楽の先生はもう一度、鍵を押した。

次は、とんでもなく高すぎた。ひとりの子が耳をふさいだ。中耳炎にでもなればいいんだわ。

音楽の先生はもう一度弾いた。

こめかみがずきずきしはじめた。わたしは歌った。

「もうちょっと低く」

やっと、合った。先生はまた別の音を弾いた。わたしは歌った。先生が音階を弾く。わたしは、ひとつも外さずに歌った。うれしかった。昔からずっと歌がうまくなりたいと思っていたから。わたしはもう一度、前よりも大きな声で歌った。できた！

「もうよろしい。わたしが歌いなさいと言ったときだけ、歌いなさい。そうでないときは、歌わないこと」

次の時間は、ダンスの先生が軽やかにステップを踏みなさいと命令した。

わたしのパートナーはジュリアだった。昨日の夜、アレイダをからかっていた背の高い子だ。わたしは軽やかなステップを踏むため、ジュリアの腕をつかんで思いっきり体重をかけた。

「やめてよ」ジュリアは腕を振りほどいた。

わたしは転んだ。みんながくすくす笑うのが聞こえた。

ジュリアに代わって、ダンスの先生がパートナーになった。先生に寄りかかるわけにはいかない。わたしは、自分の足が風船だと思うことにした。軽やかに動かないと、床にひびが入ってしまうのだと自分に言い聞かせる。ステップを踏む。すべるように動き、前へ出て、後ろへ跳ねる。優雅とまではいかなかったけれど、少なくとも地響きは起きなかった。ドレスが汗でびっしょりになった。

「さっきよりはましです」

昼食の時間の担当は、お作法の先生だった。「指でテーブルをコツコツたたくのはおやめなさい、エラ。陛下が恥ずかしく思われますよ」お作法の先生は、何かというとジェロルド王を引き合いに出した。

これでテーブルは、二度とわたしにたたかれる心配はなくなった。

「ステッチを小さくなさい、エレノア。糸を無理に引っぱらないで。たづなではないんですよ。あなただって御者ではないでしょう?」午後は、お裁縫の先生だった。

わたしは針で指を刺したけれど、ステッチは小さくなった。

毎日が同じだった。わたしは、新しい命令にびくびくしっぱなしだった。呪いは、簡単にはわたしを変えてくれなかった。片時も気を抜くことはできず、頭の中で命令が果てしなく繰り返された。目が覚めるとまず、ベッドから飛びださないよう言い聞かせる。ネグリジェはそのまま、召使いに片づけさせる。朝食では、オートミールをふうふう吹いてさまさない。かたまりがあっても吐きださない。午後の散歩では、スキップはしない。飛び跳ねない。

一度など、思わず声に出してしまったこともあった。食事の時間だった。「音をたてて飲まない」わたしは自分に言い聞かせた。低い声だったけれど、隣の席の子が聞いていて、ほかの子に言いふらした。

のびのびできるのは、作文の先生が担当の授業だけだった。先生は作文法と演算法を教えていた。習字も教えていたけれど、これは唯一わたしが優等を取らなかった科目だった。作文の先生は命令をしなかったからだ。

先生はアヨーサ語も教えていたけれど、ほかの言語の授業はなかった。人間以外の言葉を少しだけ知っていて、もっと習いたいと思っていると言ったら、先生は辞書をプレゼントしてくれた。これは、マンディのプレゼントの次にお気に入りの本となった。

わたしは時間ができると、こうした言葉を練習した。特に好きなのはオグル語だった。意味はぞっとするようなものだったけれど、オグル語を発音するのには、どこか魅力があった。なめらかで、すべすべしていて、つややかで、言葉を話すヘビの出す音に似ている。**ふいシャぷシュウウ**（おいしい）、**シュシュんぐ**（食べる）、**ヒジィぬぬ**（食事）、**えフフーす**（味）、**フフんオー**（酸っぱい）。

全科目でわたしの見せた上達ぶりに、先生たちは目を見張った。最初のひと月は、正しくできることはほとんどなかった。次の月になると、正しくできないことのほうが少なくなった。やがて、すべてが自然にできるようになった。軽やかなステップ、細かいステッチ、静かな声、まっすぐピンと伸びた背中、ひざをがくんとさせないでする深いお辞儀、あくびをしないこと、スープ皿は手前を持ち上げて傾けること、音をたてて食べないこと。

こうして毎晩ベッドに入ると、わたしはひたすら想像をめぐらせた。ルシンダの呪いから解放されたら何をしよう。食事のとき、顔に肉汁を塗りたくって肉入りパイをお作法の先生に投げつけてやる。校長先生のいちばんいい食器を頭の上にのっけて、よろよろ歩いたり、ふんぞり返ったりして、ひとつ残らず割ってやる。それから、食器のかけらとつぶれた肉入りパイをかき集めて、わたしの完璧な刺繍になすりつけてやろう。

第十一章
フィニシング・スクールの毎日

アレイダは別として、フィニシング・スクールでの友だち関係は楽しいものではなかった。ハティの一派だけは友だちぶって話しかけてきた。ハティは、人目のあるところではいつもそういう恩着せがましい態度をとった。この一派というのは、まったくぞっとするような顔ぶれで、ハティと、ハティが親友と呼んでいるブロッサムとデリシアだった。ブロッサムには独身の伯爵の叔父がいて、彼女がただひとりの相続人だった。ブロッサムの話題といえば、この伯爵が結婚して子どもができたら、自分はあとを継げなくなるということだけだ。デリシアは公爵の娘だった。めったに口をきかないけれど、口を開けば、出てくるのは文句ばかりだった。この部屋は隙間風が入る、食事のしたくがきちんとできていない、メイドが身分をわきまえていない、口紅をつけている生徒がいる、などだ。

先生たちも、だんだんとわたしを嫌うようになった。最初のころ、わたしは懸命に言われたことをやろうとした。それがうまくいきはじめると、わたしは先生たちのお気にいりの「いい子」になった。わたしはそれがいやだった。だから、フィニシング・スクール仕込みの身のこなしが完全に身につくと、わたしがだれのペットでもないことを、思い知らせてやった。わたしはできるだけしゃべらず、やむをえないとき以外、先生と目も合わせなかった。そしてまた、例のゲームをするようになった。

「もっと静かに歌いなさい、エラ。それではアヨーサまで聞こえますよ」

わたしは、聞き取れないような声で歌った。

「それでは小さすぎます。わたくしたちに、あなたの美しい歌声を聞かせてちょうだい」

そうしたら、また大きすぎる声で歌う。音楽の先生は、わたしの声がちょうどいい大きさになるまで十五分もかけて調整しなければならなかった。

「足をあげて。これは陽気なガヴォットの踊りなんですよ」

わたしは、足を腰より高く跳ねあげた。

こんな調子だ。ちっとも面白くなかったけれど、やらなければならなかった。でないと、完全なあやつり人形になってしまいそうだったから。

ハティは、わたしが従順だということを、だれにもしゃべらなかった。何か命令するときはいつも、まわりにだれもいないときを選んで、夕食後に庭へ来るように命じた。最初の命令は、花をつんで花束を作ることだった。

おあいにくさま。わたしの名づけ親は、妖精の料理人だから！　わたしは特に香りの強い花を選んで摘むと、何か役に立ちそうなものを探しにハーブ畑へ走った。エフェル草があればいいんだけど。もしあれば、ハティの顔に、一週間は治らないブツブツを作ってやれる。

ほとんどは、ありふれたものだったけれど、もどりかけたとき、ボグウィードの若枝を見つけた。香りを吸いこまないように注意しながら枝を折って、バラと並べて束ねた。

ハティは花を見ると喜んで、花束に顔をうずめた。

「すてき。でも、これって……」ボグウィードの香りが効いてくるにつれ、ハティの顔から笑みが消え、うつろな表情になった。

「どうしたら、わたしに命令するのをやめる？」

ハティは抑揚のない声で答えた。

「あなたが従わなくなったら」

あたりまえだ。質問をひとつむだにしてしまった。ボグウィードの香りはどのくらいもつんだろう？　でも効き目がつづくかぎり、何でもたずねることができるし、何でも正直に答えるはずだ。

「ほかに、やめさせる方法は？」

「ないわ」それから、考えて付け加えた。「わたしが死んだら」

その線では、実現しなさそう。「これからどんな命令をするつもり？」

「考えてない」

「どうしてわたしが嫌いなの？」

「わたしのことを、うらやましがらないから」

「そっちは、わたしがうらやましいわけ?」

「ええ」

「どうして?」

「あなたはきれいだから。それに勇敢だし」

ハティはわたしをうらやましがっている。わたしは驚いた。「何かこわいものはある?」わたしはきいた。

「オグル。追いはぎ。おぼれること。病気になること。山登り。ネズミ。イヌ。ネコ。トリ。ウマ。クモ。ミミズ。トンネル。毒……」

わたしはやめさせた。要は、何でも怖いってわけね。「いちばん望んでいることは?」

「女王になること」

臆病者の女王だ。従うのは、わたしだけ。

ハティの顔つきが変わってきた。いつものいやらしいうす笑いがもどりつつある。わたしはもうひとつだけ質問してみた。「あなたの秘密は何?」

ハティは答えないで、いきなりわたしの髪を乱暴にひっつかんだ。もう、さっきまでのとろんとした目つきではなくなっていた。

「なんでこんなところに立っているんだっけ?」ハティは花束を見おろしたけれど、もうにおいをかごうとはしなかった。「ああ、そうだったわ。おつきの女官がきれいな花束を持ってきてくれたんだったわね」

ハティは眉をひそめた。「でも、ひとつだけ、いやなにおいがするのがあるわ。抜きなさい」

わたしはボグウィードを抜いて、踏みつぶした。もっとよく考えておけば、ハティをやっつける方法を聞きだせたのに。

ハティの命令はほとんどが雑用だった。もっと面白い命令を考えだす想像力に欠けているんだろう。わたしはハティの洋服にブラシをかけ、靴を磨き、首の痛いところをもんだ。食料室にしのびこんで、クッキーを盗まされたのも一回ではなかった。一度なんて、ひざまずいて足の爪を切らされた。

「漬物の漬け汁でもすりこんでるとか?」足の臭いに息がつまりかけながら、わたしは言った。

もちろん、機会さえあれば仕返しをした。マダム・エディスの地下室のネズミやクモたちは、続々とハティのベッドにもぐりこむことになった。わたしは、キャーというみごとな悲鳴があがるのを眠らずに待ちつづけた。

こうして毎日が過ぎていった。ハティが命令をくだし、わたしが仕返しする。けれど、五分と五分ではなかった。ハティがいつも優位にいた。力を持っているのはハティ。ムチを握っているのは、ハティだった。

楽しいのはアレイダといるときだけだった。わたしたちは並んで食事をとり、いっしょに裁縫をし、ダンスの授業ではパートナーだった。わたしは、フレルの町やマンディやシャーの話をした。アレイダは、宿屋を営んでいる両親の話をしてくれた。アレイダの家はお金持ちではなくて、それも、アレイダが人気のない理由のひとつだった。卒業して身につけたことを生かして両親を手伝うのが、アレイダの目標だった。

アレイダみたいにやさしい子は、ほかにいない。あのいけ好かない大女のジュリアが、マダム・エディスのあずまやのブドウを食べすぎて具合が悪くなったとき、ジュリアの友だちがぐうぐう眠っている横で、アレイダは一晩中つきっきりで看病した。わたしも手伝ったけれど、アレイダのためにやっただけだ。わたしは、アレイダみたいに心が広くなかった。

夕方に庭へ出たとき、わたしはいつの間にかお母さまの話をしていた。

「お母さまが生きていたころは、しょっちゅうこんな木に登っていたの」わたしは、下枝の張り出したオークの木の幹に手を置いた。「上まで登って、息をひそめてじっと待ってるの。それでだれかが下を通りかかると、小枝やどんぐりを投げつけるのよ」

「お母さまはどうしてお亡くなりになったの？」アレイダがきいた。「もし話したくないなら、いいからね」

アレイダになら、話せる。わたしが話し終わると、アレイダはアヨーサの弔いの歌を歌ってくれた。

つらい別れ
もう、会うこともない
悲しい別れ
愛は引き裂かれ
長い別れ
死が死を迎えるまで
けれど、失われた者はともにいる
彼女のやさしさが力を
明るさが元気を

誇りが清らかさを与えてくれ
思い出よりもあざやかに
彼女はよみがえる

アレイダの声は蜜のようになめらかで、ノームの黄金のように豊かだった。気がつくと、わたしは泣いていた。涙が雨のようにとめどなく流れる。そして雨と同じように、やすらぎをもたらした。

「アレイダの声は本当にきれいね」やっと口がきけるようになると、わたしは言った。

「わたしたちアヨーサ人は、みんな歌い手なの。でも、歌の先生はわたしの声は低すぎるって言うのよ」

「先生の声は糸みたいにかぼそいわ。あなたの声は完璧よ」

寮のベルが鳴った。寝るしたくをする時間だ。「泣いたから、鼻が赤くなっちゃった？」わたしはきいた。

「ちょっとだけ」

「ハティ……ほかの子たちに見られたくないから、もうちょっとだけここにいる」

「お作法の先生に怒られるわよ」

わたしは肩をすくめた。「どうせまた、陛下の御名を汚します、とか言うだけよ」

「じゃあ、わたしもいるわ。鼻を見ていて、赤くなくなったら教えてあげる」

「ちゃんと見ててね。よそ見しちゃだめよ」わたしは顔をしかめて見せた。

アレイダはくすくす笑った。「承知いたしました」

「お作法の先生はきっと、こんなところで何をしているんですかってきくわね」わたしも笑いながら言った。

「エラの鼻を見ています、って答えるわ」

「じゃあ、わたしは鼻にしわを寄せています、って言う」

「陛下がわたしたちのお行儀を見たらどう思われるでしょうって言われそう」

「そしたら、王妃さまも毎晩、王さまが七回鼻にしわを寄せるのをご覧になっています、って答えるわ」

またベルが鳴った。

「もう、赤くなくなったわ」アレイダが言った。

わたしたちは寮のほうへ走っていった。ドアのところで、わたしたちを探しにきたお作法の先生と鉢合わせした。先生を見たとたん、わたしたちはまた笑いだした。

「あなたたち！　部屋へもどりなさい。陛下がなんておっしゃるでしょう！」

まだクスクス笑いながら玄関ホールに入ると、ハティがいた。

「お楽しみのようね？」

「おかげさまで」わたしは答えた。

「なら、今はお邪魔はしないわ。でもエラ、明日、庭で待ってるから来なさい」

「あんなアヨーサから来たお下品な人とつきあうのはやめたほうがいいわ」次の日の夜、ハティは言った。

「アレイダは、あなたなんかよりずっと上品よ。それに、自分の友だちは自分で選ぶわ」

「あら、そう。あなたを悲しませるのは気がすすまないんだけど、しょうがないわねえ。エラ、アレイダとの友情を終わらせなさい」

第十二章　旅立ち

ハティは寮へもどっていった。わたしはそのまま外に残った。ハティの後ろ姿をじっと見送る。いやらしい歩き方を。上品ぶったよたよた歩き！　ハティはわざと立ち止まって花を一輪つむと、これみよがしに鼻に近づけた。

わたしはベンチに座って、砂利道をじっと見おろした。これまでいろいろと、ハティに味わわされるかもしれない苦痛を想像してきた。でも、これだけは考えたことがなかった。身に危険がおよぶことや、ひどい恥をかかされることも考えた。でも、こんな苦しみは想像もしていなかった。

今もアレイダはアヨーサ語のレッスンをしようと、部屋で待っているにちがいない。わたしは立ち上がれなかった。アレイダと顔を合わせることはできない。

アレイダを傷つけずに、友情を終わらせる方法はないだろうか？　突然口がきけなくなったふりをするとか？　そのせいで、アレイダに話しかけられなくなったことにすればいい。そうなっても、アレイダなら前と同じように友だちでいつづけてくれるだろう。アレイダは話すことができるんだし、ふたりで身ぶり手ぶりの言葉を発明したらきっと楽しいにちがいない。でも、それじゃ、友情が終わることにならない。つまり、呪いはそうさせてはくれないだろう。第一、先生が「しゃべりなさい、エラ」って命令するに決まっている。そうしたら、わたしは話さなくてはならない。

ひとりでいるという誓いをたてた、って言うのはどうだろう。でも、そんな誓いをたてたということで、やっぱりアレイダは傷つくだろう。

お母さまが呪いのことを話すのを禁じさえしなかったなら！　でも、だとしても、説明するってことは友情の証だから、この手も使えない。

就寝のベルが鳴った。また遅刻。でも、今夜はもう、遅刻を冗談にしていっしょに笑ってくれるアレイダはいないのだ。

部屋にもどると、アレイダはわたしのベッドに座って、作文の先生へ提出する手紙を書いていた。

「どこにいっていたの？　ちょうど命令形のおさらいをしていたのよ」

「疲れてるの」わたしは質問には答えないで言った。

たぶん、わたしは本当に疲れているか、悩んでいるように見えたのだろう。アレイダは無理にきこうとしなかった。ただわたしの腕をそっとたたくと、言った。「命令形は明日やればいいわ」

ベッドに入っても、眠りたくなかった。あと数時間たてば、いやでもアレイダを傷つけなくてはならない。せめてそうなってしまう前の最後の時間をじっくりと味わいたかった。

おやすみなさい、アレイダ。あともうひと晩だけ、友だちでいて。

眠れぬ長い夜が待っていた。わたしは魔法の本を引っぱりだした。本を開けると、オルガ准男爵夫人から娘たちへの手紙が出てきた。

かわいい娘たちへ

かわいそうなお母さまは、あなたがたのいないさびしい日々を送っています。

昨日の夜は、宮廷で行われた舞踏会に出席しました。ワイン色のタフタのドレスに、ルビーの首飾りをつけていったのに、無駄だったのよ。ジェロルド王がお出かけなので、集まりが悪かったのです。シャーモント王子はいらしたのだけど。あのすてきなピーター卿もいらっしゃいませんでした。残念だったわ。きっと旅に出ていらっしゃって、ますますお金を稼いでおられるのでしょうね。卿がご無事でありますように。帰っていらっしゃったら、いちばんはじめにご挨拶にうかがうつもりです。


それから三ページは、オルガ夫人の社交の予定と着るものの話で埋めつくされていた。最後になって、夫人はようやく娘がいたことを思い出したらしく、もう一度、娘たちに向かって書きはじめた。

よく食べて、元気でいてちょうだいね。オリーヴ、お願いだからマダム・エディスのお花を食べたりしないで。もしあなたが病気になったり、死ぬようなことになったら、お母さまは悲しくてどうしていいかわからないわ。ハティ、あなたの髪をセットするのに信頼できる召使いは見つかったかしら。マダム・エディスは、宜しくはからってくださるとお約束してくださったけれど。

ふたりとも、今ごろはびっくりするくらいお上品になっていることでしょうね。でも、あまりがんばりすぎないでちょうだい。かわいらしく歌ってダンスができて、お上品にお食事ができて、ほんのちょっと縫いものができれば、一人前のレディですからね、お母さまはそれでじゅうぶんです。

馬車が来たわ。今日はレモン色の絹のドレスです。そろそろいかないと。

あなたがたのすてきなお母さまより

ハティの髪をセットするだけのために、どうして信頼できる召使いが必要なわけ？　わたしはハティとオルガ夫人の華やかな巻き毛と、オリーヴの貧弱なカールを思い浮かべた。そういえば、ボグウィードの香りをかいだあと、ハティはわたしの髪につかみかかったっけ。思わず笑い声を上げてしまった。ハティとオルガ夫人はかつらなんだわ！

ありがとう、オルガ准男爵夫人。今夜、笑えるとは思ってなかったわ。わたしは次のページをめくった。

左のページを見ると、セントールの子馬（アップルね！）が若者、つまりシャーに、鼻面を押しつけている挿絵があった。たしかに子馬は美しかった。こい茶色の体に黄褐色のたてがみ、そしてやはり黄褐色の、ちょっといびつな星がひとつ胸についていた。ほっそりとした体とひょろ長い足が、早く走るために生まれてきたことを物語っている。今はまだ、人を乗せるには幼いけれど。本当にこの子がわたしのものだなんて！

右のページには、シャーから父親へあてた手紙があった。

父上

父上が何事もなくお元気で、この手紙をお読みになっていることを祈っております。母上と妹と弟たちはみな元気です。もちろんわたくしも元気です。

父上に合流せよとのご指示、いただきました。父上のわたくしへの信頼に、感謝の念でいっぱいでおります。供にお選びくださった騎士たちも勇敢な者ばかりで、青二才の指揮にも、ユーモアをもって従ってくれます。母上は心配なさっていますが、彼らなら、わたくしを危ない目にあわせるようなことはないと申しあげました。

ですが父上、本当のことを申し上げますと、わたくしははじめての軍務（たとえそれが国境警備隊の視察にすぎなくても）に気持ちが高ぶっており、おやさしい母上のおっしゃることさえ耳に入らぬ状態です。ひょっとしたら、オグルが急に襲ってきて、小競り合いになるかもしれません。負傷することなどこわくありません。恐れているのは、立派に任務をはたせぬことだけです。

オグルと小競り合い！　それのどこが危険じゃないって言うの？

つづけて、シャーはほかの国から使節団が訪れたことと、オルガ夫人が書いていたのと同じ舞踏会について書いていた。ただし、シャーはどんな服を着ていったかは書いてなかったけど。

ページの終わり近くになって、わたしの名前が出てきた。

今、わたくしはある知り合いの女性のために、セントールの子馬を調教しています。彼女の母君は先日お亡くなりになったレディ・エレノアです。娘君であるエラはとてもすてきな女性ですが、フィニシング・スクールへいってしまいました。そのせいで、彼女のすばらしさが損なわれるのではないかと心配しています。ああいうところでは、いったい何を教えているのでしょう？　裁縫やお辞儀のしかたでしょうか？　そのような取るに足らぬ芸当を習いに、はるばるいくようなところなのでしょうか。

つまり、もうわたしはがさつでなくなったから、シャーの気持ちは離れてしまうってこと？　これまで一度だって、小さな象でよかったなんて思ったことはなかったし、今の今まで、そうでなくなったことを悲しんだことはなかったのに。

でも、そもそも生きてなきゃ、わたしのことを好きでなくなることだってできない。シャーがオグルのランチになってしまったら？

次のページは、お父さまから管理人への手紙だった。

ジェームス

エルフの森には郵便馬車はめったに来ないが、ようやく今日来た。わたしはまだ緑の化け物のところにいる。商売は期待外れだった。こっちがどんなものを出してみせても、やつらはアーグレンの作品を見せようともしなかった。やつらの交易の責任者であるスラネンは、取引というものがわかっていない。やつはノームの銅のシチューなべ一個に、花びん三つを差しだした。さらに、ただの木のフルートにも同じだけ支払ったのだ。

そのあと三ページにわたって、取引と売り上げの説明がつづき、最後は今後のお父さまの予定で締めくくられていた。

わたしは、うああくすの農場へ行く予定だ。君もうああくすのことは覚えているだろう。去年、われわれにカブの収穫の販売を託した女巨人だ。十月十五日にうああくすの娘が結婚する。式に出席するつもりだ。巨人の結婚式というものを見てみたいのでね。巨人たちの儀式というのは、一風変わっているそうだ。それに、妖精も何人か来る可能性がある。結婚式や子どもの誕生に妖精がひとりも居合わせぬことはないと言われているからな。もし客の中の妖精をうまいこと見つけることができれば、彼らの作ったちょっとしたものでも手に入れられるかもしれない。

わたしはつばをごくりと飲みこんだ。口がからからに渇いていた。妖精は結婚式や子どもの誕生の場に好んで現われるなんて、マンディは一度も言っていなかった。でも、わたしが生まれたとき、マンディもルシンダもその場にいたのだ。

ルシンダは巨人たちのところに来るかもしれない。ルシンダが来そうな場所がはっきりわかったのは初めてだ。きっとわたしも会える——たどり着くことさえできれば。おまけに、ルシンダは人のために何かしようっていう気満々になっているかもしれない。また悪気のない恐ろしい魔法をかけたあとだったら、すっかりご機嫌になって、一生懸命頼めば呪いを解いてくれるかもしれない。

お父さまとは、フィニシング・スクールにずっといると約束したわけではない。いくって言っただけだ。だからいつでも好きなときに出ていける。ここを出れば、もうハティに命令されることもない。アレイダもこのまま友だちだと思いつづけてくれるだろう。そしてルシンダを説得できれば、これからもずっと友だちでいられる。

今は何時くらいだろう？　これから出発して朝までにどのくらい進める？　わたしは立ちあがった。が、またすぐ座った。うああくすの農場までどのくらいあるんだろう？　結婚式まではあと二週間もない。それまでに着くことができる？

魔法の本に地図があるかも。わたしは、狂ったようにページをめくった。地図はあったけれど、フィニシング・スクールに来るときに馬車の中で見たものと同じだった。今のわたしには、フレルの地図はなんの役にも立たない。

いいわ。なんとかして、探しあててみせる。

五分でわたしは旅行カバンに大切なものをつめこんだ。トニック、魔法の本、辞書、ショール、そのほかにあとふたつ、みっつ。アレイダの寝ている姿をじっと見つめてから、わたしは部屋を出た。

デイジーの部屋までくると、中へ入り、足音を忍ばせてハティのベッドに近づいた。ハティは眠ったまま眉をひそめて、何かモゴモゴつぶやいている。「王室」という言葉だけ聞き取れた。

かつらがずれている。すっかり器用になった指先のおかげで、わたしはハティを起こさずにかつらを取ることができた。さあて、これをどうしよう？　消えかかった暖炉の中にほうりこもうか？　でも、においでだれかが起きてしまうかも。マントルピースの上に飾ってある陶器のネコにかぶせてやるとか？　でも、ハティがいちばんに起きて、だれかに見られる前に取り返してしまったらつまらない。

そこで、わたしは持っていくことにした。戦利品として。

第十三章
アーグレンの工芸品

眠っている寮を、まるでレースに針を通すようにそっと通りぬけた。外に出ると、眠っている木に、手を振って別れを告げた。

歩いていくうちに、空が白んできた。ジェンの町はずれで、パン屋のおじさんに今朝いちばんの売り上げをプレゼントした。スグリの実入りのマフィンと日持ちのする乾パン二斤を、ハティのかつらと交換したのだ。パン屋のおじさんは、こんな精巧なものは見たことがないと太鼓判を押した。

パン屋のおじさんはうああくすの名前は知らなかったけれど、「どっか北のへんに」巨人の農場がいくつかあると教えてくれた。

「おれの腹くらいあるクッキーを焼くらしいよ」

そして、打ちのばし台の小麦粉に地図を描いてくれた。ジェンを出ると、道はふた股に分かれる。右の道はフレルへもどる道、左の道がわたしのいく道だ。最初の目印はエルフの森で、森を出ると、もう一度道がふた股に分かれる。左は「ぜったい足を踏み入れちゃなんねえ」道で、オグルの住むフェンズへとつづいていた。右が、巨人のところへいく道だ。牛が家畜小屋みたいに大きくなったら、着いた印だということだった。

打ちのばし台で見るかぎりは、そんなに遠くなさそうだった。指で計ると、ほんのひとまたぎのところだ。パン屋のおじさんによれば、馬車で五日か六日の距離ということだった。

「歩いていったらどのくらいだと思いますか?」

「歩く?」パン屋のおじさんは笑いだした。「ひとりで? オグルやら追いはぎやらが街道をうろうろしてるっていうのに?」

ジェンを出ると、わたしは街道を歩くのをやめ、街道からこちらが見えないくらいの距離をあけて進むことにした。マダム・エディスが追いかけてくることは、心配していなかった。きっとわたしがもどってくるほうに賭けて、いなくなったことをできるだけ長く隠そうとするだろう。パン屋のおじさんはオグルや追いはぎのことを心配していたけれど、大げさだとわたしは思っていた。ひとり旅の旅人なんて、襲う価値のある獲物とは思えない。でも、見知らぬ者には注意しなければいけない。呪いをかけられた身には、必要なことだった。

フェンズに向かっているシャーに会ったりして! そう思わずにはいられなかった。シャーが近くにいるかもしれないと思うと、胸がはずんだ。といっても、わたしより先にいるのか、あとにいるのか、そもそもこの道を来るのかどうかさえわからないのだ。魔法の本がもっと教えてくれたらいいのに!

街道には、ほとんど人通りはなかった。でも、わたしは逃げだせたことがうれしくて、こわさなんて忘れていた。もう命令されることはない。もしカエデの根元に座って、葉の隙間から見える朝日を眺めながら朝食を取りたければ、取れるのだ！　もちろんわたしは実行した。飛んだり、跳ねたり、走ったり、露に湿った草の上をすべりたければ、それもできる。もちろん、それもやった。気分が向いたときに、口笛をふき、即興で作った詩を暗誦した。

こうして、わたしはすばらしい二日間を過ごした。こんなすばらしい時を過ごしたのは、お母さまが亡くなってから初めてだった。シカやノウサギに出会い、一度なんて、夕暮れの光の中で不死鳥が煙をたなびかせながら舞い上がるのを、たしかに見たのだった。

けれども、三日目になると、結婚式までに巨人のところに着くのは無理だと思いはじめた。まだエルフの森にも着いていない。結婚式に間に合うには、二日目には森を過ぎていなければならないはずだ。でも、ひょっとするとパン屋のおじさんは森から巨人のところまでの距離をまちがえてるのかもしれない。きっとおじさんが思っているより、ずっと近いのよ。

四日目、乾パンの最後のひと口を食べ終えた。あたりの景色は、低い木の生えた砂地に変わっていた。このぶんじゃ、新婚夫婦が初めての結婚記念日を祝うより前に着くことさえできないだろう。

五日目、このまま死ぬまで、果てしなく広がる荒野をさまよいつづける運命なんだって確信した。

六日目、あたりに木が増えてきたけれど、空腹のあまりぼうっとしていたせいで、それがどういうことなのか、もうわからなかった。野生ニンジンのレースのような花を求めてひたすら地面を見つめていると、前のほうで影がさっとゆらめき、木の幹のあいだを何かがすばやく動いた。シカ？　歩く木？　あ、あそこ。

また見えた。エルフだ！

「クメック　イムス　ポウド」わたしは呼びかけた。エルフ語で「太陽と雨」つまり「こんにちは」の意味だ。

「クメック　イムス　ポウド」女性のエルフがためらいながら近づいてきた。森の地面に落ちた木漏れ日と同じまだら模様に織られた服をまとっている。「エルフ語ガデキマスカ？」

「ユン　ガー」（少しだけ）。わたしはほほえもうとしたけれど、彼女があまりにきびしい表情をしているので、できなかった。

「アフッ　エンチ　ポエル？」エルフはきいた。

「ドク　エンチ　えら。ジョルト　ユークス　さー・ぴーたー　ユークス　フレル」お父さまを、知っているだろうか？

「さー・ぴーたー。ワッティル　レン」エルフははき捨てるように言った。そして前へ出て、わたしをじっと見た。わたしは彼女の目を見返して、どうかわたしはワッティル（ずるい）には見えませんように、と祈った。

エルフの目がわたしに注がれる。わたしのよくない考えをひとつ残らず見抜かれたのがわかった。ハティのかつらを盗んだことも、フィニシング・スクールの先生たちをわざと困らせたことも、ジェンの町を出てから一度もお風呂に入っていないことも。

「ムンドゥ　レン」エルフはにっこりと笑って、わたしの手を取った。その手は、葉のようにつるつるした感触がした。「父親トハチガウ」

彼女はわたしをスラネンのところへ案内してくれた。スラネンは品物の取引をつかさどる長で、流暢なキリア語を話した。お父さまが手紙で書いていたエルフだ。

スラネンは、パン屋のおじさんの地図はまちがっていないと教えてくれた。わたしは何も言わなかったけれど、ひどくがっかりした顔をしたんだと思う。

「巨人の農場で、父上と会う予定なのかな?」スラネンはきいた。

わたしはうなずいた。「でも、お父さまに会うために急いでいるんじゃないんです」うっかり言ってしまってから、口をつぐんだ。

「何かほかのものを、巨人たちのところで探そうというのかね?」琥珀色の目が、探るようにわたしの顔をのぞきこんだ。

「どうしても探さなくてはいけないひとがいるんです。絶対に見つけなきゃならないんです」

スラネンはわたしの腕をやさしくたたいた。「エルフが助けよう。朝になればわかるから、今夜は客人としてゆっくりしていきなさい」スラネンはうす緑色の歯を見せてほほえんだ。

わたしはほっとしてほほえみ返した。緑色の歯がほっとさせてくれるなんて、思ったこともなかったけど。

エルフの背丈は、人間と同じくらいだった。苔のような髪と、これからくる秋に向けて橙に色づいた緑色の肌をしていて、カボチャのつるほども恐ろしくなかった。

「さあ、われわれの夕べの宴へごいっしょしよう」

わたしは十二人のエルフたちとともに、食卓についた。エルフたちはキリア語は片言しか話せなかった。けれども、わたしのたどたどしいエルフ語と、身ぶり手ぶりと笑いで、なんとか意志を通じ合わせることができた。

エルフの食事は、食べ物というよりも飲み物だった。前菜はレモンとパースニップのスープ、次にウミガメと大麦のスープ（これが主菜）、その次に緑の生野菜のぶつ切り・スープ仕立て（これがサラダ）。デザートは果物のスープだった。

あごが何か噛めるものを欲していたことをのぞけば、どれもおいしかった。食べ終わると、スラネンは、エルフたちは日が暮れるとすぐに眠るのだと説明し、寝る場所に案内してくれた。

途中で、子どもたちの部屋の前を通った。小さなハンモックが、まるでブドウのふさのように木々に吊りさげてある。ふたりの大人のエルフが、ひとりはフルートを吹き、もうひとりは歌いながらあいだを縫うように歩きまわっていた。歌い手のほうはときどきハンモックの束をやさしく揺らしていた。

オークの樹に吊下げられているのが、わたしのハンモックだった。わたしは、本を読むのにランタンを頼んだ。

「日が沈んだというのに、眠りよりもよい本とはどんな本かな？」スラネンは明かりをたのんでから、きいた。

ハティにお母さまの首飾りを取られてから、ずっとマンディの贈り物をだれにも見せずにきた。でも今回は、旅行カバンから本を取り出した。

スラネンは本を開いた。『靴屋とエルフ』が最初のページにもどっていた。スラネンは大笑いした。「ずいぶんとわれわれは小さいじゃないか！　靴の中に入ることができるエルフとはな！」

スラネンは本の残りも見て、さまざまな物語の挿絵や文に感嘆した。それからもう一度『靴屋とエルフ』

のページを開くと、物語は消えていて、代わりにセイウチとラクダの物語があった。

「妖精の手によるものか！　貴重な本だ。すばらしい楽しみを与えてくれるだろうな」そして、わたしに本を返した。「あまり夜ふかしはしないように。明日は、長い旅になろうから」

物語をふたつ読んでから、明かりをふき消した。雲ひとつない夜だった。屋根は空であり、月の睫だ。左右に体を動かしてハンモックを揺らすと、わたしはぐっすりと眠った。

次の朝、スラネンに、ほかのエルフたちにも本を見せてやってほしいと頼まれた。彼らが手にすると、文字はエルフ語になった。エルフたちはすっかり夢中になって、スラネンが言ってくれなければ、一日中でも読んでいたにちがいなかった。

「おかげでとても楽しかった」スラネンは言った。「次は、われわれがすばらしいものをお見せする番だ」

スラネンは取引の品々を並べる机の上にいくつか包みを置いた。それから、包むのに使っているオークの葉をはがしはじめた。

「アーグレンのものですか？」中から陶器がちらりとのぞいたのを見て、わたしはたずねた。

「彼のことを知っているのだね」スラネンはうれしそうに言った。「そのとおり、彼が作ったものだ」

最初に出てきたのはナッツ皿だった。セントールをかたどっていて、机の上に置いてあるのに動いている。ううん、動いているだけじゃない。セントールは「動き」そのものだった。風に向かって頭をぐいともたげ、両腕で上半身をかき抱き、たてがみと尾を風にたなびかせている。そしてこれがアーグレンの技なのだが、足は動いていないのに、たしかに地を蹴っていた。

次に出てきたのは、金と橙色に輝く竜の形をした石炭入れだった。三十センチほどある炎のまわりでは、なぜか空気が揺らめいている。ルビー色の目は窓になっていて、中にかまどが見える。わたしは火傷をするような気がして、こわくて触れなかった。

けれども、いちばん気に入ったのは、オオカミの頭から肩までをかたどった出で立ちの杯だった。オオカミは頭をぐいともたげ、口をとがらせて遠吠えをしている。陶器につけられた毛皮を表すうねりはあまりにみごとで、毛が一本一本見わけられるほどだった。肩のところにぐっと力が入っているのまで感じられる。そこで杯は終わっているが、その先の部分も目に見えるようだった。座ってはいるがぴんと伸ばした背も、大きな前足からふさふさしたしっぽまで興奮が駆け巡っているさまも。

オオカミの遠吠えはすばらしかった。わたしにはたしかにそれが聞こえ、感じられた。長く、悲しげで、憂いに満ち、胸がぎゅっと締めつけられるような叫び。かつて存在したものへの、そして二度ともどることのないものへの憧れに満ちた叫び。

「すばらしいわ。どれも本当に美しくて、だれかが作ったものなんて思えない。まるで生まれてきたよう」

スラネンは作品をまた包みはじめた。わたしは作品が目の前から消えてしまうのが悲しくてたまらなくなった。

「どうか、これを最後に包んでください」わたしはオオカミの鼻づらにそっと触れた。

スラネンは包み終わると、オオカミの包みを差しだした。「さあ、どうぞ」

お父さまは、アーグレンの作品はすばらしい値打ちがあるとはっきり言っていた。

「こんな高価なものをいただくわけにはいきません」わたしはお作法の先生仕込みのとびきりのマナーで言ったけれど、手はしっかりと包みを握っていた。

「もう、もらっているようだよ」スラネンはほほえみながら言った。「われわれは、最高の作品でも喜んで手放すときがある。それを愛してくれる人が見つかったときに」

「ありがとうございます」

「泣かないで」スラネンは緑のハンカチを渡してくれた。そして、つくづくとわたしを見た。「ピーター卿は賢く抜け目ない商人だが、もし彼があなたのようにわれわれの品をすばらしいと思ってくれたなら、われわれも喜んで品物を手放しただろうに」

「でも、父は、あなたがたエルフは、最高の陶工だと言っていました」

「ならば、そう言えばよいのに。『このノームの銅なべを、こんなけちな花びんふたつと交換しろというんですか?』とか『職人の技はくらべものになりませんな』などと言わずに」

これで、お父さまはスラネンを商売下手だと思っているのだから!

太ったポニーに、贈り物と、目的地に着くまで十分もつだけの食料が積まれた。エルフたちは本当に寛大だった（ポニーは貸してくれたものだったけれど）。

「ビヴ　オル　ペス　ワッド」（木陰を歩め）スラネンは別れぎわに言った。「運がよければ、三、四日で巨人たちのところまでいけるだろう」

ところが、わたしには運がなかった。

第十四章　八匹のオグル

エルフたちのところを出た次の朝、わたしはオグルに棒で突ついて起こされた。「おい、起きろ、朝ごはん。どんなふうに料理されたい？　血のしたたるようなレアか？　ミディアム？　それともカリカリになるまで焼いてやろうか？」

八匹のオグルがわたしを取り囲んでいた。

「痛いのは一瞬だ」わたしのオグル（つまり、わたしを起こしたオグル）が、わたしの頰をつーっとなでた。「おれは早食いだからな」

ひょっとして味方になってくれそうな顔がありやしないかとまわりを見まわしたけれど、無駄だった。そんなに遠くないところにわたしの鞍袋があり、その横に骨が積み重ねてあった。だれの骨？　考えるのもいやだった。でも、すぐにわかった。エルフのポニーだ。思わずつばをごくりと飲みこむ。胃がむかむかして、わたしは吐いてしまった。

するよ、わたしのオグルがぺっとつばを吐きかけた。オグルの唾液は頬を焼き、手で拭きとると、その手もひりひりした。

「フォーんス　うぃヴ　エももんぐ　フフフんオー エーフ　ぬシュおおん」（これは、しばらくは酸っぱいぞ）オグルは怒ってうなった。これというのは、わたしのことだ。勉強のかいあって、オグルたちの言っていることはほとんどわかった。

女のオグルが口を開いた。女だと思ったのは、顔に生えた毛が少なくて、わたしのオグルよりも背が低かったからだ。わたしのオグルは、わたしの見立てによると男だった。女のオグルは、わたしのオグルを〝シィーふ〟と呼んだ。女のオグルが、自分ひとりでぜんぶ食べるつもりなのかときくと、シィーふは、これは自分が見つけて、自分が捕まえたのだから、自分のものだ、と言った。さらに、どっちにしろ、分けたとしても、みんなにいきわたるほどはないじゃないか、だいたいポニーはおまえたちにも食わせてやっただろう、と言った。

すると、女のオグルは、ポニーを食べたのは昨日の夜だし、またお腹がすいたのだ、と言った。シィーふはいつもあれこれ理由をひねりだして食べ物を分けようとしない、自分さえごちそうが手に入れば、一族の者が飢えたってかまいやしないのだ、と言う。

とたんにシィーふは女のオグルに飛びかかり、女のオグルもシィーふに飛びかかった。一瞬のうちに、二匹は地面を転げ回った。みんな、ぼうぜんと見ている。

が、わたしだけは別だった。どこか隠れる場所がないかあたりを見まわすと、ちょっと先に、まだ葉の落ちていない背の低い木が見えた。なんとかあそこまでたどり着いて木に登れば、オグルたちは頭の上まで探そうとは思わないかもしれない。

わたしはじりじりと横に進んだ。二匹はたがいの毛を引っぱり、噛みつき、どなりあっている。木まであと半分だ。

「シィーふ、逃げるぞ！」一匹のオグルが叫んだ。

たちまちけんかは収まった。

「止まれ！」シィーふがキリア語で命じた。

わたしはさらに二、三歩進んだ。木は目と鼻の先だったけど、呪いはそれ以上進むのを許さなかった。

シィーふはほこりをはらった。ほこりがついていようがついていまいが、たいして変わらないと思うけど。

「言ったろ、これは従順だって」シィーふはオグル語で言った。「これの場合、わざわざおれたちの力を使う必要もないんだ。そうしろって命令すりゃ、自分から料理されるんだから」

シィーふの言うとおりだ。もしオグルたちがわたしをフライにしたいと思えば、わたしは自分からフライパンに飛びこむだろう。わたしはそこに立ったまま、オグルたちの言うことがわからないふりをしていた。

さんざん言い争ったあげく、とりあえずわたしを連れていって、街道で人間か動物を捕まえていっしょに食えばいい、ということになった。つまり、おかずってことだ。

わたしは、鞍袋と旅行カバンを持っていくことを許された。シィーふは中に食べ物が入っているか知りたがった。わたしが入っていると言うと、オグルたちは色めき立った。ところが、中からエルフのフラスコビンが出てきたのを見ると、いやそうにぺっとつばを吐いた。

「ラフふふおおん！　るジユジュ！」（野菜だ！　魚だあ！）オグルたちはまるで毒だとでも言わんばかりに、その言葉を発音した。

シィーふは頭をガリガリとかいた。「どうしてこれはこんな物を食ってるのに、うまいんだろうな」

「おいしくないかもしれないよ。食べてみなけりゃわからないよ」そう言ったのは、さっきわたしが逃げようとしたのに気づいたオグルだった。ほかのオグルより若くて、だいたいわたしと同じくらいの年齢に見える。


わたしたちは街道を進みはじめた。オグルはポニーと同じくらいの速度で走る。わたしはオグルの肩に乗って、べたべたした毛につかまっていなければならなかった。オグルたちはうああくすの農場と逆の方向、つまりわたしが来た道をもどっていった。たぶんふた股に分かれているところまでもどって、彼らの住むフェンズのほうへ進むつもりなのだろう。どうでもいい。どうせ貪り食われる運命なら、目的地から十五キロ離れていたって六十キロ離れていたって、たいしたちがいはないんだから。

街道には人っ子ひとりいなかった。このあたりの山には、人の住んでいる気配はまったくない。オグルたちはブツブツ文句を言いはじめた。

「どんどん重くなってくるぞ」

「これが悪い運を運んできたにちがいない」

「これは今夜食っちまって、明日また別のを探そう」

わたしがエルフたちのくれた食べ物を飲んでいるのを、オグルたちはうらやましそうに眺めていた。自分でもこんな状態でものを食べられることに驚いたけれど、空腹には勝てなかった。いっしょに食べないかと誘ってみたけれど、オグルたちはいっせいに肩をすくめただけだった。「意外においしいかもよ。気に入るかもしれないじゃない。ニクよりニンニク、ニンゲンよりインゲンだってね」

オグルたちはゲラゲラ笑った。

いちばん若いオグルがシィーふに向かってオグル語で言った。「自分たちの食い物のことをもっと知るべきかもしれないよ。冗談を言うなんてさ」

「かわいがったりしたらろくなことにならないぞ」シィーふは注意した。

食事のあと、若いオグルはわたしの隣に来た。「こわがらなくていい」オグルは言った。「ぼくは、にシュシュだ。おまえは?」

エラ、とわたしは答えた。

「ぼくの父さんの名前はシィーふだ。父さんなら、ぼくたちは傷つけたりしないって、おまえに信じさせることができるんだけど。ぼくはまだ人間をその気にさせるのがうまくないんだ。人間がうろたえちまうのは、いやなんだよ」にシュシュはいたわるようにそっとわたしの腕にさわった。

わたしは意に反して、落ち着いてきた。にシュシュの声には、どこか甘美な響きがあった。

「疲れたろ? こんなこわい目にあって」

あくびが出た。

「そこに、ゆっくり横になったらどうだい？　寝ているあいだは、何もしないって約束するよ」

わたしを縛らないつもりなの？　胸の中で希望が膨らんだ。

「だけど、逃げるな」

希望ははじけた。


真夜中に目が覚めた。すぐ横にシィーふがいた。ゴウゴウといびきをかいて、歯ぎしりしている。オグルは眠りが深い。わたしは立ち上がると、ぶつからないようにオグルたちをまたいでいった。オグルたちは折り重なるように眠っているので、けっこう難しい。一匹の足にぶつかってしまったが、そのオグルはわたしを蹴り返しただけで、また眠りつづけた。オグルたちの向こうに鞍袋が見えた。

わたしは逃げようとした。けれども、オグルたちから二、三メートルも離れると、たちまち例の症状がはじまった。心臓がはげしく打ちはじめ、胸が苦しくなり、頭がくらくらする。手足をついてさらに数メートル進んだけれど、どうしても同じところをぐるぐる回ってしまう。わたしは呪いが苦痛から解放してくれるところまでなんとか這いもどった。

オグルたちはこれ以上、殺すのを待ってはくれないだろう。今こそ呪いを破らなければならない。

「呪いは破られる」小さいけれど、声に出してはっきり言ってみる。「にシュシュに従う必要はない。わたしは逃げる」

しかし次の瞬間、わたしはまた膝から崩れ落ち、どうすることもできずにすすり泣いた。

でも、諦めるわけにはいかない。今度はオグルのまねをして、できるかぎり、人をその気にさせる声を出そうとした。「呪いがなんだというのだ？」わたしは自分に向かって語りかけた。「命令など、ただの言葉ではないか。オグルたちのところから、ただ歩いていけばいいのだ。わたしにはできる。どんな魔法もわたしを止めることはできない」

立ち上がって、しっかりと足を踏みだした。そのまま敢然と歩いていく。呪いを破ったんだ！

次の瞬間、もう少しでシィーふを踏んづけそうになった。反対向きに歩いていたのだ。

怒りの叫びをなんとかかみ殺す。わたしはもうすぐ死ぬ。ルシンダを見つけることもできず、呪いのない人生も知らないまま。

わたしは、目に見えないつなぎ鎖のはしまでもどると、絶望と戦った。さっきの声には力が宿っていた。この力を別のことに使えない？　オグルたちのまねをするとか？　オグルたちみたいに、人をその気にさせる言葉を操ることはできる？

はじめのうち、わたしの声はがさついていた。もっと蜂蜜の甘さと、油のなめらかさがいる。わたしはふたつをまぜて飲みこみ、のどにまんべんなくゆきわたらせるところを想像した。「シュシュんぐ　ラフふふおおん　はズズ　リムムおおん。ラフふふおおん　えフフーす　わあああス　フィシヤシャはぶシュシュ」意味は、「野菜を食べるんだ。人間ではだめだ。野菜のほうがずっとおいしい」。わたしの耳には、じゅうぶん誘惑的に聞こえる。だってすっかりその気になったし。

わたしは何時間も練習し、いつの間にか眠ってしまった。

目が覚めると、今度はにシュシュがわたし相手に練習に励んでいた。「起きるんだよ、かわいい子。賢い子だ。夜のあいだに逃げなかったんだね。このあたりは危険な土地だ。エルフたちに捕まってしまうところだったよ」

　槍を持った獰猛なエルフの姿が浮かんでくる。

「今日こそ食べるわよ」女のオグルが言った。「あんたにぜんぶ、やるわけにはいかないよ、シィーふ。食べ物ならまたすぐ見つかる」

「わかった。その代わり脚をもらうぞ」シィーふがわたしの肩をつかんだ。

　女のオグルはうなずいた。「耳をひとつもらえるなら、あとは腕一本でもいいわ」

　あっという間に、わたしの体は骨一本残さずに分けられることが決まった。にシュシュはもうしばらくわたしを生かしておきたいと言ったけれど、首をもらえることになって、あっさり折れた。

「いちばんおいしいところなんだ」にシュシュは寄ってくると、わたしの首をさすった。

　シィーふが言った。「殺すのはおれだ」シィーふは、にシュシュからわたしを引きはがした。

「あなたたちは……」わたしはオグル語でしゃべりはじめた。が、のどから出たのはかすれ声だけだった。

　シィーふが歯をむきだした。歯の先がきらりと光る。唇からよだれがしたたり落ちた。

　もう一度。「あなたたちは、本当はお腹がすいていない。お腹はいっぱいだ」声はガラガラだった。もっと蜂蜜を！　もっと油を！

　オグルたちは、まるで岩がしゃべりだしたかのように驚いてわたしを見た。

「やっぱりこいつは賢かったろ」にシュシュは自慢気に言った。

「腹さえ減ってなければな」シィーふはかがみこんだ。「いいペットになったのに」そう言ってシィーふは彼の分け前であるわたしの脚をつかむと、顔を近づけた。シィーふの歯がわずか数センチのところまで迫った。

蜂蜜と油を！

「わたしを食べるなんてバカなこと。お腹いっぱいで、食べられないだろう？　あなたがたはみんなお腹がいっぱい。メロンがゴロゴロ入っているみたいに重たいはず」

シィーふの動きがぴたりと止まった。

わたしはつづけた。「たった今、八人の太った貴婦人を食べたところではないか。わたしまで食べたら腹痛を起こす。あなたがたは眠い。眠って、ごちそうを消化しなさい」

シィーふはわたしを放した。わたしは一歩下がった。

「あなたがたは疲れている。地面はやわらかい。とても気持ちがいい」

にシュシュが目をこすって、伸びをした。

わたしはあやすようにしゃべりつづけた。「起きるには早すぎる。今日はやっとはじまったばかり。のんびりとしたすばらしく眠い日が」

シィーふが座りこんだ。頭がこっくりしはじめた。

「さあ、寝て、おいしい夢を見なさい。あなたがたが眠っているあいだに、わたしがすごいごちそうを探してきてあげよう。子ブタ、人間、エルフ、ゾウ、ウマ……」

「スズメバチはいやだよ」**にシュシュ**が夢の中でつぶやいた。

眠りがオグルたちを連れ去った。オグルたちはまた、夕べのように折り重なって、あちこちからブーブー、ゴウゴウ、ガーガーいびきが聞こえはじめた。

わたしはあやうく笑って、魔法を解いてしまうところだった。命令をしているのは、このわたしなんだから！

第十五章　思わぬ再会

わたしはすぐに興奮からさめた。これから、このオグルたちをどうすればいいんだろう？　まさかうああくすの農場へ八匹のオグルをひきつれていくわけにもいかない。

わたしの置かれた状況は、本当の意味ではよくなってはいなかった。たしかにまだ生きているけど、いつまでもってわけにはいかない。わたしもいつかは眠らなければならないし、そのときにオグルたちが目を覚ませば、お腹がすいていることを思い出してしまうだろう。

後ろで小枝がパキッと折れる音がした。振り返ると、幻が見えた。六人の騎士がロープを持って近づいてくる。先頭には背の高い若者がいた。

でも、幻は木の枝を折ったりしない。それに若者は、シャー！

シャーはわたしに軽く合図を送ったけれど、片時もオグルたちから目を離さず、丸めていたロープをほどいて、シィーふの足首を縛りはじめた。

オグルたちはぐっすり眠っていたけれど、意識を失っていたわけではなかった。ロープが締められるのを感じるやいなや、シィーふはウォーと吠えて飛び起きた。しかしシャーの姿を認めると、ごろごろとのどを鳴らしはじめた。

「なんたる光栄。殿下ではございませんか。だが、なぜ同志を縛っておられるのかな？」シィーふは手を伸ばして、ロープをゆるめようとした。

たしかにね。友だちの足を縛るなんてまちがっているもの。

ところがシャーはシィーふの手を払いのけて、ロープをまたぐっと引っぱった。どうしてシャーはあんなに残酷なことができるの？

騎士たちもほかのオグルたちを縛りにかかったが、オグルたちも目を覚ましはじめていた。

シィーふはもう一度説得を試みた。「王子よ、わたしはあなたのために命まで捧げようというのに、そのわたしをこんなふうにあつかうとは無礼ではないか」

相変わらずシャーは何の反応も示さない。わたしはシィーふの足がシャーめがけて蹴りだされるのを、ぼんやりと眺めていた。シャーはよろめいて後ろにさがり、ロープを握っていた手が離れた。シィーふはパッと起きあがると、ロープを蹴とばした。

騎士たちもオグルたちを縛るのに手こずっていた。あっという間に、戦いが始まった。一匹のオグルが倒れた騎士の上にのしかかって、肩に歯を食いこませようとした。騎士は体をねじってかわし、数秒を稼いだが、オグルはまた襲ってきた。

シャーはすばやく体勢を立て直し、剣を抜いた。シャーとシィーふが一分の隙もなく向かい合う。シャーが妙に大きな声でどなった。

「エラ、もう一度やつらを手なずけられないか？　もし無理なら走って逃げてくれ」

シャーの言葉を聞いたとたん、わたしの頭ははっきりした。

「シィーふ、にシュシュ、オグルの友たちよ」わたしはオグル語で呼びかけた。「どうして恩人をひどい目に合わせたりするのだ？　この人たちは食べ物を持ってきたのだぞ。あなたたちが言うとおりにしなければ、食べ物を出せないではないか」

騎士たちに牙を剥いて襲いかかり、殴ったり蹴ったりしていたオグルたちは、ぴたりと止まって、信頼しきったようすでわたしを見た。

「どんな食べ物だか知りたいか？」

「教えてくれ」シィーふが言う。

「彼らの持ってきたごちそうは、生まれてたった六か月にしかならない巨人の赤ん坊一ダース」

オグルたちはみんなすばらしい笑顔になった。

「でも、あなたたちがおとなしく縛られて、さるぐつわをはめさせなければ、ごちそうを出すことはできないぞ。赤ん坊を出したら、ロープは解かれる。だから座って、両手と両足を前に出すのだ。そっとやってくれるから」

にシュシュだけ座らずに、キツネにつままれたようなようすで立っている。

「座れ」シィーふが命じた。

にシュシュも座った。すばやくロープが巻かれ、さるぐつわがはめられた。それから全員がつながれているあいだ、オグルたちはうれしそうにニコニコしながら我慢していた。

「エラ……」シャーは深々とお辞儀をした。前より背が伸びていた。「いったいどうやってオグルたちを手なずけたんだ?」シャーはまた、いやに大きな声で言った。

「わたしは言葉を覚えるのが得意だから……」

「え、なんだって? そうだ、忘れていた」シャーは耳から何かを引っぱりだした。蜜蝋だった。

「だから、オグルの魔法が効かなかったのね」

「オグルを見たら、必ず蝋で耳栓をすることになっている。危険はいつ襲ってくるかわからないからね」

シャーは、偵察にいった騎士のひとりがわたしを見たのだと話してくれた。「オグルの群れが少女を食べようとしたら、その少女がオグルたちを眠らせてしまった、とね。いったいどうやったんだい?」

「フィニシング・スクールの話をしてあげたら、いびきをかきはじめたのよ」

「本当に?」シャーはわたしをまじまじと見つめて、それから笑いだした。

シャーを笑わせるのは楽しかった。それに、シャーはいつも驚いてくれる。

「本当はどうやったんだい?」シャーはもう一度きいた。

「オグル語でしゃべりかけたの。オグルたちの誘いかけるような話し方もまねて。うまくいくかどうかわからなかった。わたしの体はもうすっかり分けられていたの。どのオグルがわたしのどの部分を食べるのかもわかってた。シィーふは——あそこにいるやつよ——脚ってことになってた」

シャーは思わず自分の右脚を動かした。「どうしてやつらに捕まったんだ?」

わたしはフィニシング・スクールから逃げだしたことを話した。「エルフの森を出たところで捕まったの。エルフが貸してくれたポニーは食べられてしまった」わたしはブルッと震えた。

「フィニシング・スクールは逃げださなくちゃならないほど退屈だったのかい?」シャーはきいた。

「おそろしくね。あそこでどんな目にあったと思う? もうわたしは、うっかりお皿をひとそろい割ったりしないのよ。ひとつ残らず頭の上にのっけて、一枚も落とさずにフレル中練り歩くことだってできるんだから。ほかにもいろんなことを身につけたのよ」

「喜んでいるの?」シャーは心配そうにきいた。

わたしはまじめくさってうなずいた。もう一度、シャーを笑わせたかった。「もっとお知りになりたいかしら?」

シャーはもうこの話題はいやだというように肩をすくめた。

それでも、わたしはつづけた。「まず、このお行儀の悪いオグルたちにきちんとした食べかたを教えてやらなくっちゃね」わたしは大きな岩に腰をおろした。「よく見ていて」わたしは空中から見えないナプキンを引っぱりだすと、二回しゃっしゃっと振ってひざの上にのせるふりをした。

「とても上品だ」シャーは礼儀正しく言った。

「ナプキンは二回振るの。そこがポイントなのよ」

「どうして?」

「ネズミよ」

シャーはにっこりした。「宮廷のナプキンにはネズミなんていないよ。クモだろ」

「殿下ともあろうお方が、レディの言ったことに言い返すだなんて！」わたしは見えないフォークを取って、見えない食べ物を切りはじめた。

「ずいぶんと固そうだね。宮廷の料理人たちの腕を信用してないな」

「あら、そんなことございませんわ。固くなくちゃおかしいのよ。どうしてかわかる？」

「どうして？」

「これはヒツジの肉なの。わたくしが使っているのはヒツジ肉用のフォークじゃなくて？　お作法の先生にペテン師だって言われちゃうわよ。ヒツジ肉用のフォークがどれだかわからないようじゃね。特に……」

「特にフォークが見えないときはね」シャーは笑っていた。

「これはヒツジ用のフォーク以外、ありえないのよ！」

「どうして？」

「ほら、わたしの指が柄の先をどうやって握っているか見てちょうだい」わたしは手を伸ばしてシャーの手を取った。大きくてがっしりしていた。

わたしは人さし指を伸ばした。「わたしの指がフォークよ。握ってみて」わたしはシャーの指を持って、わたしの指を握らせた。シャーがしっかりと握りしめる。「ヒツジ肉用のフォークはこう持たなきゃだめなの。マス用はまた別よ」わたしはやって見せようとして、シャーの手を引っくり返した。手のひらに赤く腫れ上がった跡がついていた。「ロープのせいで火傷したのね！」

シャーはさっと手を引っこめた。「何でもないよ。騎士たちの中に癒し手がいるから。それで、お作法の先生はほかにどんなことを教えたんだい?」

わたしはもっとよく火傷を調べたかったけれど、つづけた。「お作法の先生はあなたのお父さまのご意見をなんでも知っているの。あなたのお父さまは、スープ皿からブラマンジェを食べるようなふとどき者は追放するって言ってたわ。先生のご指導のおかげで、そんなまちがいは二度としなくてすみそうよ」

「父上はラズベリー用のスプーンとブルーベリー用のスプーンを持っているとか?」

「もちろんよ」

「どうして息子のぼくが知らないんだ?」

「お作法の先生を雇うべきね。王子に仕えられるなんてことになったら、きっとうれしくて死んじゃうわ」

わたしは先生たちのことをひとりひとり説明した。「学ぶ価値のあることを教えてくれたのは作文の先生だけ」わたしは最後にそう言った。「もちろん、礼儀作法を知っておくのも役立つけど。そうすれば礼儀正しく振舞うか振舞わないか選ぶことができるものね」

礼儀作法という言葉を聞いて、シャーははっとした。「もっと前に騎士たちに紹介するべきだった」そして、騎士たちを呼び寄せた。「ジョン、オーブリー、バートラム、パーシヴァル、マーティン、スティーヴン、われらがオグル使いを紹介しよう。彼女が、前に話したノーム語を話す人だ」

わたしのことを話してたってこと?! わたしはひざを曲げてお辞儀をした。

「いっ、礼儀っていうものがあるのを思い出すのかと思っていたんですよ」スティーヴンと呼ばれた騎士が言った。

シィーふがさるぐつわのあいだからフガフガと言葉にならない音を発した。今の今まで、わたしは**シィー**

ふの存在をすっかり忘れていた。シャーがオグルたちのほうへいったので、わたしもついていった。

「きみたちがわれわれの友人ならば、われわれもきみらの友人だ」シャーは言った。「われわれは殺したりしない。そっちがそうせざるを得ないようなことをしない限りだがな」

一瞬、**シィーふ**はひどく驚いた顔をした。それから縛《いまし》めをほどこうとして、猛烈な勢いで暴れ出した。ほかのオグルたちも猛り狂って、さるぐつわをはめられた口からキーキー声にならない声をあげた。

しかし、ロープはほどけず、オグルたちはだんだんとおとなしくなった。

シィーふの怒りと憎しみのこもったまなざしに、わたしは思わずあとずさりした。でも、視線はそらさなかった。

「もうわたしを食べることはできないわ」わたしはオグル語で言った。「わたしは、『これ』じゃない。あなたたちのディナーじゃないのよ。ねえ、どんな気持ち？　だまされて、やりたくないことをやるはめになるのは？」

それだけ言うと、胸がすっとした。わたしはシャーにほほえみかけた。どういうわけか、シャーは赤くなった。

そのあいだ、騎士たちはせっせと昼食の用意をしていた。全員が席につき、シャーが食べはじめるのを待ってから、みんなも食べはじめた。シャーにとってはあまりにもあたりまえのことで、気づいているかどうかさえ怪しいけど。乾パンとチーズとほし肉を食べ、甘口のりんご酒を飲みながら、シャーはジェロルド王の補佐としての自分の任務のことを話してくれた。

「こいつらをごらんになったら、陛下もお喜びだろう。オグルが八匹でケガ人はゼロだからな」サー・スティーヴンは、食べ物を見てまたもがきだしたオグルたちのほうへあごをしゃくった。

「人間がオグルの魔法をかけられると知ったら、興味を示されるだろうな。少なくとも、エラはできるのだから」シャーは言った。

「だが、陛下がお知りになるのは、いつになることやら」サー・バートラムは、顔をしかめた。「どうやって、こいつらをジェロルド陛下のもとへ運ぶのだ？」

「おまえの心配性はたくさんだ、サー・バート」サー・ジョンが言った。「この姫のおかげで、われわれは八匹のオグルを捕らえたんだ。六人の騎士には、いまだかつてできなかった偉業だぞ」

「それにしても、何かオグルを運ぶいい案を考えないとな」シャーが言った。

「やつらにも何か食わせないとなりませんしな」サー・バートラムはパンに手を伸ばした。

「そして、きみの狩猟の腕はいちばんだ、サー・バート」シャーが言うと、騎士は顔を輝かせた。

「オグルは足が速い」サー・マーティンが言った。「そんなにかからずに陛下のところまでいけるだろう」

「やつらは馬よりも速く走れると聞いたことがある」サー・スティーヴンがつづけた。「セントールよりも。牡鹿さえ追い抜くそうだ」

　シャーと騎士たちがオグルの運びかたについて議論しているあいだ、わたしは巨人の結婚式のことを考えていた。もう間に合いっこない。あと三日しかないのに、オグルたちに捕まった場所より、さらに巨人たちのところから離れてしまったのだ。歩いていったとしたら、着くのは何週間も先だろう。しかも、**にシュシュ**に「逃げるな」と命令されたことを思い出した。どちらにしろ、ここを離れることはできないのだ。

　あれこれ考えていたら、サー・バートラムの陰気な声が耳に入ってきた。「やつらを引きずっていかねばならんぞ。どうやってそんなことができるんだ？」

「この若き姫がオグルに、われわれの言うところへついてくるよう、命じてくだされればいいではないか」

サー・オーブリーが言った。「姫がいっしょに来てくだされば、やつらを従えておくことができる」

「殿下のご意見をうかがおう。殿下ならお分かりだろう」サー・スティーヴンが言った。

シャーは迷わず意見を述べた。「スティーヴン、きみはレディ・エラをどこだろうと目的地までお連れしてくれ。マーティンとパーシヴァルは父上のもとへいき、援軍をお願いするのだ。サー・バートラムとオーブリー、ジョン、それからわたしは、交代で狩りとオグルの見張りをする。やつらの声が聞こえるところでは蝋を耳につめること。さるぐつわが外れることもあるからな」

「わたしも殿下と共に残りたいです」サー・マーティンが言った。

「きみとパーシヴァルは優秀な偵察役だ。目的が果たせるかどうかは、きみたちの腕にかかっている」

サー・マーティンはうなずいた。

「姫はわたしが守ります」サー・スティーヴンが言った。「わたしが……」

「やつのしゃべりすぎで、姫が命を落とさぬかぎりな」サー・オーブリーが口をはさんだ。

「姫はご存じないでしょうが、やつは、星が緑に輝き、空が黄色くならないかぎり、しゃべるのをやめないんですよ」

「オグルよりはよい道連れだろう」シャーは言った。「だけど、エラ、どうしてフィニシング・スクールから逃げだしたとき、フレルに帰らなかったんだ？」

「お父さまが巨人の農場で仕事をしているの。そこで、もうすぐ結婚式があるんですって。巨人の結婚式は面白いってお父さまの手紙に書いてあったから、いってみようと思ったの」

シャーは目を丸くした。「結婚式を見るためだけに、こんな危険へ飛びこんだっていうのか?」

わたしのことを、バカだと思ったにちがいない。

サー・バートラムが言った。「キリアの女性がみんなひとり旅をはじめるようなことにならずに助かった。そうでなくても仕事が山ほどあるというのに、このうえ乙女たちまで救うことになったら」

「キリアの女性がみんなオグルを手なずけることができるなら、われわれの仕事も減るさ」シャーが言った。

そこまでバカだと思われずにすんだかも?

昼食が終わると、サー・スティーヴンは馬にまたがった。それからシャーがわたしを抱きあげて、後ろにのせてくれた。とたんに呪いが引きおこす症状がはじまった。このままでは馬から落ちてしまう。呪いは、わたしがオグルたちのもとを離れるのを許してはくれないのだ。

「シャーを危険なところに残していきたくない」わたしはそう言って、馬を降りようとした。

「サー・スティーヴンといっしょにいくんだ」シャーは言った。「ぼくたちなら大丈夫だ」

命令だった。これでいくことができる。症状はたちまち収まった。

シャーはたづなをつかんだ。「すぐにまた、フレルにもどってくる?」

「お父さまにフィニシング・スクールに送り返されなければね。あと、お父さまがわたしを旅行に連れていくのは面倒だと思えば」どうしてそんなことを知りたいんだろう? わたしに帰ってきてほしいってこと? 「どうしてそんなことをきくの?」

シャーは、はっきりとは答えなかった。「ぼくはじきにもどる。この作戦はもうすぐ終わるだろう」シャーはまるで大勢の人に話しているように言った。

「それなら、きっとすぐ会えるわ。そうしたら、またオグルを捕まえた話を聞かせてね」

「ぼくは、オグルを手なずける方法を教えてもらおう」

「**アウスおおん　シュシュんぐ！**」わたしは言った。「これが『さようなら』よ」

「邪悪な感じだな」

「だってそうだもの」そして、わたしたちは別れた。

第十六章　おしゃべりな騎士

　本当に、サー・スティーヴンはおしゃべりだった。サー・スティーヴンは、フレルの小さな屋敷に、奥さんと四人の娘と二匹の猟犬を残してきていた。この猟犬たちは、サー・スティーヴンの人生の楽しみだった。「それは賢くって、ブタとネコと竜が束になったってかないやしません」サー・スティーヴンは言った。そして馬を進めながら、猟犬たちがいかに勇敢で賢いか、のべつまくなしにしゃべりつづけた。

「いつごろ、巨人たちのところに着くでしょうか？」サー・スティーヴンが息をついだ瞬間を狙って、わたしはきいた。

「あと三日くらいだと思いますよ」結婚式の当日！　きっと着いたころには終わってるんだわ。

「もう少し早くいけないかしら？　わたしはそんなに寝なくても平気ですから」

「あなたは大丈夫かもしれないし、わたしも一刻も早くオグルたちのところにもどりたいです。でも、馬は休ませてやらないと。馬が進んでくれる速さで進むしかありません」

わたしは馬を急がせようと、サー・スティーヴンに気づかれないようにこっそり蹴ってみた。たしかにサー・スティーヴンは気がつかなかったけれど、馬も気づかなかった。

今度は、サー・スティーヴンは力を使い果たした馬についてうんちくを述べはじめ、それからさらに、竜退治の話がはじまった。それもやっと終わると、ここぞとばかりにわたしは話題を変えた。

「王子にお仕えするのは、楽しいですか?」

「若造に従うなんて考えられないという人もいるでしょう。でもわたしは働き者の騎士ですから」

「どういうことですか?」

「自分で自分の馬の手入れをできないほど高貴でもありませんし、王にお仕えするほどどん欲でもないんですね」

「シャーは『働き者の王子』ですか?」

「まさに殿下にぴったりの形容詞ですね、姫。小姓だろうと王子だろうと、あんなに熱心に正しい行いを学ぼうとする若者には会ったことがありません」

サー・スティーヴンの言い方を借りれば、シャーは猟犬と同じと言ってもいいくらいすばらしいらしい。勉強熱心なだけでなく、実際学ぶし、のみこみも早い。それにやさしかった。彼らがフレルを出発するのが遅れたのも、シャーのやさしさのせいだった。街道で目の前を走っていた野菜売りの荷馬車が引っくり返ったのだ。

「野菜売りが、おれの大切なトマトやウリやレタスが踏まれちまうってわめきだしたんです。そうしたら、殿下はわたしたちに荷馬車を元にもどすように言いつけ、ご自分も地べたに手足をついて、一時間近くかけて野菜を救ったんですよ」

「わたしを救ってくれたみたいに？」

「姫はブドウやカボチャよりはるかにきれいだし、助けだって必要としてなかったですよ。こんなにすんなりとオグルを捕まえたのは初めてです」

わたしは、話を自分からシャーに引きもどした。

「賢いし、本当にしっかりした方です、殿下は」サー・スティーヴンはつづけた。「しっかりしすぎかもしれませんね。それにまじめすぎる。もちろん、何かおかしなことがあれば笑いますが、遊ぶことが少ない。王の家臣たちといる時間が長すぎるんです」サー・スティーヴンはめずらしく黙った。「殿下は、今日の朝だけで、これまでの二週間で笑ったぶんをぜんぶ合わせたよりもいっぱい笑っていましたよ。もっと若い人たちと騒いだりすることが必要なんです。でも、そういう人たちは王子に対してはしごく礼儀正しく振舞いますから」サー・スティーヴンは振り向いてわたしを見た。「あなただけは別です、姫」

わたしは不安になった。「わたし、失礼かしら？」

「自然なんです。廷臣たちとはちがいます」

お作法の先生はわたしのことを完全な失敗作だと思うだろう。わたしはにやりとした。

わたしたちは、夜は宿屋で過ごした。最初の夜、わたしは食事が終わるとすぐに自分の部屋にもどった。眠っているあいだのお守りに、アーグレンのオオカミを枕もとのテーブルに置き、それから魔法の本を開いた。

左のページには、ハティからオルガ夫人への手紙があった。右のページはオリーヴから母親への手紙だった。わたしはまずハティのから読んだ。

お母さまへ

わたしの字は上図になったでしょう? 飾り文字の錬習をしたのよ。読みにくいかもしれないし、作文の先生はわたしの綴りは絶棒的だっておっしゃったけど、ちょっとはなれて見ればけっこういけるでしょ?

ピーター卿の娘が消えました。マダム・エディスは、夜中に急に呼びだされたのだと言いました。でもわたしは、マダム・エディスがうそを突いていると思います。エラは逃げたのよ。あの子には初めからひねくれたずるいところがありました。お父さまはあんなにすてきで、お金待ちなのに。

新しいかつらはとってもすてきです。かつらが届いたので、二日前からまたほかの女の子たちの前に出ていけるようなりました。前の髪は、エラが持っていったのでないかと疑ってます。いつも新設にしてあげたのに、こんな残刻ないたづらをするなんて。それでも、わたしはエラがひどい目にあわないよう祈ってます。わたしがいつも想象しているみたいに、オグルに食べられたり、追いはぎに浦まったり、火に矢かれたり、悪い仲間の手に落ちたりしないように。

あとは、新しいドレスのお礼が延々と書き連ねてあった。最後にお別れの言葉と、とびきり大げさに飾りたてられたハティのサインがあった。

ハティ

右ページはこうだ。

おかさまえ

いっしゅかん、ひどいきぶんでした。あたまが居たいです。とくによむとき。おかさまわ、よみすぎは目に割るいって言ってたのに、作分のせんせはきいてくれません。せんせは、わたしのこと、まるでばかみたいにいいます。もっとちゃんとよめるようならないと、大きくなったとき子まるっていってます。ハティは、エラはにげたりしてよくないっていいますけど、わたしは、わたしを付れてかないのがよくないとおもいます。

エラはハティが言う子とをなんでも矢りました。わたしも、みながわたしのいう子とを矢ってくれればいいとおもます。不へいこうです。

かわいそなむすめの　オリーヴより

そこらじゅうインクのしみと×で消した文字だらけで、おまけにどの文字も、ペンの握り方を知らない人が書いたみたいに、くねくねしている。かわいそうなオリーヴ！

オリーヴの手紙のあとは、『アラジンと魔法のランプ』に出てくる魔神の悲しい物語だった。魔神はアラジンの叔父である悪い魔法使いに、無理やりランプの中に住まわされてしまう。そして、だれの願いでも叶えることのできる力を与えられるのに、自分の願いだけは叶えられないのだ。捕まる前、彼はガチョウ番の娘に恋していた。魔神はランプの中で何年ものあいだ彼女に恋い焦がれ、彼女がだれかほかの人と結婚してしまったのではないか、ひとりで年をとってしまったのではないか、死んでしまったのではないかと思い悩むのだ。

わたしはちょっと泣きながら、本を閉じた。ランプの中に閉じこめられてはいないけれど、やっぱりわたしも自由の身ではなかったから。


三日目の朝、出発してしばらくすると、あたりのものが大きくなりはじめた。これまでは、遠くのものは当然、近くのものより小さく見えた。ところが、この法則は引っくり返された。すぐ近くの木が、ずっと先のほうに見える木よりも小さい。

十時には、わたしの背くらいあるカボチャを見た。十一時には、馬車くらいの大きさのカボチャの横を通りすぎた。そして十二時に、とうとう巨人を見た。その巨人は玉石で石垣を作っていた。塀はすでにわたしの背の二倍はあった。その中に囲われる家畜のことを考えて、わたしはぞっとした。

巨人はわたしたちを見つけると、あたりに響き渡るような喜びの声をあげた。「おおおあやあぎくう！（警笛のような声で）」

巨人は持っていた岩をドシンと落とし、足音をとどろかせてこちらへ歩いてきた。そして口をニイッと開いて、特大の歓迎の笑みを浮かべた。

馬は恐怖で棒立ちになった。わたしは必死でしがみついた。ところが、巨人がこちらへ来て、馬の鼻面をそっとなでると、馬はすぐにおとなしくなり、巨人のももに鼻をすりよせた。

「**あああおぺ！　あいいええ　うう　こおべえ**（絶叫）　**おおおぶ　ぺいいぺ　ああう**」わたしは言った。巨人語で「こんにちは」だ。そして、キリア語でつづけた。「**うああくす**の娘さんの結婚式に来たんです。遅すぎましたか？」

「ちょうどぴったりだよ。案内してあげよう」

農場までは二時間かかった。巨人の**こおおぷうだっく**は、馬の隣をのんびりと歩いた。

「**うああくす**はあんたがたが来るのを知っているのかい？」

「いいえ。お邪魔でしょうか？」

「邪魔？　それどころかいくらお礼を言っても足りないくらいだよ。巨人は飛び入りのお客ってのが大好きなんだ」**こおおぷうだっく**はいったん黙ってから、つづけた。「もちろん、友だちもね。式には、たくさんの友だちや飛び入りのお客が出席するはずだよ」

そのあとしばらく、黙って歩いていたけれど、そのあいだも、**こおおぷうだっく**はにこにこしながらわたしたちを見おろしていた。

「疲れたかい？　お腹はすいている？」しばらくすると、**こおおぷうだっく**がきいた。

「大丈夫です」サー・スティーヴンはそう言ったけれど、わたしは腹ぺこだった。

「人間は、みんな礼儀正しい。だが、巨人はちがう。おれたちは、お腹がすいているときはすいているって言うよ。まあいいさ。巨人の農場には食べる物がどっさりあるから」

うああくすの家は、着く一時間も前から見えていた。

「あれが、**うああくす**の家だ」**こおおぷうだっく**は指をさした。「すてきな家だろ?」

「でっかいすばらしさだ。特大級にすてきだ」サー・スティーヴンは言った。「ねえ、姫?」

わたしはうなずいた。あんまり心臓がはげしく打つので、うしろにすっ飛んでいきそうな気がする。もうすぐルシンダに会えるかもしれない。もうすぐわたしは自由になるのだ。

第十七章 巨人たちの婚礼

サー・スティーヴンの腰にまわしていた腕に、思わず力が入った。

「わたしのコルセットになられるおつもりか？」サー・スティーヴンはぼやいた。

近くまでいくと、**うああくす**が新しい客を迎え入れるためにドアを開けてくれた。まだ少し距離があったので、わたしは**うああくす**の全身を見ることができた。あまり近くだと、巨人イコールいちばん近くの部分、つまりスカートとか、上着とか、ズボンとか、顔ってことになってしまう。

うああくすの背は、人間の大人の三倍はあった。でも、横幅はたいして変わらない。どこもかしこも長くて細い。頭も上半身も腕も足もぜんぶだ。でも、わたしたちを見たとたん、ひょろ長い卵型の顔がみるみるうちに変わった。**うああくす**が大きくにこーっと笑うと、頬は桃みたいにまんまるになり、メガネの奥に見える目はうれしそうに細められた。

「あいいいええ　こおべえ（絶叫）でええぐ（汽笛のように）！」うああくすはサー・スティーヴンを持ち上げて馬からおろすと、初めてわたしを見つけた。「しかも、ふたりも！　おふたりとも、おおおあやあじく（警笛のように）！　ようこそ！　結婚式はもうすぐはじまります。うだびいい！」

うああくすは娘の花嫁を呼んだ。「ほら、お客さまがいらしたよ」

友だちに囲まれた娘が手を振った。

「奥さま、わたしは帰らねばなりません。この若きレディを父上のもとにお連れしただけですから」

「父上？」

「フレルのピーター卿です」わたしは言った。

うああくすの顔がパッと明るくなった。「じゃあ、これがピーター卿のお嬢ちゃんかい！　ピーター卿はひとこともおっしゃっていなかったよ」うああくすは家のほうを振り返った。「ピーター卿はどこだろうね？　探してこよう。お嬢ちゃんがここにいると知ったら、喜ぶよ」

「探さないでください」わたしはあわてて言った。「びっくりさせたいんです」

「びっくり！　わたしゃ、そういうのは大好きさ。そういうことなら、絶対に言わないよ」

サー・スティーヴンは馬にまたがった。「もういかねば。さようなら、エラ、失礼します、奥さま」

「パーティーに出ないで帰るなんて！　まだ家の中に入ってもいないじゃないの！」

サー・スティーヴンは、悲しみのせいでよけい長くなったうああくすの顔を見上げた。

「奥さま、このまま帰るのは、わたしも心が痛みます。わたしが去るのは一刻の猶予もならない緊急の事態があるからこそ」サー・スティーヴンは、わたしに片目をつぶってみせた。「どうぞお嘆きにならないでください。奥さまが幸せだと思えぬうちは、このわたしも安心できません」

それを聞くと、うああくすは涙を流しながらにっこりと笑った。「せめて、旅のための食料を用意させてちょうだい」うああくすは家の中へ駆けこみながら、後ろに向かって叫んだ。

「すぐもどるから！」

「努力家の騎士は、社交家でもあるのね」わたしは言った。

「必要なときには。殿下には姫を大きな善き手に預けてきたとご報告いたしましょう」

うああくすは大きなバスケットを持ってもどってきた。中から七面鳥ほどもあるニワトリの手羽先がのぞいている。サー・スティーヴンは馬を走らせて帰っていった。うああくすもいそいそと新しいお客をもてなしにいった。

わたしは家の中に入り、ひしめきあっている人たちの中に入っていった。でも、すぐ近くにいる人（か、その体の一部）以外、何も見えない。採鉱の技術について議論しているノームの一団。それからふたりぶんの巨人のスカート。この中から、どうやって人間の大きさの妖精を見つければいいんだろう？　たったひとつの手がかりの小さな足も、スカートの下に隠れているというのに。

巨人たちはテーブルのまわりに集まっていた。テーブルはとても高く、頭をぶつけずにらくらく下を通り抜けることができた。反対側に出ると小さな椅子があって、小さい人たち用の食べ物がどっさりと並んでいた。探しながら食べたっていいわよね。わたしはお皿（大皿くらいあるカップの受け皿）にジャガイモをひと切れと、一メートルもあるさやえんどうと、風船くらいあるチーズ・パイを取った。

これを食べながら歩きまわるのはどうしたって無理だ。腕にかけた長いナプキンをずるずる引きずりながら、ダイニングホールの壁際に並べてある巨大な枕のほうへ歩いていった。人間とエルフとノーム用のソファーだ。ここなら、食べながらお客を眺めることができそう。

銀のナイフとフォークは大きすぎた。ほかの人たちがどうやっているのか、まわりを眺めてみる。斧とシャベルみたいなナイフとフォークで格闘している人もいれば、途方にくれて食べ物を見つめている人もいる。そうかと思えば、手づかみでかぶりついている人もいた。

さやえんどうとジャガイモは簡単だった。両手で持って食べればいい。でも、チーズ・パイはそうはいかなかった。かぶりつくと、チーズがにじみだしてきて、顔が半分チーズだらけになってしまった。

顔を拭いていると、銅鑼《どら》が鳴った。低いゴーンという音が胸に反響する。まもなく結婚式が始まるのだ。

ぞろぞろと外へ向かう人の波についていった。まわりをかこんでいた壁がなくなったので、人びとが散らばって、さっきより大勢のお客をいっぺんに見られるようになった。ほんの数メートル先に、やはりだれかを探しているようすのお父さまがいた。わたしは立ち止まって先に何人かの巨人たちを通し、その後ろにくっついた。そして、すばやくお父さまの横を通り抜けた。

半時間も歩くと、広場に出た。広場には、巨人用と小さい人用の見物席が設けてあった。何人か人間も来ていて、席についている。わたしは背の高い男の人の後ろにするりとすべりこんだ。ここならだれにも見られないだろう。通路に近いから、新しく来た人たちの足がよく見える。階段を上がるとき、女の人はスカートを持ち上げなければならないからだ。一段上がるごとに、編み上げ靴がのぞいたり、舞踏用の靴がちらりと見えたりした。わたしはひとつひとつ数えていった。

標準の足。標準。大。特大。

席はほとんどいっぱいだった。お父さまも来て、遠く離れた席に座った。

標準。小さい、でもそこまで小さくない。標準。標準。標準。標準。すごく小さい！　すごく小さい！

ふたりの女の妖精がひとりの紳士（男の妖精にちがいない）といっしょに、わたしの座っているベンチからわずか二段下の列に無理やりすわった。紳士は猫背で、片方の女の人は太っている。けれども、もうひとりは、妖精と聞いて人々が抱くイメージそのままだった。背が高く優雅で、大きな目に、しみひとつないサテンのような肌、ざくろのように赤い唇、そして沈みはじめたばかりの夕日のような色をした頬。

見物席はごったがえしていて、妖精たちに近づくことはできない。でも、ここなら、彼らが席を立ったらわかるよう、見張っていられる。

結婚式が始まった。

花嫁と花婿が手を取り合って広場に入ってきた。花嫁は麻袋、花婿は鍬を持っている。ふたりともズボンと白い上っぱりを着ていた。

ふたりが姿を現すと、巨人たちの席からどよめきがあがった。巨人たちは叫び、うめき、うなり、そしてハミングした。花嫁が美しく、花婿がハンサムで、ふたりがいつまでも末永く健康でありますように。みんなの記憶のなかに今日という日が最も幸せな日として刻みこまれますように。

特大の笑みを浮かべたほかは、新郎新婦は巨人たちの歓声には応えず、麦を植えはじめた。新郎が地面を耕し、新婦が袋から取り出した種をまいて、湿った土をかぶせていく。

種まきが終わると、式が始まったときは雲ひとつなかった空がにわかにかき曇り、雨がしとしとと降りはじめた。巨人たちは両腕を広げ、空を仰いで、雨粒を受けた。

わたしは妖精たちのほうを見おろした。平凡なほうのふたりはほほえんでいたが、きれいなほうは感動に酔いしれていた。どうやら歌まで歌っているようだ。しきりに涙を流している。

巨人の花嫁と花婿は、自分たちの人生を表す無言劇を演じた。ふたりは土地を耕し、家を建て、だんだんと大きくなる子どもの役を観客の中から選んで、想像上の家に迎え入れ、さらに孫たちを表す赤ん坊も迎え入れた。そして最後は草の上に横たわり、共に死を迎えるさまを表現した。

それから、ふたりはぱっと起きあがった。巨人たちはベンチを倒してどっと広場になだれこみ、新郎新婦を抱いて口ぐちにお祝いの言葉を叫んだ。

わたしはすっかり感激して、その場に座りこんでいた。巨人たちは幸せだ。すばらしい人生が目の前に開けているさまを、見ることができたのだから。無言劇は役に立つのだろうか？　オグルに食べられたりせず、干ばつや洪水を防ぎ、子どもたちが大きくなる前に死んだりしないよう見守ってくれるのだろうか？

美しい妖精と何人かの巨人たちを残して、ほとんどの人は家のほうへもどりはじめた。お父さまもその中にいた。わたしはとどまって、妖精がルシンダであるよう願いつつ、ううん、祈るような気持ちでじっと見ていた。すると、妖精は親戚やお祝いを言っている人たちを押しのけて、新婚のふたりのもとへいった。

それから数分後、妖精のまわりにいた巨人たちがさあっと引いた。新郎新婦がしっかりと抱き合っている。ふたりとも泣いている。**うああくす**は必死で何かを懇願している。妖精の目線に合わせてかがみこみ、ひたと妖精の目を見すえている。

妖精は**うああくす**の腕を、わかってますから、とでも言うようにポンとたたいたが、**うああくす**はさっと身を引いた。とうとう巨人たちは背を向けて、重い足どりでのろのろと家のほうへ帰っていった。妖精はその後ろ姿をにこにこしながら見送っていた。

ルシンダにまちがいない。あらゆる証拠がそろっている。わたしのときと同じように、新婚夫婦にありがたい贈り物を授けたのにちがいない。

「レディ……」わたしは呼びかけた。胸が高鳴る。

ところが、その声は妖精には届かなかった。わたしが話しかけたのと同時に、妖精はパッと消えた。ひと筋の煙も、彼女が消えたことを示す空気の揺らめきすら、残されていなかった。今度こそわたしは妖精がルシンダだと確信した。人目もはばからず姿を消す妖精なんて、世界中探したって、ひとりしかいないんだから！

「バカ！」わたしは自分で自分をののしった。「大バカよ！」ルシンダかもしれないと思ったときにすぐ話しかければよかった。今ごろルシンダはアヨーサにいるか、大海原をはるか見おろす空の上でも飛んでいるだろう。

わたしはトボトボと家へ向かった。巨人たちはすっかり沈みこんでいたけれど、小さい人たちはまだ陽気に騒いでいる。わたしはあちこちでつまみ食いをしながら、お父さまに見つからないように気をつけて広間をうろうろした。これからどこへいけばいいの？　この先どうやってルシンダを探せばいいの？

ほかのふたりの妖精はまだここにいるかもしれない。あの人たちなら、ルシンダがどこへ消えたかわかるかも。わたしは足を速めて探しはじめた。ほどなく、巨人たちに負けず劣らず悲しそうな顔をして立っているふたりが見つかった。まさにふたりのところへ駆けよろうとしたとき、ルシンダが相変わらずにこにこしながらふたりのあいだに姿を現した。

わたしはごちそうののった椅子から巨大なクルミを取ると、わたしの頭にあるのは、どうやってこのクルミを割ろうかってことだけです、というふりをして耳を澄ました。

「何度も言わせないでくれ。きみみたいにぱっぱと消えたり出たりするのはまちがっていると言ったろう」男の妖精はルシンダに言った。「まさかこの群集のど真ん中で、またやらかすつもりじゃないだろうね」

「いいえ、シリル。せっかくの偉業を成し遂げた舞台を去るわけないでしょう?」ルシンダの声は美しく響いた。ライラックの香りが漂ってきた。

「かわいそうな新婚夫婦に、いったいどんな恐ろしいことをしでかしたんだ?」シリルと呼ばれた男の妖精は言った。

「恐ろしいことだなんて。贈り物よ!」

「なら、どんな贈り物か言ってごらんなさいよ」もうひとりの女の妖精がたずねた。

「ああクラウディア、わたしはふたりに、最高の関係と幸せいっぱいの結びつきを授けてあげたのよ」

シリルの眉が上がった。「どうやって?」

「ふたりがいつもいっしょにいられるようにしてあげたの。ふたりはもう、いっしょでなければどこにもいけないのよ。すばらしいと思わなくて?」

わたしはクルミを落としかけた。

「最低だ」シリルが言った。

「何がいけないのよ?」ルシンダは挑戦的なようすでキッと頭をもたげた。

「一か月以内に、ふたりは憎み合うようになるわ」クラウディアが答えた。

ルシンダは、美しい鈴の音のような笑い声をたてた。「そんなことありえないわ。ふたりは前よりも深く愛し合うようになるわ」

シリルは首を振った。「ふたりがけんかしたとする。いいか、どんなに愛し合っている夫婦でもけんかはする。ひとりになって、冷静に考えることができなければ、相手を許すことはできないだろう」

「あなたはなんにもわかっていないわ。すべての夫婦がけんかするわけじゃないし、あのふたりもそう。だって、本当に深く愛し合っているもの」

「考えてもごらんなさい。もし彼が爪を噛むとして、彼女がそれをきらいだとしたら？」クラウディアが言った。「彼女がしゃべりながら貧乏ゆすりをするとして、彼がいやがるというのでもいいわ。ふたりは、相手のいやな癖から一瞬たりとも逃れることができないのよ。いやだっていう気持ちは、どんどん膨らんでいって、しまいには彼は彼女の貧乏ゆすり、彼女は彼の爪を噛む癖しか、見えなくなってしまうわ」

「わたしの贈り物は、爪とか貧乏ゆすりには関係ないわ。心に関係あるのよ。愛する相手のそばにいたいと願う心にね」

わたしはクルミのことはすっかり忘れて、この頭のおかしい妖精を穴のあくほど見つめた。

「一年後にもう一度、来てみるんだな」シリルは挑むように言った。「きみの言う愛する心がどうなったか、その目で見てみればいい」

「これから、巨人たちはみんな駆け落ちするようになるでしょうよ。結婚式にあなたが現れる危険をおかすよりはね」クラウディアは言った。

「もどってきますとも！　わたしはまちがってないわ。巨人たちは感謝するにきまってる！　……何をじろじろ見ているの？　あなたよ！　そこの女の子！」ルシンダがぱっとわたしのほうを振り返った。

第十八章
妖精ルシンダ

「この子も訴えにきたんだろう」シリルが言った。「きみが授けた誕生の贈り物を取り消してくれって」

「この子をリスに変えたりしないでよ。とても見ちゃいられないわ」クラウディアはルシンダの手首をつかんだ。「リスが『かわいらしい、充実した生活』を送っているかどうかなんてわからないのよ。この子は、人間の少女のままがいいと思っているにちがいないんですからね」

リス！　リスなんかにされたら大変だわ。

「アベンサ　エケ　ウバッシュ　イノウキシィ　アキリア」ルシンダはアヨーサ語を話すだろうか？　わたしはキリア語はわかりません、と言ってみたのだ。

ルシンダの表情がやさしくなった。「あら、ごめんなさいね」ルシンダはアヨーサ語で答えた。「どうしてわたしのことをじっと見ているの、ってきいたのよ」

「とてもきれいだから」無邪気な子だと思わせよう。

「なんてかわいらしい子でしょう！　お名前は？」

「エルです」アヨーサ語の発音でエラのことだ。

「美しさは大切なことではないのよ、エル。大切なのは、心の中にあるものだけ。わかる？」

「はい。じろじろ見てしまってごめんなさい」

「いいのよ。かわいい子。何も悪いことをしたわけではないわ」ルシンダはまぶしいようなほほえみを浮かべた。

「ありがとうございます、レディ」わたしはひざを曲げてお辞儀をした。

「ルシンダとお呼びなさいな」ルシンダはくいとあごを上げた。「あのひとたちは言うなって言うんだけど」

ルシンダはシリルとクラウディアのほうを示した。「わたしは妖精なのよ」

「妖精！　だからそんなにおきれいなのですね」

「それからわたしの友だちも……」

「店をやっている」シリルは同じようにアヨーサ語できっぱり言った。「靴を売っているんだ」

「小さい足用のね」ルシンダはくすくす笑った。

「子ども靴よ」クラウディアが言い直した。

「そうなんですか」わたしは言った。「でもわたしは靴はいらないんです。助けがほしいんです、魔法の。ルシンダさま、わたしを助けていただけませんか？」

「このひとの助けは必要ないわ。まだできるうちに、このひとから離れたほうが身のためよ」クラウディアが言った。

「喜んで助けてあげますよ。ほらね、クラウディア。みんな、わたしたちを必要としているのよ。言ってごらんなさい、エル」

「わたしはもっと勇気がほしいのです。どうかお願いします。わたしはだれかに何かをするように言われると、それがどんなことだろうと、たとえそれをしたくなくても、必ず言われたとおりにしてしまうんです。昔からずっとそうなんです。でも、それではいやなんです」

「この女の子は、生まれつき従順なんだ」シリルが言った。「これもきみの贈り物じゃないのかい？　この子はそれがいやなんだ」

「あなたを見てすぐに、あなたが愛らしい子どもだとわかったわ。従順というのはすばらしい授かり物なのですよ、エル。わたしもときどき小さな赤ん坊にこの贈り物を与えることがあるわ。あなたから、それを取り去るわけにはいきません。さあ、そんなすばらしい性質に恵まれたことを喜びなさい」

「でも……」わたしは言いかけたが、口を閉じた。その瞬間、ルシンダの命令ががっしりとわたしをとらえたのだ。

それまでの気分はがらりと変わり、わたしはにこやかにほほえんだ。呪いは恵みに変わったのだ。「ありがとうございます、レディ！　ありがとうございます」あやうくアヨーサ語で話すのも忘れるところだった。わたしはルシンダの手にキスをした。

「いいのよ、いいのよ。わたしに感謝する必要はありません。ただ正しい光のもとで見ることが必要だったのよ」ルシンダはわたしの頭をなでた。「さあ、もういきなさい、エル」

新しい状態になってはじめての命令だった。わたしは従うことがうれしかった。わたしは走りだした。

うれしいのは、喜べと命令されたからだとわかっていたけれど、幸福感は圧倒的だった。ルシンダの贈り物を憎みつづけてきた理由を忘れたわけではない。それでも、うれしかった。これから与えられる命令のことを想像すると、自分の命を奪うような恐ろしい命令かもしれないのに、従うと考えるだけで胸が高鳴るのだ。

お母さまが亡くなってから初めて、わたしは恐怖から解放された。これからは何が起ころうと、喜んで受け入れるだろう。気持ちが雲のように軽くなるのを感じた。

わたしはお父さまを探すことにした。わたしに命令する人っていえば、お父さまだから。お父さまはちょうどうああくすの家の前で、馬車に乗りこんでいるところだった。わたしの声を聞いて、お父さまは振り向いた。わたしは驚いた。お父さまがわたしを見て本当にうれしそうにしたからだ。なんの下心もなく笑っているお父さまを見るのは初めてだった。

「エラ！　おまえか！」

お父さまが怒ろうがどうでもよかった。「フィニシング・スクールから逃げだしてきたの」

お父さまはハッハと笑った。「おまえが勇敢だってことは知ってたよ。それで、一人前のレディになったのか？　それともまだおてんばな料理人の手伝いのままか？」

「どうやって見せればいいの？」

「わたしにお辞儀してみろ」

わたしはとっておきのお辞儀をしてみせた。

「すばらしい」お父さまに、いつものずるがしこさがもどってきた。「これなら十分だ。わたしとしたことが、おまえのことを忘れていたとはな。馬車に乗りなさい、エレノア。今度はドレスを破ることもないだろうな」

うああくすにさようならは言わなくていいの？」わたしは馬車に乗りながらきいた。

「わたしたちのことなんぞ、気にかけんよ。妖精の贈り物のおかげですっかり沈みこんでいるからな」お父さまは眉をひそめた。「妖精は三人も来ていたらしいのに、わたしは髪の毛一本すら見なかったよ」

馬車は動きはじめた。わたしはもう、どこへ向かっていようがかまいやしなかった。

「ちょうどおまえの特訓の成果を試す機会がある」お父さまが言った。

「何をすればいいのか、言ってくれさえすればいいわ」

お父さまは眉をつりあげた。「期待以上の変身ぶりだな」お父さまはかなり長いあいだ、黙りこくっていた。わたしは眠くなってきた。

「わたしは破産した」

お父さまの声にわたしはびくっとした。「え？」

「わたしは自分のものでない土地を売ったんだ。それが買い主のノームにばれてしまった。フレルに着いたら、返済しなくてはならない。今、持っているものをすべて売り払うことになる。屋敷も家具も馬車もすべてな。そして、ある意味で言えば、おまえのことも。おまえには結婚してもらう。わたしたちがもう一度、金持ちになれるように」

お父さまがもう一度お金持ちになれるように、でしょ。

「わかったわ、お父さま。喜んで。それで、いつ？」お父さまの計画がどんなに恥ずべきことかはわかっていた。それでも、命令に従えるかもしれないという喜びには変えられなかった。

「なんて言った？」

「『わかったわ、お父さま。喜んで。それで、いつ？』って言ったのよ」

「いつとはきいて、だれととはきかないのか？　そんなに結婚したいのか？」

「いいえ、お父さま。ただお父さまの命令に従いたいだけ」

「フィニシング・スクールはおまえに何をしたんだ？　おまえが逃げだしたのも当然だな」

屋敷に着くと、お父さまはそのまま外で御者と話していたけれど、わたしは中へ駆けこんでマンディを探した。マンディは野菜をせっせと洗っているところだった。肩にはオウムがとまっていた。

マンディは、息もできないほどきつくわたしを抱きしめた。「エラ！　エラ、わたしのかわいい子！」

オウムがノーム語でキイキイ叫んだ。「!チョっく　!チョっく　えチャチョどぅ　どぅふずチョおっく　!チョっく」

マンディにこのままずっと抱きしめられていたかった。一生、子どものままでいられたらどんなにいいだろう。わたしを愛してくれる人に、抱きしめられて暮らせたら！

玄関のほうから、お父さまが大声で言った。「今夜は出かける。だが明日は客がくる。市場からエルフのキノコが届くはずだ。めずらしいものだぞ、マンディ。レディ・エレノアとお客さまにオードブルでお出ししてくれ」

「お客って？」お父さまが出ていくと、マンディはきいた。

「たぶん、わたしのだんなさまよ。うれしいわ」

マンディは洗っていた鍋を落とした。鍋は一度洗いおけの中に落ちたけれど、すぐにまたマンディの手の中へもどってきた。「だれですって？」

オウムがまたキイキイ声をあげた。「！チョっく」

マンディは、オウムのお気に入りの言葉をとって、オウムをチョックと呼んでいた。ノームの言葉で、「まあ」とか「おやまあ」とか、ときには「おえっ！」という意味の驚きを表す言葉だ。この場合は、まちがいなく「おえっ！」だろう。

「だれって、わたしのだんなさまよ。お父さまは財産をすべてなくしてしまったの。だから、もう一度お金持ちになれるように、わたしが結婚するのよ」

「あの人はそれが何より大切だからね」マンディははき捨てるように言った。「あなたみたいなひよっこを結婚させるだなんて、いったい何を考えてんだろうね？　それで、どうしてそれがうれしいんです？」

「うれしいなんてもんじゃないの。そう……」ぴったりとくる言葉が見つからなかった。「天にものぼる気持ちなのよ。もしふたりが喜んでくれるなら。お父さまと新しいだんなさまがね」

マンディはわたしのあごに手をあてて上を向かせると、わたしの顔を探るように見た。「何があったんです？」

「ルシンダに会ったの。ルシンダは、わたしが喜んで命令に従うようにしてくれたのよ」

「まさか、そんな」マンディは真っ青になった。「そんなことできっこない」

「こっちのほうがずっといいのよ。もう呪われているって感じなくなったの。だから悲しまないで」わたしはにっこりした。「ほらね。今のも命令でしょ。マンディも従えば、悲しくなくなるわ」

「ルシンダは、あなたを半分操り人形から完全な操り人形にしちまったんですよ。それを悲しむなって言うんですか?」

わたしは答えなかった。マンディがショックのあまり口もきけずに立ちつくしているあいだ、台所を見まわして、見慣れたものたちへ「ただいま」を言った。

やっとマンディはぼそりと言った。「ルシンダがまた、バカなことをやりだした」それから、わたしに向かって言った。「わたしは腹ぺこですよ。あなたはどうです?」

わたしたちは台所でいっしょに夕食をとった。お父さまはもう、ほかの召使いたちにひまをやっていたので、わたしたちふたりとオウムだけだった。

「わたしの料理が気に入ってるもんだから、首にできなかったんですよ」マンディは冷たいニワトリの手羽と温かいパンを食べながら言った。もうわたしの新しい従順の話には触れなかったけれど、忘れたわけではないのはわかった。わたしに対する態度が前とちがったからだ。以前のようにえらそうなことはひと言も言わない。まちがっても新しいわたしを便利に使ってルシンダを得意がらせるようなまねはしたくないんだろう。

でも、ルシンダはそんなことは知りやしないし、わたしはわたしで従う喜びを取り上げられてしまっただけだった。

次の日の午後、わたしたちは魚と野生タマネギの煮こみに使うスープをとっていた。今日のディナーで、わたしのお客に出すものだ。タマネギを切っていると、男の子がお父さまの言っていたキノコを持って入ってきた。

段ボール箱には、「トーリン・ケル」というラベルが貼ってあった。「ケル」はエルフ語でキノコのことだけれど、「トーリン」の意味は知らなかった。

マンディは箱を調べて眉をひそめた。「ねえ、『トーリン』の意味を引いてくれないかしら？」

「トーリン。名詞。正義。公正」わたしは辞書を読みあげた。「トーリン・ケル。正義のキノコ。食べた者は、愛情や好意を抱くようになる。エルフの裁判所で、市民の争いごとを収めるのに用いられる」

「あなたのお父さまに食べてほしいもんだね！」

「どうでもいいわ」わたしは言った。

「わたしにはどうでもよくありません」マンディは靴に足をつっこんで、肩にマントをひっかけた。「すぐもどってきますよ。スープがだめにならないように見ていてくださいね」

わたしはスープをかきまぜながら、今夜のお客のことを考えた。結婚するのはうれしい。でも、そのあとも喜んでいられるだろうか？　残酷な人かもしれないし、脳みそが足りないかもしれないし、頭がおかしいかもしれない。お父さまはわたしの幸せなんて考えていないだろう。考えているのは、自分の幸せだけだ。

もしひどい人だったら、マンディにとにかくそれでも満足するように命令してもらおう。そうでなければ、夫を説得してそう命令してもらえばいい。

チョックがわたしの肩におりたって、耳を軽くつついた。「!・チョっく　!・じドゥグまくゥあッゾオオふ」

すてき！　命令だわ！　チョックにキスしなきゃ。横を向いてチョックの翼にキスしようとすると、チョックはバタバタと飛びあがって高い棚の上にとまった。

「！・じドゥグまくゥ　あッゾオオふ」チョックはまた甲高い叫び声をあげた。

わたしは棚のほうへいって、手を伸ばした。鳥は素直に飛びのった。わたしはチョックに顔を近づけたけれど、羽に唇が触れる寸前にチョックはぱっと飛んで、今度はよろい戸のてっぺんにとまった。わたしは走って椅子をとってくると、上にのってチョックのほうへ手を伸ばした。けれど、やっと届きそうになったとたん、チョックはまた飛び去った。

三十分くらいしてマンディがもどってくると、わたしは片手にスープのおたま、もう片方の手にチョックを捕まえるためのザルといういでたちで、ゼイゼイ息を切らしていた。呪いは、わたしが従おうとしているのはわかっているらしい。例の症状はまだ始まっていなかった。めまいがしたり、ふらふらしたり、どこか痛んだりということはなかったけれど、わたしは涙をボロボロ流して泣いていた。チョックが従わせてくれないからだ。幸せを感じさせてくれないから。

「エラ！　どうしたっていうの！」

「追いかけてるのよ！」わたしは泣きながら笑いはじめた。「チョックがキスさせてくれないの」

「あんな汚い鳥にキスするんじゃありません」

マンディは命令した。わたしは解放された。

「！・じドゥグまくゥ　あッゾオオふ」

「また言ったわ！」わたしは言った。

「ぽウォッチ　えっく　じドゥグまくぅ　あッゾオ
オふ」

　わたしは、新しく付け加えたところもチョッ
クが気に入るよう願いながらもう一度繰り返した。「、ぽウォッチ　えっく　じドゥグまくぅ　あッゾオオふ」

　チョックは気に入ってくれた。「、ぽウォッチ　えっく　じドゥグまくぅ　あッゾオオふ」

よかった。新しいのは「キスしないで」という意味だった。チョックがそう言うたびに、うれしさがこみあげた。

　台所を片づけると、わたしたちはトーリン・ケルをごく普通のキノコと入れ替えていった。

「わたしはエルフのを食べたほうがいいのかもね」

「あなたがどう思おうと、わたしはあなたに自分をごまかすようなまねはしてほしくないんです」

　お父さまが台所に入ってきた。「夕食の用意は進んでいるか？」お父さまは愛想よくきいた。それから、顔を曇らせた。「どうしてわたしのキノコを使っていないんだ、マンディ？」

　マンディは軽く腰をかがめてお辞儀をした。「このエルフのキノコのことはよく知らないんです。そんなにおいしそうには見えませんし」

　マンディが責められるのはいやだった。「よくわからないものは、取り替えたほうがいいってわたしが言ったの」

「フィニシング・スクールに送ったのは、料理人の手伝いをさせるためではないぞ、エラ。エルフのキノコを使うんだ、マンディ」

第十九章
年上の婚約者

今夜のお客の名前が告げられた。ウォレックの伯爵でエドモンドといい、ハティの友だちのブロッサムの叔父さんだった。ブロッサムが「叔父さまが結婚したら、あとを継げなくなる」と言って、大騒ぎしていた例の伯爵だ。もっと面白がってもいいところだったけど、叔父が姪と同じようにいやなやつだったらどうしようと思うと心配で、それどころじゃなかった。

わたしは書斎でやりかけの刺繍を膝に広げて待っていた。もうこれ以上、座っていられないと思ったとき、お父さまがドアを開けた。

「娘のエレノアです」お父さまは言った。

伯爵がお辞儀をした。わたしは立ちあがり、ひざを曲げてお辞儀を返した。

伯爵はお父さまより年とっていて、肩まである巻き毛はねずみ色だった。細長い顔はグレーハウンドそっくりで、長い鼻の下にだらりと垂れた口ひげを生やしている。目もグレーハウンドに似て悲しげで、茶色の目の下の皮膚は、たるんでくまができていた。

わたしが座ると、伯爵は腰をかがめてわたしの作品をのぞきこんだ。「お嬢さんのステッチはそろっていて、とても小さい。わたしの母もそれは小さいステッチで縫ったものです。あまりにも小さいので、ほとんど見えないくらいだったんですよ」

伯爵がしゃべると、赤ん坊のように小さな歯がのぞいた。まるで大人の歯に生え替わり損ねたみたい。よちよち歩きの伯爵が母親の膝をそっとのぞいて、見事な刺繍に小ちゃな真珠のような歯を輝かせているようすが目に浮かんだ。結婚したら、伯爵は歯と同じくらい若いんだと思うようにしよう。

伯爵はわたしの横から離れると、すっかりその気になってお父さまのほうにむき直った。

「本当に、昨日おっしゃったような立場でいらっしゃるのでしょうか？　どうか、友よ、もっと詳しく話してください」

ふたりは追いはぎに与える罰について話しだした。伯爵は、彼らにも情けをかけてやるべきだと思っていた。お父さまはきびしく罰するべきだ、見せしめのためなら死刑もやむをえないと言った。

「もし追いはぎどもが来て、この貴重な品々を持って逃げたとしたら」お父さまは両腕を振り回して、今まさに売り払いつつある品々を示した。「怒らないほうがおかしい。その怒りに従って行動しないほうがおかしいではありませんか」

「怒るのはもっともでしょう」伯爵は答えた。「しかし、怒りに対し怒りで報いるようなことはやめなければなりません」

わたしも伯爵の意見に賛成だった。この議論はお父さまにおあつらえ向きだ。「もし、泥棒が一見そうとはわからないように、だまして盗ったとしたら、その犯人もやっぱり追いはぎと同じ罰を受けるべきかしら？」

「その場合はまったく別だ」お父さまは答えた。「もしわたしが悪党につけ入る隙を与えてしまったなら、当然の報いを受けなければならん。そのゴロツキも罰を受けるべきだろうが、厳しいものにすることはない。わたしが甘くてだまされたのだから、それだけの財産を持つ資格がなかったということなのだ」

伯爵はわたしに向かってうなずいた。「ふたつのケースは、そう変わらないと思いますね。もし武器を持った追いはぎが、あなたの持ち物を持って逃げたとしたら、あなたにも自分の家を守れなかったという落度があったと言えるかもしれません。つまりこの場合もやはり、それだけの財産を持つ資格がなかったということになります。どうして泥棒があなたの不注意のために命を落とさなければならないのでしょう？」

「あなたの論理に反論はできませんな。もっとも根拠がしっかりしているとは言えないが」お父さまはほほえんだ。「ふたりが相手では、わたしは手も足も出ませんよ。あなたは娘と共通点をお持ちのようだ、伯爵。ふたりとも心がやさしい」

さすが、お父さま。これで伯爵とわたしがふたりひと組ってわけね。

夕食の用意ができた。お父さまが先に立って食堂へ案内したので、伯爵がわたしに腕を貸すことになった。

トーリン・ケルは最初に出てきた。冷たくひやしたウズラの卵が添えられたサラダだった。

「このキノコは、エルフたちが作っているものです」お父さまは言った。「うちの料理人が市場で見つけたので、ぜひとも伯爵に試していただきたいと思いまして。実は、わたしはキノコは苦手なのですがね。食べてみなさい、エラ」

キノコは平凡な味だった。マンディがふりかけたレモンとセージの味しかしない。

「申し訳ない、ピーター卿」伯爵が言った。「キノコと名のつくものは何であれ、食べると具合が悪くなるのです。でも、ウズラの卵はおいしくいただいています」

トーリン・ケルの効き目は早かった。マンディがわたしのお皿をあわてて下げたときにはもう、わたしはどうして伯爵がイヌに似ているなんて思ったのかしら、と不思議に思っていた。こんなにハンサムなのに。そして、お父さまのことも好きになっていた。スープが出てきたころには、心の中で伯爵を「エドモンドさま」と呼び、ひと口食べるごとに伯爵に向かってほほえんだ。魚のシチューがきたときには、もうひと匙よけいに伯爵さまについで差し上げて、とマンディに頼んだ。

お父さまは笑いをこらえるのに必死だった。

キノコなしでも伯爵はわたしに惹かれたようだった。「実に魅力的なお嬢さんだ、ピーター卿」デザートを食べながら伯爵は言った。

「知らぬ間にすっかり成長しました。さっさと嫁に出さないと、婿選びに苦労することになりそうだ」

夕食のあと書斎へもどると、わたしは椅子を伯爵のそばに引き寄せた。そして刺繡を取りだすと、本当に見えなくなるくらい細かいステッチをせっせと作った。

エドモンドとお父さまは、ジェロルド王のオグル退治について話し合っていた。お父さまは、王の騎士たちはもっと積極的に攻撃をしかけるべきだと言った。伯爵は、騎士たちは勇敢であっぱれだと言った。

わたしは刺繍に集中したかったけれど、できなかった。伯爵かお父さまが自分の意見を主張するたびに、たとえそれが正反対の意見でも、わたしはいちいち両方にうなずいた。

気がつくと、部屋がすっかり冷えていた。わたしは寒くて椅子に深く腰かけた。

「暖炉に火を入れたほうがいいんじゃないかしら、お父さま。お客さまが風邪をひかれたら大変だわ」

「エラがこんなに気を遣うのははじめて見た」お父さまは暖炉に薪をくべながら言った。

「あなたにすっかり魅了されてしまったようだ、伯爵」

「そのとおりよ」わたしはつぶやいた。

「なんと言ったんだい、エラ?」お父さまがきいた。

わたしの気持ちを知らせていけないわけがある? お父さまにも知ってほしいもの。

「わたし、伯爵さまにすっかり夢中よ、お父さま」わたしははっきりと言って、愛するエドモンドに向かってほほえんだ。エドモンドもほほえみ返した。

「ピーター卿のすばらしい食事とおもてなしにあずかるのは初めてではないのに、お嬢さまとは今までお会いしたことはありませんでしたね」伯爵は椅子から身をのりだした。

「フィニシング・スクールにいかせていたのです」お父さまが言った。「ジェンの町にあるマダム・エディスの学校に」

「時間を無駄にしてしまったわ。もっと早くお会いできたはずなのに」

お父さまは赤くなった。

「わたしの姪のブロッサムも同じ学校にいっているんですよ。お友だちでしたか?」

トーリン・ケルには記憶まで左右する力はなかったけれど、愛するエドモンドを悲しませるようなことは言いたくなかった。「ブロッサムはもっとずっと上の学年でしたから」

「ブロッサムは、たしかもう少しで十八です。まさか、それよりもずっとお若いのですか?」

「九月で十六です」

「まだ子どもでいらっしゃる」エドモンドは椅子に寄りかかった。わたしは耐えられなかった。

「子どもじゃありません」わたしは言った。「わたしの母は、十六のときに結婚しました。お母さまのように若くして死ぬのなら、愛を知って充実した人生を送りたいわ」

伯爵は再びわたしのほうへ身をのりだした。「あなたは、人を愛する心をおもちだ。わたしにはそれがわかる。あなたは子どもではない。大人の女性だ」

お父さまは咳払いをして、伯爵にブランデーを渡した。わたしにも少しだけついだ。

エドモンドがグラスをわたしのグラスに軽くあてた。「若さゆえの情熱に!」エドモンドは言った。「いつも望むものを手に入れることができるように!」

帰るとき、エドモンドはわたしの手をとった。「今夜は、お父さまに会いにきました。こんどはあなたに会いにきてもよろしいですか?」

「いくら早くいらしても、早すぎるということはありませんわ。それに、いくらたくさんいらしてくださっても、足りません」

わたしはお休みのキスをしにきたマンディに、キノコを食べたあと伯爵が言ったことをいちいち話して聞かせた。「すてきな方だと思わない？」わたしの幸せをマンディにもいっしょに感じてほしかった。

「ずいぶんとまあ、ご立派な方のようですこと」マンディはしぶしぶ言った。「人に毒を盛るあなたのお父さまとは大ちがい」

「あら、お父さまだってすてきよ」わたしは文句を言った。

「ええ、ええ、すばらしいですよ！」マンディはドアをばたんと閉めて出ていった。

わたしは次から次へと物語を紡ぎながら眠りについた。どの物語でも、エドモンドがヒーローでわたしがヒロインだった。けれども最後に意識のなかに現れたのは、サー・スティーヴンの馬のたづなを押さえてくれたときのシャー王子の姿だった。シャーの顔はわたしの目の前にあった。巻き毛が二本、額にかかっている。鼻にそばかすが散って、目はわたしとの別れを惜しんでいた。

マンディは夜のぶんの仕事をすませると、わたしを起こした。起きるのはつらかった。トーリン・ケルの効き目は、まだしっかりとわたしをとらえていた。

「よく考えてみたんですよ。思い出してちょうだい。ルシンダが喜んで従うようにさせたのは、新しい贈り物としてなの？」

「そうは言わなかった」わたしは目を閉じて、ルシンダと会ったときのことを思い浮かべてみた。「ルシンダは、『従順というのはすばらしい贈り物です……そんなすばらしい性質に恵まれたことを喜びなさい』って言ったのよ。どうして？」

「ああ、それなら新しい贈り物じゃない。よかった、ただのいつもの命令なんですね。喜んで従うのはやめなさい、エラ。自分の感じるように感じなさい」

嬉しい、命令だわ……ううん、嬉しくない！　部屋がぐるぐる回った。ほっとしたのと悲しみとで、わたしはすすり泣きはじめた。わたしはちんちんしておねだりする子犬で、喜んで従う奴隷だった。でも、ルシンダに会ってからは、呪われていると感じなくなっていたのに。また元にもどってしまった。

マンディが出ていったあと、わたしはもう一度眠り、起きたのは、かなり遅くなってからだった。目が覚めると頭がずっしりと重く、マットレスに沈みこんでいくような気がした。

そうだ、キノコ！　わたしは跳ね起きた。こめかみがずきずきする。夕べの光景がひとつ残らず記憶の中で再生された。わたしは、あんなバカなまねをさせたお父さまに対する怒りで枕を何度もたたいた。

横の机にメモがあった。

親愛なるエレノア

かわいらしい小悪魔ぶりだったぞ。明け方に伯爵が、おまえとの結婚の許しがほしいと言いにきた。

わたしはメモを落とした。続きを読むわけにはいかない。もしお父さまが伯爵と結婚しろと書いていたら、命令に従わなければならなくなる。お父さまが帰ってきてそう言ったとしても同じだ。お父さまが帰ってくる前に、なんとか手を打たなくちゃ。マンディなら手紙の内容を命令にしないで教えてくれるだろう。マンディは鶏小屋で、ニワトリたちと話していた。

「立って、セッキ」

一羽のメンドリがねぐらからひょいとどいた。マンディは卵を三つ取った。

「ありがとさん」マンディは次のニワトリのところへいった。「立って、アコ。おまえのところからはひとつでいいよ」それから、わたしに向かって言った。「今朝はオムレツでどう?」

わたしは卵を持ち、マンディはメモを読んだ。

「あいかわらずの調子だけどね」読み終わると、マンディは言った。「読んでも大丈夫ですよ」

お父さまは伯爵の申しこみを断った。お父さまに根ほり葉ほりたずねられて、伯爵は最近、火事で財産をほとんど失ったことを白状したのだ。わたしたちが望んでいるようなお金持ちではなかったわけだ。かわいそうなブロッサム。伯爵が結婚しようがしまいが、ブロッサムの受け継ぐ財産はたいしたことはないんだから。

お父さまはつづけてこう書いていた。

わたしにはもう、ほかの求婚者を探している時間はない。しかし、心配しなくていい。おまえには、いつかお金持ちの夫をつかまえてやる。だが今回は、おまえのかわりに自分の首をくくることにしよう。勘ちがいでなければだが、わたしと結婚したがっている貴婦人がいる。彼女のところに結婚を申しこみにいって、わたしの心はすでにあなたのものだと言ってくる。もしうまくいけば、迎えにやるから、おまえも彼女と再会できるだろう。

再会?

わたしたちに金がないことは伏せておこう。だが、オルガ夫人がわたしを好きなのは金が理由ではないと、信じているのだがね。

いずれにせよ承諾をもらった求婚者か、愛に破れた男として、もどってくることになろう。

そのときまで、そしてこれからもずっとおまえの父親である

父より

オルガ准男爵夫人! ハティがお姉さんになるなんて!

第二十章
父の再婚

　オルガ准男爵夫人は、お父さまの申しこみを受け入れた。夫人は、新しい娘ができるのを喜んでいる証拠を見せようとして、わたしをあやうく窒息させかけた。

「わたしのことはママと呼んで。オルガママ。いい響きでないこと？」

　結婚式は一週間以内にとり行われることになった。いろいろな準備が整い、ハティとオリーヴがフィニシング・スクールからもどり次第ということだ。

「結婚式が終わっても、もう学校にもどる必要はないでしょう」オルガママは言った。「ふたりとも、もう十分勉強しましたし。みんないっしょにここで暮らしましょう。夫が出かけているあいだ、わたしを元気づけてちょうだいね」オルガママは、お父さまが客間の窓のほうへ歩いていくのを目で追った。

「では、わたしのことはだれが慰めてくれるのだ？」お父さまはオルガママに背を向けたままで言った。

オルガママの頬紅を塗った頬が、ますます赤くなった。オルガママはお父さまに首ったけだった。お父さまはこまごまと気を配り、オルガママに尽くした。オルガママははにかみ、媚び、甘ったるく振舞った。このふたりと五分以上いっしょにいると、わたしは叫びだしたくなった。

運よく、わたしが同席を求められることはほとんどなかった。オルガママはわたしをめったに家に呼ばなかったし、お父さまはオルガママを屋敷から遠ざけていた。借金を払うため、屋敷からは毎日のように物がなくなっていった。

家具はどうでもよかったけれど、妖精のじゅうたんだけは、お父さまがオルガママと出かける日を狙ってマンディと隠しておいた。それに、お母さまのドレスの中で特にいいものも何枚かよりわけておいた。マンディが、わたしの背が伸びてドレスがぴったりになるのももうすぐですよ、と言い張ったからだ。けれども、お母さまの宝石類には指一本ふれなかった。たとえ、しんちゅうのピン一本でもなくなれば、お父さまが見逃さないからだ。どちらにしろ、ハティに取られた首飾りにかなうものはなかった。

その週は静かに過ぎた。わたしは昼も夜もほとんどマンディと過ごした。日中は料理や掃除を手伝い、夜になると、妖精の本を読んで聞かせたり、台所の火のそばでおしゃべりをしたりした。

思いきって外に出かけるのは、シャーがくれたセントールのアップルに会いに王宮の牧場へいくときくらいだった。最初はひょっとしたらシャーに会えるかもしれないと思ったのだけれど、馬番がシャーはまだオグルを追っていると教えてくれた。

初めてアップルのところへいったのは、フレルにもどってきた次の日だった。アップルは木の下に立って、低い枝にくっついている三枚の茶色い葉を熱心に見つめていた。わたしが見ていると、後ろ足で立って、ぐっと頭をもたげて葉を取ろうとしたけれど、わずかに届かなかった。

後ろ足の盛りあがった筋肉といい、腰から指先までの引き締まった線といい、本当に美しい。アーグレンがアップルを見れば、またひとつ、陶器の作品が生まれるだろう。

わたしは口笛を吹いた。アップルはくるりと振り向いて、こちらをじっと見た。わたしはニンジンを差し出して、もう一度、口笛をふいた。アップルの遠い親戚にあたる、人魚たちの歌だった。ごちそうを見ると、アップルはにっこりと笑い、両手を伸ばしてトコトコと寄ってきた。

じきにアップルはたてがみをなでても平気になり、口笛を吹けば食べ物が見えなくても寄ってくるようになった。わたしの姿を見てニンジンと同じくらい喜ぶようになるのに、そう長くはかからなかった。

わたしはアップルにいろいろ打ち明けるようになった。アップルのこちらを見つめる大きな目を見ていると、話したくなるのだ。わたしがしゃべっているとき首を傾げる癖も、何か重要なことを話しているような気にさせた。本当は、アップルには何ひとつわからないのに。

「ハティはわたしのことを憎んでいるの。それでわたしにいろんなことをやらせるのよ。理由はどうでもいいの。オリーヴはわたしのことを好きだけど、たいした助けにもならない。オルガママはぞっとするほどいや。わたしを愛してくれるのは、あなたとマンディだけよ。そして、わたしに命令しないのはあなただけ」

アップルはわたしの顔を見つめた。かわいらしいからっぽの目が、わたしの目をのぞきこむ。そして唇の両はしが上がって、にっこりほほえんだ。

結婚式は、古城で行われた。オルガママはわたしたちの屋敷で式を挙げたいとねだったのだけど、お父さまが、古城のほうがずっとロマンティックだと言い張ったのだ。そう言われてしまうと、オルガママはなすすべもなく降伏してしまった。

古城に着くと、お父さまは式やそのあとに行われる仮面舞踏会のこまごましたことをたしかめに、さっさと中へ入っていった。わたしはこっそり抜けだして、庭のロウソクの木を見にいった。すっかり葉が落ちて、まるでひじを曲げた腕の骨がずらりと並んでいるように見えた。

その日は寒かった。わたしはロウソクの木立を抜けて、楡の並木道を凍えないように行ったり来たりした。せめて鼻をあたためようと仮面までつけてみたけれど、ちっとも役に立たない。でも、どんなに寒くても、招待客が何人か来るまでは外にいるつもりだった。

もう中へ入っても大丈夫だろうと思ったころには、つま先と指先がすっかりかじかんでいた。中へ入ったとたん、ハティが新しいニセの巻き毛をはずませながら駆け寄ってきた。

「エラ！　会いたかったわ！」

ハティはわたしを抱きしめて、まちがいなく、耳もとで命令をささやこうとした。

わたしはさっと後ろへ下がった。「ハティ、今日わたしにひとことでも話しかけたら、あなたのカツラを引っぺがして、みんなに回してやるから！」

「でも……」

「ひとことも言わないでって言ったはずよ」わたしはケープをぬぐと、まっすぐ暖炉のところへいき、後ろがだんだんと騒がしくなっていくあいだも、そこから動かなかった。

振り返りたくなるようなことなんて、ひとつもなかった。おしゃべりより炎のほうがよっぽど面白い。わたしは、火の前の空気がゆらゆら揺らめくのはなぜだろうと考えていた。

「結婚式を見にいかないの？」オリーヴがわたしの腕をつついた。「いっしょにここにいてもいい？」

広間は静かになっていた。「自分の母親の結婚式を見たくないの？」わたしはその場にいて、ぞっとするような光景をこの目で見てやりたかった。

「どうでもいい。あなたといっしょにいるほうがいいの」

「わたしは中へ入るわ」

オリーヴはついてきた。わたしたちはいちばん後ろの列にそっと座った。お父さまとオルガママはアルコーヴの前にいた。アルコーヴにトーマス大法官が立ち、結婚の儀式を始めた。

トーマス大法官の話は聞き覚えがあった。お母さまのお葬式のときとほとんど同じセリフを使っていたからだ。たぶんここにいる人たちはみんな、大法官といっしょに暗唱できるにちがいない。あちこちで咳が聞こえた。前に座っている貴婦人は静かな寝息をたてている。そのうちオリーヴも寝てしまった。同じ列の男の人がポケットナイフを取りだして、爪の掃除を始めた。

たったひとりだけ、うっとりとして身をのりだし、ありふれた文句にいちいちうなずいて、涙をぬぐいながらほほえんでいる参列者がいた。ライラックの香りがぷうんと漂ってきた。ルシンダ！

見られるわけにはいかない。花婿の娘なのに、アヨーサ語しか話せないふりをつづけるなんて無理だ。だまされたと知ったら、ルシンダは火のように怒るだろう。わたしはさっと仮面をつけた。

式が終わったら、お祝いのどさくさにまぎれて抜けだそう。ルシンダがこちらを見たらすかさず頭を下げられるように、わたしはルシンダから目を離さなかった。

トーマス大法官が話し終えると、ルシンダはさっと立ちあがった。「わが友よ」ルシンダは会場中に響き渡る声で言うと、お父さまとオルガママのほうへ進み出ていった。「こんなに感動した式は初めてよ」

トーマス大法官は顔を輝かせた。

「この男の長ったらしいうんざりするような話にではなくて……」

しのび笑いが聞こえた。

「もう青春とは言えない、このふたりを結びつけた愛にです」

「ちょっと！」オルガママが言いかけた。

ルシンダは聞いていなかった。「わたしはルシンダ、妖精です。このうえなくすばらしい贈り物を授けましょう」

オルガママの声が怒りから喜びに変わった。「妖精の贈り物！　それもここにいるみなさんの見ている前で！　ああ、ピーター、すばらしいわ！」

逃げなければならないのはわかっていた。でも、わたしは凍りついたようにその場から動けなかった。

お父さまはお辞儀をした。「謹んでお受けいたします」

「今まででいちばんすてきな贈り物よ。今度こそ、だれにも愚かだとか危険だとか言わせないわ」ルシンダは挑戦的に頭をさっと振った。「永遠の愛です。命あるかぎり、あなたがたは互いに愛し合うでしょう」

第二十一章　荘厳なパヴァーヌ

お父さまは、恐怖のあまりあんぐりと口を開けた。

「なんてロマンティックなのかしら、ねえ、ピーター」オルガママはため息をついて、お父さまに腕をからませた。

お父さまの表情が変わった。そして、オルガママのあごの下をそっとくすぐった。

「おまえが喜ぶならうれしいよ、かわいい人。わが人生、愛する人よ」お父さまはそう言いながらも、自分でも信じられないようすだった。

オリーヴがわたしの足の上に乗っかって、みんなに聞こえるような大声で叫んだ。「本物の妖精だわ！」

オリーヴは人ごみを押しわけて、ルシンダのほうへいこうとした。

大勢の人がお祝いを言おうと、お父さまとオルガママのまわりに集まっていたけれど、オリーヴみたいな向こう見ずはほとんどいなかった。妖精はすぐにまわりを見渡せるようになるだろう。わたしは部屋から逃げだした。

外に隠れるには、あまりにも寒かった。わたしは一か八か、上の階へいってみることにした。

古城の階段の手すりは、らせんを描きながら伸びていて、すべりおりるのにぴったりだった。わたしはむくむくと湧きあがるすべりたいという衝動を抑えた。頭がおかしくなったわけ？　ルシンダの腕の中へまっすぐ飛びこむつもり？　まさにそのときルシンダの声が聞こえ、わたしは階段を駆けあがった。

踊り場まであがるとドアを開け、真っ暗な廊下へ足を踏み入れた。そしてドアを閉めると、へなへなと座りこんで、ドアにもたれ、大理石のタイルに足を投げだした。

お父さまは贈り物のおかげで幸せになれるのかしら？　とうとうルシンダは、本当に役に立つ贈り物をしたの？　ふたりの結婚生活を想像しようとした。愛はオルガママの欠点さえ見えなくするのだろうか？

足音がしたはずだった。でも、わたしは気づかなかった。いきなり後ろのドアが開き、わたしは仰向けにひっくり返った。そして、目の前にシャーがいた。

「大丈夫？」シャーは心配そうに聞いて、わたしの横にひざまずいた。

わたしは起きあがると、シャーのそでをつかんで急いで廊下へもどり、シャーもいっしょに引っぱりこんだ。そして、ドアをバタンと閉めてから言った。「平気よ」

「よかった」シャーは立ちあがった。

てっきりシャーは笑っていると思っていたけれど、もしかしたら顔をしかめているのかもしれない。廊下はうす暗くて、よく見えなかった。こんなところで何してるんだと思ってるかも。なぜ隠れているのか、ふつう不思議に思うわよね？

「まだ国境をまわっているのかと思ってた。結婚式では、気づかなかったわ」

「今朝もどってきたんだよ。ここへ着いたら、ちょうどきみが階段を駆けあがっていくのが見えたんだ」

シャーはいったん、言葉を切った。説明を待っているのはわかったけれど、わたしは黙っていた。シャーは礼儀正しすぎて、質問できなかった。

「父上はここで少年時代を過ごしたんだ」シャーはまた話しはじめた。「新しい宮廷が建つ前のことだよ。父上が言うには、どこかに秘密の抜け道があるそうだ。うわさでは、この階の部屋のどこかに入り口があるらしい」

「どこへつづいているの？」

「濠の下のトンネルだと考えられている。昔、父上はよく探したんだって」

「探してみる？」

「本当に？」シャーは乗り気みたいだった。「舞踏会に出られなくなってもかまわないなら」

「出られなくなりたいのよ」わたしは廊下に並んだ扉のひとつを開けた。

光がさあっとさしこみ、シャーが顔をしかめているはずがないのがわかった。シャーの幸せそうな笑顔を見て、アップルを思い出した。

そこは、からっぽの洋服ダンスと大きな窓がふたつある寝室だった。わたしたちは壁をコツコツたたき、中が空洞になっていないかどうか、音でたしかめようとした。壁を手でなぞって、隠された継ぎめがないか探し、床板を調べ、だれがどんな理由でその抜け穴を使ったのか想像を巡らした。

「フレルに危険を知らせるためとか?」シャーが言った。

「頭のおかしな妖精から逃げだすためよ」

「罰を逃れるため」

「退屈な舞踏会から逃げだすためだわ」

「それだ」シャーはうなずいた。

けれども、逃げる理由がなんであれ、その方法は隠されたままだった。ひとつ部屋を探すごとに、探し方は徐々におろそかになり、いつの間にかただぶらぶらと歩くだけになっていた。ドアを開けては、一応中をのぞいてみて、何か面白そうなものがあれば、詳しく調べてみる。

わたしはふと、どうして上の階にいたのか、くだらない説明を思いついた。

「どうしてわたしがこんなところに閉じこもっていたかわかる?」

「想像もつかないよ」シャーはドアを開けた。調べるようなものはなかった。

「誘惑をふりきるためよ」

「なんの誘惑?」

シャーは冗談が飛びだすのを期待して、にやにやした。だんだんとわたしに慣れてきたみたい。簡単には驚かせなくなるかも。

「当ててみて」

シャーは首を横に振った。

「階段の手すりをすべりおりたいっていう誘惑よ、もちろん」

シャーはやっぱり驚いて、大笑いした。「じゃあ、どうして寝っ転がっていたんだい？」

「寝っころがってたんじゃないわ。座ってたのよ」

「願わくは、どうして座っていたのか教えていただけませんか？」

「階段の手すりをすべっているつもりになってたの」

シャーはまた笑った。「すべればよかったのに。ぼくが下で受けとめるから」

オーケストラの奏でる音楽がここまで運ばれてきた。ゆっくりとしたアルマーンドだった。

廊下を歩いていくと、裏階段に突き当たった。踊り場を囲むようにドアが並び、それぞれ別の、どれも似たり寄ったりの廊下へとつづいていた。

「気をつけないと、またこの廊下をもどってしまいそうだな」シャーが言った。「どれもこれもそっくりだ」

「ヘンゼルとグレーテルは、小石やパンのかけらを道しるべに使ったのよね。わたしたちには何もないし」

「ヘンゼルとグレーテルより、ぼくたちのほうがいろいろ持ってるはずだ。ふたりは貧乏だったんだから。何かあるはず……」シャーは自分を見おろした。そして、上着についている象牙のボタンをぐいぐい引っぱって、とうとう取ってしまった。縞の網の下着がちらりと見えた。わたしがびっくりして見ていると、シャーはボタンを、今歩いてきた廊下を三十センチくらいもどったところにあるタイルに置いた。「これでどこまで調べたかがわかるだろ」それから、くすくす笑った。「手すりをすべりおりたりしなくても、こんな上着じゃ威厳も何もあったもんじゃないな」

それから六つの廊下を調べたけれど、秘密の通路は見つからなかった。シャーのボタンはすべてなくなった。そこで、わたしたちは裏階段をおりていった。それから、塔へつづく外の小道へ出ると、びゅうびゅう吹きつける向かい風の中を走っていった。

塔の中は、むかしは、木製の植木鉢に小さな木を植えた室内庭園になっていた。わたしは石のベンチに腰をおろした。中に入ってもまだ肌寒かったけれど、少なくとも風は避けられる。

「ここにも宮廷の庭師は来ているのかな？　木は枯れてるの？」

「どうだろうね」シャーはベンチをじっと見つめていた。「立って」

わたしは従った、もちろん。シャーは座面の部分を足で押した。すると、わずかに動いた。「これ、持ちあがるぞ」

「園芸道具が入っているだけじゃない？」わたしたちはいっしょにふたを持ちあげた。

たしかに園芸道具も入っていたけれど、それだけではなかった。鋤と手桶と小さな熊手が出てきた。それからクモの巣と、どうやって出たり入ったりしたのかはわからないけれど、ネズミのいた痕跡があった。あと、革のエプロンが一枚。さらにあとふたつ。

シャーがさっとエプロンをどけると、手袋と靴が一足出てきた。手袋はしみがついていて、穴だらけだ。ところが、靴のほうは今、作られたばかりのように輝いていた。

シャーはそっと靴を持ち上げた。

「これってガラスじゃないかな？　ほら」

シャーは左右両方とも渡そうとしたのに、わたしは気付かずにひとつしか受け取らなかったから、もう片方が落ちてしまった。床にぶつかるまでの束の間、わたしはこんなに美しいものが失われてしまうのを悲しんだ。

ところが、ガシャンという音はしなかった。靴は割れなかった。けれども、靴を拾って指ではじいてみると、まちがいなくガラスをはじいた音が響いた。

「はいてみて」

ぴったりだった。わたしはシャーのほうに足を突きだして見せた。

「立って」

「そんなことしたら、割れちゃうわ」

でも、命令のせいで、これ以上座っていられなかった。

「たぶん平気だ」

わたしは立った。そして一歩前へ踏みだすと、靴はわたしの動きに合わせてしなった。わたしは驚いて、シャーのほうを振り返った。

ちょうどそのとき、はるか下の方から、さっきのオーケストラの音楽が聞こえてきた。わたしはステップを踏んで、くるりとまわってみせた。

シャーはお辞儀をした。「若きレディがひとりで踊ってはなりません」

わたしは学校で、生徒同士か先生相手に踊ったことしかなかった。

シャーはわたしの腰に手をまわした。心臓がドキドキして音楽のリズムをかき消した。わたしはスカートを軽く持ちあげた。ふたりの空いている手が合わさる。シャーの手はあたたかくて心地よく、胸をときめかせ、苦しくさせた。そう、いっぺんに！

そして、わたしたちは踊りはじめた。シャーが次々とダンスの名前を挙げていった。ガヴォット、スロー、サラバンド、クラント、アルマーンド。

わたしたちは、オーケストラが演奏し終わるまで踊りつづけた。ダンスの合間に一度だけ、シャーは結婚式へもどりたいかどうかたずねた。

「きみのことを探しているんじゃない？」

「たぶんね」ハティとオリーヴはいったいわたしがどこへいったのか不思議に思っているにちがいない。

お父さまとオルガママは気にもとめていないだろうけど。でも、わたしはもどれない。ルシンダがまだいるかもしれない。

「シャー、あなたはもどりたい？」

「いいや。ここに来たのは、きみに会うためだから」そう言ってから、シャーはつけくわえた。「無事に家に帰れたかどうか、たしかめるためにだよ」

「まったく無事よ。サー・スティーヴンはちゃんと守ってくれたし、巨人たちは、とってもよくしてくれたの。あれからもっとオグルを捕まえた？」

「スざあ すシュシュ フィんぐ モおおんぐ ふぃシュシュ あーばス」（ああ、やつらはうまかった）

わたしは吹きだした。シャーのアクセントはひどかった。

シャーは情けなさそうに肩をすくめた。

「オグルたちも笑って、耳を貸そうともしなかったよ。バートラムがいちばんうまかった。二回に一回はオグルたちに言うことを聞かせたんだ」

音楽がまたはじまった。荘厳なパヴァーヌだった。わたしたちはステップを踏みながら、話しつづけた。

「妖精がお父さまと新しいお母さまに変わった贈り物をしたの」わたしは贈り物のことを説明した。「どう思う?」

「魔法をかけられてだれかを好きになるなんていやだな」

お父さまに政略結婚させられそうになったことを思い出して、わたしは言った。「でも、無理やり結婚させられる場合もあるわ。だったら、愛さなければならないほうがましかも」

シャーはいやそうな顔をした。「本当に?　ぼくはそうは思わない」

わたしは何も考えずに言った。「あなたには関係ないことよね。だれとでも好きな人と結婚できるもの」

「きみはできないの?」

わたしは顔を赤らめた。思わず呪いのことを漏らしそうになった自分に腹が立ったのだ。

「できると思うけど」わたしはもごもごと言った。「どちらにしろ、ふたりともまだ結婚するには若すぎるものね」

「ふたりとも?」シャーはにやりと笑った。「ぼくはきみより年上だよ」

「じゃあ、わたしだけね」わたしは言い返した。「妖精の贈り物は最低よ。だれかを愛さなくちゃいけないなんて絶対いや」

「ぼくもそう思う。命じられて愛するなんてまちがってる」

「なんだって、命令されてするのじゃだめなのよ!」未来の王に向かってこんなことを言うなんて大バカだったけれど、わたしはルシンダのことを考えていたのだ。

シャーはまじめに答えた。「そう、命令はできるだけ少ないほうがいい」

オーケストラが鳴りやむと、わたしたちはいっしょにベンチに座ってだんだん暗くなっていく空を眺めた。

わたしたちはときおり話し、ときおり黙った。シャーはオグル退治のことをいろいろ話してくれた。それから、あと二日でまたキリアを離れてアヨーサの宮廷で一年間すごすのだと言った。「一年！」アヨーサとキリアの次期国王が交代で、お互いの宮廷を訪れ、長い期間すごすことになっているのは知っていた。この風習のおかげで、両国のあいだにはもう二百年も平和が続いていた。でもどうして今なの？

わたしがうろたえたのを見て、シャーはにっこりした。「父上にそろそろいいだろうと言われたんだ。手紙を書くよ。ぼくがどうしているかわかるように。そうしたら返事を書いてくれる？」

「ええ。でもわたしのほうは、書くようなことなんて、たいしてないわ。いろんな話をつくって送るから、どれが本当か当ててね」

下のほうから、ひづめや馬車の車輪の音が響いてきた。結婚式が終わったのだ。窓へ近寄って見下ろすと、お父さまとオルガママが招待客を見送りに出ていた。ハティとオリーヴも横にいる。ルシンダはオルガママの横に立っていた。

「まだ妖精がいるわ。花嫁側に立ってる」

シャーはいっしょに下を見た。

「自分の贈り物の効果を見届けるつもりなのかな」

「そうかしら？　本当にそう思う？」

「わからないよ」シャーはわたしの顔を見た。「ぼくが妖精に、ここから出ていくように言おうか？　妖精だって、王子を敵にしたくはないだろう?」

「やめて!」ルシンダは王子なんてこれっぽっちも問題にしないだろうし、お得意の魔法でリスに変えた王子となれば、なおさらだった。

「ここから見ていればいいわよ」

さらに何人かのお客が帰っていったあと、ルシンダはお父さまとオルガママの額にキスをした。それから両腕を高くかかげて、夕暮れの空を仰いだ。見られたと思い、わたしは一瞬、ぞっとした。でも、そうではなかった。ルシンダはいつものまばゆいばかりの微笑を浮かべただけだった。そしてぱっと消えた。

シャーは息を飲んだ。

わたしは、ほっとして長いため息をついた。

「下におりる? おとうさまたちがそろそろ本気で探しだすかも」

なんとか足もとが見えるくらいの明かりしかなかった。数分後、わたしたちは広間の上の踊り場に立っていた。

「だれもいない」シャーが言った。「もう、誘惑と戦う必要はなくなったよ」

「シャーもすべるなら」

「ぼくが先にいく。そうすれば、下で受け止めてあげられるから」

シャーはなんのためらいもなく飛ぶようにすべりおりていった。もしかしていつも自分のお城でもやってるとか?

わたしの番だった。すべり心地は最高だった。わたしの家の手すりよりも長くて、勾配もきつい。広間が目の前にせりあがってきて、シャーがそこに立っていた。シャーはわたしを受け止めると、くるりと一回転した。

「もう一回！」シャーは叫んだ。

わたしたちは階段を駆けあがった。うしろでシャーが言った。

「うちの手すりをすべったら、きっと驚くぞ！」

シャーの家！　そんなことができる日がくるの？

「いくぞ」シャーはすべりだした。

わたしもあとにつづいた。そして、まさに着地しようとしたそのとき、ドアがさっと開いた。わたしは、お父さまと新しい家族が茫然と見守るなか、シャーの腕の中に飛びこんだ。

シャーはお父さまたちが見えていなかったから、さっきと同じようにわたしを回そうとくるりと半回転したところで、ぴたりと止まった。それから、静かにわたしを床におろすと、お父さまとオルガママにお辞儀をした。ボタンのない上着がひらひらとはためいた。シャーは笑いすぎて口がきけなかった。

お父さまはにやっとした。オルガママは曖昧な笑みを浮かべた。オリーヴはいつものようにわけがわからず眉をひそめ、ハティはこわい顔でにらみつけていた。

わたしはお父さまたちが気をとられているうちに、ガラスの靴をスカートのひだの中に隠した。「おいでいただき、光栄です」お父さまは、シャーに落ちつく時間を与えてから言った。

でも、まだ早かった。「本日は……」吹き出し笑い。「まことにおめでとうございます……」クックックッ。「末永いお幸せを……」アハハハ。「すみません。笑っているわけではないんです……」ハハハハハ。「……

あなたがたのことを。どうかわかってください……」そして声がだんだんと小さくなった。

お父さまはくすくす笑っていた。わたしはどうすることもできず、階段の手すりにしがみついて笑いころげた。どうにもとめられなかった。たとえあとでハティに仕返しされるとわかっていても。

第二十二章 せっかちな友人

最後にもう一度ぎこちないお辞儀をして、シャーは出ていった。

「またひとり陥落させたな、エラ」お父さまが言った。

「ちがうわ、殿下は……」ハティが言おうとした。

わたしはさえぎった。「陥落なんてしてないわ。この前のは、お父さまのキノコのせいじゃない。第一、シャー……殿下はこれからアヨーサに一年間行くのよ」

「ねえ、あなた。いつまでこんな隙間風の入る広間にいるつもり?」オルガママは、下唇をバカみたいに突きだしてふくれっ面をした。

「ああ、いとしいおまえ、寒かったろう! すぐにいこう」お父さまは自分のマントをオルガママの肩にさっとかけた。

馬車で、わたしはハティとオリーヴのあいだに押しこまれた。居心地は悪かったけれど、ふたりのプヨプヨした体のおかげで少なくとも体はあたたまった。正面にはオルガママがいて、お父さまに勢いこんだようすでたずねた。

「今まではこんなことを聞くのはよくないと思っていたのだけど、今ならいいわよね、あなた。わたしたちは今、どのくらいお金持ちなの？」

「なに、前と同じくらいさ。おバカさん、結婚がわたしたちの懐をうるおすとでも思っていたのかい？」

お父さまはオルガママの肩に腕をまわした。

「いいえ、あなた」オルガママはまた口をとがらせた。「ただちょっと知りたかっただけ」

「もうわかったろう」

「わたしはおバカさんかもしれないわ。でも、知らないんですもの。つまり、自分がどのくらい持っているかは知っているけど、わたしたちがどのくらい持っているかはわからないでしょう？」お父さまはオルガママの顔を見つめて、肩に両手を置いた。「愛する人、きみは勇気を持たなきゃいけない」

わたしは心の準備をした。

「わたしは貧しい男として、この身ひとつでおまえのところにきたのだよ。それだけでは足りないかい？」

オルガママは、お父さまの頬に触れた。「もちろん、あなただけで十分だわ」

それから、お父さまの言葉の意味をやっと飲みこんだ。「貧しい？　貧しいってどういうこと？　貧しいって、言葉のあやでも使うわ。言葉どおりの意味で貧しいって言ってるの？」

「破産して、手もとに残ったのはわたしとエラの着るものくらいだ。それと身のまわりのものが少し」

「お母さま！」ハティが叫んだ。「だから言ったじゃない。みんなになんて言えばいいの？　エラは……」

ハティの声は、オルガママの泣きわめく声にかき消された。「わーたーしーをー愛ーしてーいなかったーのーねー。わーたーしーをーだまーしたーのーねえええええ」

お父さまはオルガママを引き寄せた。オルガママは、お父さまのマントの中ですすり泣いた。

「わたしたち貧乏なの？」オリーヴの声は恐怖でだんだん大きくなった。

「わたしたちのお金もなくなっちゃうの？　わたしたち飢えるの？」

「静かにしなさい、オリーヴ」ハティが言った。「わたしたちは貧乏じゃないわ。エラが貧乏なのよ。かわいそうだと思ってあげなきゃいけないわ。でも……」

ハティの言葉はまたさえぎられた。オルガママは泣くのをやめて、お父さまの腕を押しのけた。そして向かいの席から腕を伸ばすと、わたしにつかみかかって腰につけていた小物入れをむしりとった。

「何が入ってるの？」オルガママは中身を膝にぶちまけた。「お金？　宝石？」

櫛が一本とハンカチ一枚だけだった。それでも、オルガママは櫛をじろじろと見た。「銀細工ね。これはもらっときますよ」オルガママは小物入れを投げ返し、またわたしに飛びかかった。そして、わたしの腕輪をがっしとつかんで、腕から引き抜こうとしたので、馬車がガタガタと揺れた。わたしは一生懸命押しのけようとしたけれど、オルガママはびくともしない。

お父さまはオルガママをわたしから引き離して、両手を握りしめた。「オルガ。わたしたちは愛し合っている。ほかのことなど、どうでもいいじゃないか。それにまた旅に出れば、前より多くだって、稼いでこられるから」

オルガママは聞く耳をもたなかった。「絶対にこの貧乏人に、わたしの家でレディ面させませんからね。自分で稼ぐがいいわ」

「ああ、オルガ、エラをきちんと扱ってほしい」お父さまは言った。「エラが自分の家で召し使いのように扱われるのでは困る。わかるね、愛しいおまえ?」

オルガママはうなずいたけれど、憎しみのこもった恐ろしい目でわたしをにらみつけた。

「お母さま、わたし期待してたのよ。もっとお金持ちになったらって……」

召使いが馬車の扉を開けた。新しい家に着いたのだ。

わたしの荷物は日のあたらない廊下を抜けて、お客用の寝室に運ばれた。豪華な家具が置いてあるけれど、押しつぶされそうな暗さだ。メイドが三つあるランプを点しても、部屋の印象は軽くならなかった。メイドはベッドカバーを折り返すと、わたしをひとり残して出ていった。

マンディがおやすみを言いにきてくれれば! でも、マンディがわたしたちの前の家からここへ移ってくるのは、次の日だった。

ひとりになると、ひしひしと恐ろしさが感じられた。これからこの家でどんな目にあうだろう? オルガママはだまされた仕返しに何をするつもりだろう? ハティはまたすぐにわたしをこき使いはじめるのかしら?

ハティに関しては、待つ必要もなかった。ハティは次の日にさっそく最初の命令を下した。使用人のひとりがシャーの訪問を知らせたときだった。シャーはわたしに会いにきたのだ。けれど、ハティはわたしに部屋にいるように命じ、自分がシャーをもてなしに出た。

「悪いけど、エラ、あんたは邪魔なのよ」
「彼はわたしに会いにきたのよ。邪魔なのはそっちよ」
「自分の部屋へいきなさい、エラ」ハティは、お母さまの首飾りをぽんぽんとたたいた。「殿下もわたしのものになるってことね」

わたしは部屋にもどると床をドンドン踏みならして、シャーが何の音だか調べにきてくれることを願ったけれど、壁も床も厚くて音は届かなかった。

あとで、ハティはわたしに言った。「最初はあなたに会いにきたのかもしれないけど、今はもう、殿下はわたしのものよ。最後にさようならの挨拶をしたとき、今日お話ししたことは一生忘れないでしょう、っておっしゃったもの」

次の日もシャーは来たけれど、わたしはまた部屋に閉じこめられた。

シャーが下にいるあいだ、最初は部屋のドアの前に立って、なんとか部屋から、そして呪いから逃れようとしていた。でもあとの半分は、窓のところでシャーが出てくるのを待ってすごした。帰るとき、シャーは最後にもう一度、屋敷のほうを振り向いた。わたしは手を振ろうとしたけれど、シャーは背を向けて去っていってしまった。

シャーがアヨーサに発った日の夜、魔法の本にシャーの日記が現れた。それで、シャーがわたしを見ていたことを知った。

エラがぼくを避けている。二回も彼女の家にいったのに、エラは出かけて留守だと言われた。二日とも、エラの義理の姉のハティが、エラはすぐもどってくると言ったので、何時間も待ったのに、彼女は帰ってこなかった。

昨日もあきらめて、せめて最後に彼女の屋敷を見ておこうと思って振り向いた。すると、エラはそこにいた。二階の窓辺に立っていたんだ。

すぐにもどって、会わせろと言えばよかったのかもしれない。だが、ぼくは混乱してしまった。どうしてエラがあそこにいるんだ？　ぼくから隠れているのか？　怒っているのだろうか？　もしそうなら、応接の間におりてきてぼくにそう言うべきだ。エラは言いたいことははっきり言える人なのだから。

ぼくはもう一度夕方にいって、どうしても会わせてくれと言うことに決めた。ところが、家に帰ると、母上がぼくを驚かせようと送別パーティーの準備をしてくれていて、出るに出られなくなってしまった。だから、今朝こそいこうと思っていたのに、父上が早く出発したくていらいらしていたので、とても出発を遅らせることなどできなかった。

たぶん、階段の手すりをすべりおりたことを恥ずかしがっていて、ぼくがそそのかしたのを怒っているのだろう。彼女の父上と新しい奥方が腹を立てておられるのかもしれない。

エラに、あの日の午後、家の手すりをすべりおりたときのことを話したかった。ズボンのおしりのところがだんだん裂けてきているのも気がつかずにすべりつづけたって。きっと、エラは笑いころげただろうに。エラといるとぼくは笑ってばかりだ。ぼくはお返しがしたいって、いつも思っていた。でも、それどころか、ぼくはハティのおしゃべりをえんえんと聞かされるはめになった。どうやったら、ペラペラしゃべりつづけながら、同時にあんなすごい笑顔がつくれるのだろう。今まで見たこともないような大きな歯を見せて。くるみを割るのが得意にちがいない。……こんなことを言うのは、よくないことだ。たしかにハティの歯は大きいほうだけど、異常というほどではないわけだし。

義理の妹のオリーヴはほとんどしゃべらなかったけれど、しゃべった内容にはすっかり驚いてしまった。オリーヴは、もしぼくが命じればみんなは自分の財産をぼくに渡さなければならないのか知りたがったのだ。どうしてぼくが自分の臣民のお金をほしがらなきゃならないのかときいたら、オリーヴはびっくりしていた。「そんなの、決まってる。もっとお金持ちになるためよ」まるであたりまえのことのように言った。

エラが隠れているあいだ、これだけのことに耐えたのだ。そしてこれから一年間、ぼくは彼女に会えない。

シャーに手紙を書かなくっちゃ。わたしが怒っていると思っているのなら、手紙はくれないだろう。でも、なぜ隠れたりしたのか、どうやって説明しよう？

わたしが使っている客室には、便箋とインクとペンが用意してあった。羽根ペンの先を整えてからはたと、どうやって書きはじめればいいのかわからないことに気づいた。面と向かって「シャー」と呼ぶのはなんでもないけれど、書くとなると別だった。「シャーへ」は、便箋の上の文字で見ると、あまりにも礼儀に欠けているように思える。でも、「シャーモント王子へ」とか「殿下へ」じゃ、堅苦しすぎる。それに、終わりはどうやって締めくくろう？「草々」とか「敬具」じゃぎこちないし、「あなたの友だちのエラより」じゃ子どもっぽすぎる。

結局、挨拶の文句は省いて、いきなり書きはじめることにした。宛名はシャーで出すのだし、まちがえられることもないだろう。

あのとき、わたしは部屋に閉じこめられていました。あなたが来るのも、帰るのも見ていたの。手を振ったのだけれど、気がつかなかったみたい。お父さまに怒られたのです。あなたとは、なんの関係もありません。わたしが式を抜けだしたのが、お父さまの気に障ったのです。

罰はあと二日あります。でも、あなたはいってしまって、もうさようならを言うこともできない今となってはそんなに辛くはありません。手紙を書いてくれる？　アヨーサのことだけじゃなくて、ほかにもききたいことはたくさんあります。

こんなことをきいたらぶしつけかしら？　子どものころは、ほかの子といっしょに勉強したの？　それとも専属の家庭教師がいた？　どの科目もよくできたと思うけど、どうだった？　小さいころはだれが面倒を見てくれたの？　いつ自分が王子で、将来は王さまになると知ったの？　それを知ったとき、どう思った？

もし気を悪くしたら、答えなくていいからね。

それから、わたしはお母さまが亡くなる前にはどんな毎日を送っていたかを書きつづった。お母さまとマンディとしたゲームのこと、トニックの味、いつも聞いていた妖精物語。でも、いちばん大切なことだけは抜かしてあった。ルシンダの贈り物と、マンディが妖精だということ。それから、わたしはこんな約束をした。

次の手紙には、フィニシング・スクールのこと、エルフたちのこと、それからアヨーサにいる友だちのアレイダのことを書きます。もしすぐ返事をくれたら、マンディとわたし特製のジャム入りうずまきプディングの作りかたも送ってあげます。（お料理は、もうひとつわたしが身につけたことです。フィニシング・スクールで習ったわけではないけどね）。試しに作ってみてください。そちらの人たちをびっくりさせられるかもよ。

手紙をくれるなら、絶対にわたし宛てにしないで、差出人があなただということもわからないようにしてください。手紙はマンディ宛てに送ってください。そうしたらわたしに渡してくれるから。こんな工作をお願いするなんて、変に思うかもしれません。でもあなたみたいに美しく階段の手すりをすべることのできる人なら、ためらわずに思いきってやってくれるだろうと祈るだけです。アヨーサの友たちの言葉を借りて、「アデユッマ　ウベンス　エヌッセ　オンソード！」お返事を心待ちにしています。

最後は、「せっかちな友人のエラより」で締めくくった。形容詞がつくとなんとなく子どもっぽさが抜けるように思えたから。それから最初にもどって、宛名を「シャーへ」にした。でも手紙の宛先はどうすればいいんだろう？　シャーがどこに滞在しているのか、知らないのに。

結局、アヨーサの王室宛てに出して、だれか親切な人の手に渡るのを祈ることにした。さあ、あとは返事を待つだけ。そのあいだ、義理の家族たちにどんな目に遭わされるだろう?

第二十三章
欲ばりなオリーヴ

シャーが出発して三日後、こんどは、お父さまが貿易の仕事をもう一度始めるために、屋敷を離れることになった。出発の前、お父さまは書斎に使っている小さな客間にわたしを呼んで、ふたりだけで話をした。

「わたしは昼に発つ」お父さまは言った。「妖精がせめてわたしの意思と分別だけは残しておいてくれて助かったよ。おかげでわたしは、ここから出ていくことができる。離れているあいだも、わがオルガのことは片時も忘れられないがな。まったくなんて贈り物だ！　もしこのナイフで……」そう言って、お父さまは腰にさした短剣のさやに触れた。「妻に捧げた心をえぐりだすことができるなら、そうするだろう」

お父さまは、自分を傷つけるような人じゃない。「どうしてわたしはあの人たちといっしょに残らなきゃいけないの？」

「ほかにどこへいくというんだ？　おまえはフィニシング・スクールから逃げだした。それに、こっちの世界のほうがまだましだろう。わたしのまわりにいるようなやつらよりはな。そしてわたしよりも。今度は逃げるな」

「あの人たちよりお父さまのほうがましだわ」これは本心だった。

少なくともお父さまには正直な一面があるけれど、ハティやオルガママにはかけらもない。

「最大のほめ言葉だ。おいで、お父さまにさようならを言いなさい」

「さようなら」

「寂しくなるな」お父さまはわたしの額にキスをした。「わたしは遠くから妻を想うことにする。すぐにはもどらないから」

「別にいいわ」

ところが、よくなかった。

お父さまの馬車が見えなくなるやいなや、オルガママは涙をぐっとこらえ、使用人にわたしの部屋の荷物を召使いの棟に運ぶよう命じた。窓は恐ろしく小さく、暖炉もなくて、部屋というより独房みたいなところだった。床に敷いてある藁布団と小さなタンスがやっと入るくらいの広さだ。十一月の下旬の今でも寒かったから、真冬になったら氷室のようになるだろう。荷物を運び終わると、オルガママはわたしを呼びだした。ハティとオリーヴもいっしょに、庭に面した奥の間で待っていた。わたしはドアの近くの椅子に座った。

「身分が上の者の前では座ってはいけないのですよ、エラ」

わたしは動かなかった。

オルガママは口からつばを飛ばして言った。

「聞こえなかったの……？」

「立ちなさい、エラ」ハティが命令した。

わたしは一瞬抵抗したが、立ちあがった。

ハティはわたしの肩に腕をまわした。

「エラはとても従順なのよ、お母さま。お母さまにどのくらい従順なのか、教えてあげなさい」

「とても従順です」わたしはつぶやきながら、ハティのつま先にかかとを食いこませた。

ハティは痛みでギャッと悲鳴をあげた。

「どういうことなの？」オルガママがきいた。

「つまりね、お母さま、エラは言われたことを、なんでもするってことなの。どうしてそうだかは知らないけど、するのよ」

「本当に？」

ハティはうなずいた。

「わたしの言うことも聞くってこと？」オリーヴがきいた。

「手を三回たたきなさい、エラ」オルガママは命令した。

わたしはスカートをぎゅっとつかみ、手に力をいれて上にあげまいとした。

「ちょっと時間がかかるのよ」ハティは言った。「エラが逆らおうとするから。ほら、顔が真っ赤になってるでしょ」

わたしは手をたたいた。

「わたしの娘はなんて賢いんでしょう」オルガママはハティに向かってほほえんだ。

「顔の美しさと同じくらいね」わたしは言った。

ふたりとも口を開いたけれど、言い返す言葉が見つからずに黙りこんだ。

「ハティはきれいじゃないわ」オリーヴが言った。

オルガママはベルを鳴らした。しばらくすると、メイドがふたり入ってきた。後ろからマンディと残りの召使いたちもぞろぞろやってきた。

「今日からエラはおまえたちの一員です。いい召使いになるよう、教えてやりなさい」

「あたしの手伝いをさせます」洗濯係が言った。

わたしは悲鳴を押し殺した。オルガママの屋敷に来た最初の日に、この洗濯係がメイドの目に真っ黒なあざをつくったのを見たのだ。そのとき、マンディが口を開いた。「皿洗い係がほしいんです。この子のことなら知ってます。頑固ですけれども、訓練しがいがありますから。よろしいですね、奥さま?」

結婚式の日からオルガママはマンディの料理を食べはじめ、それからというもの、おかわりの回数は増える一方だった。今や、マンディのごきげんを取るためなら、皿洗い係を五十人だってつけるだろう。

「本当にこの子がいるのかい? そんなに強情なのに?」

「いります」マンディは答えた。「この娘っ子のことはどうでもいいんですがね、わたしはこの子の母親のことをお慕いしてたんですよ。わたしは料理を教えますから、奥さまは何かほかのことを訓練なさればいいでしょう。でも、この子に危害をくわえるようなことは許すわけにはまいりません。おわかりいただけますね?」

オルガママは巨体を縦にも横にもパンパンにふくらませた。「わたしのことを、脅しているのかい、マンディ?」

「いえいえ、奥さま。めっそうもございません。勤め口を失うつもりはありませんから。でもキリアの腕のいい料理人はみんな友人ですから、この子に何かあったら、だれがこちらで料理することになるのかと思いますがね」

「この子を甘やかしたくないんだよ」

「甘やかすだなんて! この子が今までこんなに働いたことはないっていうくらい、働かせてやります。おまけに腕のいい料理人を育ててさしあげますよ」

オルガママも、このおまけに逆らうことはできなかった。


召使いになって二日目の午前中、オリーヴが台所にやってきた。

「おなかがすいた」朝食をとってからまだ一時間しかたっていなかった。

「ミルクケーキを作ってよ」

マンディは材料を合わせはじめた。

「ちがうわ。わたしはエラに作ってほしいの」オリーヴはわたしが残りの材料を計ってまぜているあいだ、横に立っていた。「何か話して」

「何を?」

「わかんない。なんでもいいから」

わたしは、鼻の短い王女を愛してしまった鼻の長い王子の物語を話してやった。

この物語はユーモアもあり、悲しさもありで、話すのは楽しかった。マンディも料理をしながら、それぞれの場面でくすくす笑ったり、ため息をついたりした。ところがオリーヴは、わたしの顔をじっと見すえたまま、ひとことも発せずに聞いていた。言わないとわからないのかと思って、念のため「おしまい」と言うと、オリーヴは言った。「もうひとつ話して」

わたしは『美女と野獣』の物語を話した。口が乾いてきたので、コップに水をついだ。

「わたしにもちょうだい」オリーヴは命じた。

わたしはもう一度、コップに水をついだ。これから一生、この欲望のかたまりを満たしてやらなきゃならないの……？

「もうひとつ話して」オリーヴは水を飲み終わると言った。オリーヴは同じことを、『ラプンツェル』と『ヘンゼルとグレーテル』のあとにも言った。ミダース王の話が終わると、また命令される前に、わたしはガラガラになった声でこの物語を気に入ったかどうかたずねた。オリーヴはうなずいたので、それなら、こんどはあなたが話してみたらと誘ってみた。

「すべてを黄金に変える王さまがいて、末永く幸せに暮らしました。わたし、もっと聞きたい」これは命令ではなくお願いだ。

「知っている話は、ぜんぶしちゃったわ」

「お金がほしい」たぶんミダース王の話を思い出していたのだろう。「あなたのお金をちょうだい」

わたしには、お父さまの出発前にもらったわずかなＫＪ銀貨しかなかった。これだけは、何かのときのために取っておきたい。

「エラにケーキのつづきを作ってもらいたくないんですか？」マンディが声をかけた。「お腹がすいているのかと思ってましたよ」

「ううん！　わたしはお金がほしいの」オリーヴの声が高くなった。

マンディはもう一度言ってみた。「どうしてあなたのような若いお金持ちのお嬢さんが、皿洗いのちっぽけな貯えを取りあげなさるんです？」

「もっとお金持ちになるためよ。お母さまとハティはわたしよりたくさん持っているもん」オリーヴは声をあげて泣きだした。「ずるい」

わたしの頭は、命令に従っていないのと、オリーヴのやかましい泣き声のためにガンガンしはじめた。わたしはケーキのボールを押しのけた。

「いっしょに来なさい」

お金はわたしの部屋に置いてある旅行カバンの底に隠してあった。オリーヴにアーグレンのオオカミやガラスの靴を見られないように気をつけながら、カバンの中を探った。オリーヴにはその価値はわからないだろうけれど、母親やハティに言うかもしれない。ＫＪ銀貨は三枚しかなかった。数回の食事か、宿屋に一泊できるくらいの金額だ。オリーヴは二回お金を数えた。

「隠してこなくちゃ」オリーヴは銀貨をしっかり握りしめると、意気揚々と出ていった。わたしはわずか数枚の銀貨が持っている力までしぼりとられ、一文無しになった。

十五分ほどわたしはベッドに座って束の間の平和を楽しみ、呪いを破る新しい方法はないかとむなしい考えを巡らせた。それから、マンディの昼食の用意を手伝いに台所へもどった。

台所に入ると、オリーヴが待っていた。

「何か話して」


その夜は、お父さまが出かけて悲しみにくれるオルガママを慰めるため、正式な晩餐会が開かれることになっていた。わたしは、そのために広間の床をみがくよう言いつけられた。オルガママはしょっちゅうやってきては、あれこれ指図した。

「ひざをついてこするようにおし。あと、水に灰汁を入れなさい。汚れがよく落ちるから」手を水に浸すと、ヒリヒリと焼けるような痛みが走った。わたしは思わずバケツから手を出した。

「始めてもいないうちから、やめるんじゃありませんよ。晩餐会は今夜なんだからね。来週じゃないんだよ」

ぜんぶ掃除するのに三時間かかったけれど、はじめてから四十分もするとこぶしから血が流れはじめた。ときどきほかの召使いたちがそばを通りかかった。あっけにとられて見ている者もいれば、同情している顔つきの者もいた。何度目かにオルガママがようすを見にきたとき、たまたま給仕係のナンシーが通りかかった。ナンシーはオルガママの背後にこっそりしのび寄ると、バケツの水を頭からバシャッとかぶせるまねをした。

「何がおかしいんだい？」オルガママが言った。

わたしは首を横に振って、笑うのをやめた。

とうとう終わった。手が血だらけになったうえに、ひざはすりむけ、腕がズキズキ痛む。本当の召使いだったらよかった。そうしたらここをやめて、また次の勤め口を探せるのに。

わたしはマンディを手伝いに台所へもどった。運よくマンディはひとりだった。

マンディはわたしをひと目見るなり、薬草や軟膏やトニックのビンが置いてある貯蔵庫まで走っていった。

「お座り。すぐに、生まれたてみたいにしてあげるから」

マンディの手当ては奇跡的だった。でも、それだけではおさまらなかったわたしは、晩餐会で仕返しをした。マンディが三十皿のマスにパセリを振りかけ、ナンシーがお客に運ぼうとしていた。

「待って！」わたしはハーブを入れてある棚にかけ寄った。「これね」わたしはお皿の中からひとつ選んでトケイソウの粉をまき散らした。「これをわたしのお義母さまのところに持っていって」

「まさか……」ナンシーはぎょっとした。

「だめですよ」マンディが言った。「奥さまがお客さまの前でぐうぐういびきをかきだしたりしたら、わたしが叱られてしまいますよ」

「なんだ、それだけ？　今すぐ持ってくわ」ナンシーはお皿を持っていった。

「いい子だね、ナンシーは」ナンシーが出ていくと、マンディはわたしに向かってにやりとした。

食事が終わらないうちに、オルガママは使用人ふたりがかりで抱えられ、寝室へ運ばれていった。けれども、お祭り騒ぎはつづき、ダンスがはじまって最高潮に達した。みんなが踊っているのをわたしはずっと見ていた。ハティに、火の番をするように命じられたのだ。みんなが、油じみたすすだらけの格好のわたしを見た。

そのあと部屋で服を脱ぎながら、わたしはなんとか逃れる方法を考えた。マンディは小さな魔法しか使わない。わたしにはもっと大きな助けがいる。シャーは何百マイルも離れたところにいるし、どっちにしろ、わたしがこんな目に遭っているのを知られるわけにはいかない。お父さま。お父さまに頼みごとをするのはいやだけど、もう助けてくれるのはお父さましかいない。お父さまに手紙を書こう。

第二十四章 シャーからの手紙

わたしは、手紙でお父さまのプライドに訴えることにした。わたしのやらされた仕事のなかでもいちばんお父さまを怒らせそうなこと、つまり、宮廷の人たちの目の前で火の番をさせられたことを書いて送った。


どうしてこんなひどいことができるのでしょう。お父さまがちゃんと頼んでおいたのに！

あの人たちはわたしをこき使います。仕事が卑しければ卑しいほどいいのです。

お願いだから、帰ってきてください。フレルでもたくさんの商人たちが仕事をしているわ。お父さまだって同じようにやったっていいはずよ。お願い、帰ってきて。本当に困っているの。そうじゃなきゃ、わたしがこんなこと頼まないのは知っているでしょう？

早く帰ってきて。指折り数えて待ってるから。

あなたの娘、エラより

わたしは手紙をマンディに渡して、送ってもらった。もしかしたら、街道の途中でお父さまに追いつくかもしれない。郵便馬車の御者は、お父さまのことを知っていた。先に出したシャーへの手紙よりも、早く届くわ。うまくいけば、あと二、三日で帰ってきてくれる。

お父さまがもどってくるか、お父さまから手紙をもらうまではがまんしよう。わたしはできるだけ、義理の家族たちと顔を合わせないようにした。皿洗い係として働けば働くほど、わたしは汚くなり、ハティやオルガママはわたしをいびらなくなった。わたしがみすぼらしくなっていくのを、まるで卑しさの証明のように喜んでいるのだった。

ところが、オリーヴだけは、いっときたりともわたしを解放してくれなかった。オリーヴから逃げるには、隠れるしかなかった。いちばん安全な隠れ場所は図書室。長くはいないようにしていたけれど、わたしは三十分ほど時間を見つけては、オルガママのほこりをかぶった蔵書を読みふけった。だれも図書室を探そうなんて思わなかったし、好きこのんで来る人なんて、この家にはいなかった。

お父さまとシャーと、どちらの手紙がよけいに待ちどおしいのか自分でもよくわからなかった。わたしはいつもシャーのことを考えていたし、シャーと話したくてしょうがなかった。

何か冗談を思いつくと、シャーに話してみたいと思った。真剣な話があると、シャーの意見を聞きたくなった。

お父さまからの返事が来ないまま数週間が過ぎた。でもシャーからの最初の手紙は、わたしが手紙を出してからわずか十日後に届いた。それから半年というもの、手紙は次々舞いこんだ。ところがお父さまからは、なしのつぶてで、帰ってくる気配もなかった。

わたしの言ったとおり、シャーは手紙をマンディ宛てに送ってきた。マンディは自分に恋人がいるようなふりをした。ハティとオルガママはマンディのロマンスをひどく面白がったけれど、わたしには、オルガママとお父さまのロマンスより滑稽なものがあるとは思えなかった。

シャーの字は大きくて丸みがあった。どの手紙も文字がくっつきすぎも離れすぎもせずひと文字ひと文字ていねいに書かれている。わたしの読みにくいとんがった字とはまるでちがう。シャーの文字からは、おだやかで誠実な性格がにじみ出ていた。わたしの字を見てアレイダが、想像力たっぷりで、思いついたことはすぐに実行に移すせっかちだってわかるわ、ってよく言っていたっけ。

エラへ

ぼくの名前は変わりました。ここでは、みんなぼくのことをエシャーモンテと呼びます。名前というより、くしゃみみたいに聞こえます。アヨーサの人はシャーと発音できないし、シャーと呼んでくださいと言っても、承知してくれません。アヨーサの人はとても礼儀正しくて、いちばんよく使う言葉は、「失礼ですが」です。

アヨーサの人はしゃべる前に考えます。そしてしばし黙想にふけったあとで、何も言うことはないという結論に達することがしょっちゅうなのです。アヨーサの会議でいちばんうるさいのはハエです。たまにハチでも入ってこようものなら、それこそ鼓膜が破れそうになります。

ぼくは会話に飢えています。アヨーサでも庶民はみんな話し好きですが、貴族たちはそうではありません。彼らは親切で、気軽にほほえみます。けれども、彼らにとって話すということは単語一個か、ごくたまに熟語で、完全な文章を話すのは一週間に一度といった具合です。そして誕生日になると、やっとまるまる一段落ぶん話すことが許されるというわけなのです。

最初、ぼくはとにかくしゃべって沈黙を埋めようとしました。でもぼくの受ける反応といえば、ほほえみか、お辞儀か、なるほどといった表情か、肩をすくめられるか、ごくごくたまに「失礼ですが、そうかもしれません」と言ってもらえるくらいでした。

今朝、庭で、アンドナの男爵が前を歩いていました。ぼくが肩をぽんとたたくと、男爵は気さくにうなずきました。ぼくは心の中で言いました。「この花はすばらしいですね。あの花はキリアにもありますが、もうひとつのは見たこともありません。なんという花ですか?」

ぼくの想像の中で、男爵は花の名前を挙げて、女王さまのいちばんのお気に入りなのです、ぜひ種を差しあげましょう、と答えました。でも、もし花のことを心の中じゃなくて声に出して聞いたとしたら、男爵はそのまま散歩をつづけながらこう考えるのです。どうしてこの王子は、こんなすばらしい日をおしゃべりなんかでだいなしにするんだ? もしわたしが答えなければ、王子はかぐわしい香りを吸いこみ、あたたかい日の光を浴び、風に葉がそよぐ音を聞けるだろう。今ごろ、王子も質問したことを後悔しているかもしれない。しかし、もしかしたらわたしが返事をしないので無礼だと思っているかもしれん。だが、今話せば、王子を驚かせてしまう。どっちのほうがましだろう？　無礼だと思われるほうがよくないだろう。しゃべらなければ」でも、さんざん考えて疲れきった男爵には、たったひとこと、花の名前を言う力しか残されていないというわけ。

バカげたことを書いていますね。最初の手紙では、すばらしい文章できみを感動させてやるつもりだったのに、二通目までおあずけということになりそうです。

空想の中でする会話は、男爵とばかりではありません。ほとんどがきみとです。

もし今、ぼくがフレルにいるなら、何を言えばいいのかわかるのに。少なくとも三回は、きみに会えてうれしいと言うだろうし、アヨーサの話をもっと（文句は減らして）するだろうし、馬がウサギに驚いて走っていってしまったときのこととか旅の話もするだろう。でも、どうする？　ぼくが突然アヨーサ人になって、だんだん口数が少なくなって、最後にはただきみに向かってほほえむだけになったら。

問題なのは、きみの答えが想像つかないことです。きみはしょっちゅうぼくをびっくりさせているから。驚くのは大好きだけど、もしぼくが、きみがどう返事をするかちゃんとわかっていれば、寂しさもまぎれたかもしれない。治療法は明らかです。またすぐに手紙を書いてください。そしてそのあとも、さらに早く。

真の友人　シャーより

わたしはさっそく会話をプレゼントした。

こんにちは。お変わりありませんか？　ここのところすばらしいお天気がつづいていますね。でも、農民たちは雨が降ると言っています。カラスがけたたましく鳴いていたそうです。まあ、雨は恵みをもたらしますからね。毎日お天気というわけにはいきません。

人生もそうじゃありませんか？　いつも晴れならいいけれど！　そうしたら、すばらしいと思いませんこと？　がっかりするようなこともなし、いじわるな言葉もなし。

殿下はどう思われますか？　あなたのようなすばらしい方なら、人生はそうはいかないという分別をおもちでしょう。

どうかしら、この一服で、会話の欲求不満が癒されますように。

ペンが止まった。何を書けばいいだろう？　わたしが召使いになっていることは、呪いのこと抜きには説明できない。考えていたら、ふっとオルガママが最近、舞踏会を開いたことを思い出した。わたしが参加したのはテーブルから汚れたお皿をさげるときだけだったとか、細かいことは省いて、パーティーのようすを書いて送った。

シャーの返事には、アヨーサには舞踏会がないと書いてあった。

代わりに、アヨーサには「歌の会」があります。これは月に一回開かれます。一回につき三人から四人のアヨーサ人が交代で舞台に出てきて、長く悲しいバラッドや、楽しい曲や、おもしろい歌を歌い、それに全員が声を合わせて、合唱します。国民はみんな、数えきれないほどたくさんの歌を知っていて、おまけに二流の声の持ち主など、ほとんどいないのです。

声はどこか深いところ、つま先か、そうでなければ魂からほとばしりでます。最後の歌は、のぼってくる太陽への感謝の歌ですが（歌の会は夜を徹して行われるので）、そのときには、みんな自分の家族を呼び寄せます。夫も妻も子どもたちもみんな手をしっかりとつないで、天を仰ぎ、音楽を解き放つのです。ぼくは、ほかの何人かの滞在客といっしょにか弱い声で、歌詞がわからないところはハミングで歌いました。ぼくの手も、だれかとつながれていればと思いながら。

きっと、いつかきみといっしょに来られるだろう。

ところで、最後に会ったときから一ヶ月年をとったわけだけど、きみはまだ結婚するには若すぎる？

わたしは最後の冗談にクスッと笑った。それから考えた。わたしはどんな花嫁になるだろう？　浮かんできたのは、食べ物の油と昨日の夕食のにおいのしみついた、みすぼらしい、すすだらけの花嫁の姿だった。

シャーは毎回、手紙で同じ質問を繰り返した。わたしの答えがあまりにバカバカしくて、面白がってくれたんだと思う。若すぎるのでなければ、結婚するには疲れすぎているとか、びしょぬれだから無理とか、今日は機嫌が悪いとか、お腹がぺこぺこで気力がないとか、毎回あれこれひねり出しては、書いて送った。こんなふうに書いたこともある。「もし身長で年齢をはかるとしたら、まちがいなくわたしは若すぎるわ。

知り合いの十一歳になるお嬢さんと並ぶと、わたし、こびとみたいなのよ」給仕係のナンシーの娘のことだ。

かと思えば、こうも書いた。「今日は、結婚するには年をとりすぎています。少なくとも、百歳にはなったわ。なにしろある貴婦人が、今夜の晩餐会のお客の家系図を、おじいさんからひいひいひいじいさんまでぜんぶ説明してくれるのをじっと聞いてなくちゃならなかったんだから。少なくとも八十年以上はたってるはずよ」

この貴婦人というのはハティで、晩餐会にはわたしは出ていなかったけど。

それから、もっとまじめな調子になってつづけた。「義理の家族には、いろいろ打ち明けられるような人はいません。義理の姉妹とわたしには共通の話題もほとんどありません。だから本当によかった。わたしにはペンと紙と友だちがいて」

シャーの返事が来た。「ぼくの舌はあまりに使わないので、しなびてしまいそうだよ。でも、少なくともきみに手紙を書けるあいだは、言葉をまったく失わずにすみそうだ」

ときどき、もし「結婚するのにちょうどいい年齢になった」と書いて送ったら、どうなるだろうって思うことがあった。シャーの手紙が届くたびに、わたしはますます彼が好きになった。でも、そんなことは言えない。もしわたしが結婚する年になったと書いて、シャーのほうはただの冗談の延長のつもりだったら、ひどくばつの悪い思いをさせてしまう。気軽な友だちっていう関係もだいなしになる。シャーは手紙を書くのをやめてしまうかもしれない。それだけは、耐えられなかった。もし冗談でないのなら、シャーのほうからそう言ってくれればいい。とにかくそれまでは――一生になるかもしれないけど――ふたりの手紙のやりとりを大切に守ろう。

次の手紙で、シャーはこう書いてきた。

ぼくは自分が王になるといつ自覚したのか、覚えていないんだ。知らなかったときなんてなかったように思える。でも、それに関係のある話がふたつある。あまりにもしょっちゅう聞かされていたせいで、自分の記憶のように思えるほどだ。ひとつの話では、ぼくはヒーローだ。でも、もうひとつの話では、そこまでかっこよくはない。

ぼくは六歳のとき、リュートをもらった。妹のセシリアは四歳だった。

セシリアはリュートをとてもほしがって、隙さえあればすぐにリュートを持っていくほどだった。だから、ついに、ぼくは妹にリュートをやった。この行いを見て、召使いたちはぼくが将来、心の広い王になると考えた。ぼくが音楽に興味がないなんて、だれも考えなかったんだ。ぼくは、自分があんまり使わないものをあげただけだから、こんなの犠牲のうちに入らないって言ったんだけど、これもまた、謙虚さ、つまりもうひとつのすぐれた王の資質だと思われた。

でも、こうやってこの話をきみにしながら、ぼくは本当に謙虚なのだろうかって考えている。人に誉められるような長所があることをきみに知ってほしくて、書いてるんだから。次の話を聞いたら、きみはどんな判定をくだすだろう？

父上とフレルの町にいったときのことだ。ひとりの男が、父上に熟れたトマトを投げつけた。父上は服をぬぐいながら、男にやさしく話しかけ、最後には男も納得した。そのあとでぼくは、どうしてあいつを罰しなかったの、ときいた。父上は、おまえも王になるころにはわかるだろう、と言った。ぼくは、もしみんなにトマトを投げつけられるのなら、王になんかなりたくありませんと答えた。感謝されそうにない仕事だから、って。

父上はこの話をするとき、いつも大笑いする。今ならぼくにもわかる。たしかに感謝されない仕事だ。でも、トマトなんてほんの序の口なのだ。

この話を聞いてわたしのくだした判定は、シャーはみっともない自分を笑える人だってことだった。もちろん、シャーだって完璧ではない。例えばシャーはどんなことだろうと、自分の知っていることを教えたくて、聞き手――わたしの場合は読み手だけど――がそれに興味をもっているかどうか考えるのを忘れてしまうところがある。アヨーサのことも、わたしが知りたいと思った以上のことを書き送ってくる。同業組合の構造とか、アヨーサの牛一頭あたりの年間牛乳生産量とか、アヨーサのお屋敷の構造とか、まだまだほかにもたくさんある。

でも、そんなのはたいした欠点じゃない。シャーは、もっと重大なことも打ち明けてくれた。

ぼくがこんな話をするほど信頼している人は、きみだけと言ってもいいだろう。きみ以外はぼくの馬かな。馬にはなんでも話している。ぼくを非難したり、説教したりしないからね。ぼくがこのことを話すのは、きみにはすべて知ってほしいからだ。きみはきっとぼくのいいところも見てくれると思うけれど、悪いところも見逃さないから。

ぼくはなかなか怒らないけれど、なかなか許しもしない。例を挙げよう。ぼくの語学の家庭教師はいつもぼくを頭からけなした。ぼくはひどい扱いにも耐えた。でも、もしもっと励ましてくれていれば、もっと学べたと思う。ぼくのあとで妹のセシリアも同じやつに習うことになったけれど、やはり同じような目にあった。最初セシリアが泣いているのを見つけたとき、ぼくはやつに警告した。二度目で、ぼくはやつをクビにした。父上はぼくの判断を信用していたから、そのままぼくのやったことを認めてくれた。

でも、ぼくはそこでやめなかった。まだ子どもだったぼくは、その家庭教師が二度と教えることができないように手をまわしたんだ。ぼくの完全勝利で、やつは破滅したけれど、六年たった今でも、やつのことを考えるとまだはらわたが煮えくり返る。この手紙を書いている今も、怒りがわきあがってくる。

ぼくがやさしい兄だったということで、大目に見てもらえるかもしれない。そうだといいのだが。でも、ぼくはどうしたらここまで怒ることができるんだろうと、自分でもあきれてしまう。ぼくが家庭教師にやったことと、ぼくや家族にトマトを投げるなんて許さないと思う気持ちは、根は同じかもしれないと思うんだ。

わたしは返事を書いた。

マンディはいつも、世の中には二種類の人がいると言います。なんでもほかの人のせいにする人と、なんでも自分のせいにする人です。わたしは、自分を第三の分類に入れたいと思います。本当に責めるべきものがなんであるかわかる人です。あなたはけなされても耐えたわ。あなたの罪は、自分の愛する人を守りたいという気持ちが強すぎること。悪いところであると同時に、いいところでもある。たちが悪いけどね！

あなたが自分の欠点をさらけだしてくれたのに、わたしはそんなにありのままに話すことができそうもありません。わたしの悪いところはあなたが自分で見つけてください。そしてもし、それがいやだと思っても、なんとか許せるようにしてください。

次のシャーの手紙が来た日は、日にちまで覚えている。五月二十四日、木曜日。シャーがアヨーサにいって半年がたっていた。手紙が来たのは朝だったけれど、昼のあいだは読むことができなかった。明け方はオルガママに言われて中庭の敷石をみがかなければならなかったし、そのあとオリーヴに、大量の硬貨を数えるよう命じられた。オリーヴはわたしがまちがえていると思いこんでいて、何度も数えなければならなかった。夕方にはハティの舞踏会の用意を手伝わされ、上唇の上にふさふさと生えている毛まで抜いてやった。

やっとハティが出かけたときには、マンディの台所の片づけを手伝う時間はとっくに過ぎていた。あとは、好きなように使える自分の時間だった。

部屋にもどると、わたしは小さな窓を開け、冷たい空気に身をさらした。それから、マンディがこっそりとってきてくれたロウソクのかけらに火をつけ、風に当たらないように気をつけて置くと、ふとんの上に座って、手紙を開いた。

エラ

いつもなら、短気というのはぼくの欠点ではない。でも、きみの手紙はぼくを苦しめる。今すぐにでも馬を駆ってフレルにもどり、きみに問いただしたくなる。きみの手紙は、遊び心があって、面白くて、考え深くて、（ときどき）深刻だ。手紙をもらうと、ぼくの胸は踊る。でも同時に、みじめになるんだ。きみは、ふだんの生活についてはほとんど書いてこない。ぼくには、きみがどうやって毎日をすごしているのか、ぜんぜんわからない。でも、それはいい。想像するのも楽しいから。でも、ぼくが本当に知りたいことも、きみは言わない。きみの気持ちだ。ぼくは、ずっと自分の気持ちをほのめかしているのに。

ぼくのことを嫌いじゃないのはわかる。きみは、嫌いな人に時間や紙を使うような人ではないから。でも、ぼくは初めてきみの母上のお葬式で会ったときから、きみのことが好きだった。ぼくはこれから先ずっと、永遠に、きみといっしょにいたいのに、きみは結婚するには若すぎるとか年をとりすぎたとか背が低すぎるとかお腹がすきすぎているとか書いてくる。ぼくは絶望できみの手紙をくしゃくしゃにまるめる。でも、何か隠された意味があるのではないかと、また手紙を広げて、これで十二回目になるっていうのにまた読み直すんだ。

父上はしょっちゅう、アヨーサかキリアの知り合いのなかに、好きな女性はいないのかとたずねてくる。ぼくは、いませんと答えている。もうひとつ、ぼくの欠点を告白しないとならないね。プライドだ。ぼくは、もしぼくの片想いなら、恋していることを父上に知られたくないんだ。

きみなら、父上はすっかり気に入るだろう。母上もだ。きみのとりこになるよ。ぼくのように。

何歳で、だれと結婚しようと、きみは美しい花嫁になる。そしてすばらしい女王になる。これは、もしぼくが相手ならってことだけど。きみのように魅力的な人がいるだろうか？　きみの表情。きみの声。きみのいいところなら、いつまでも挙げつづけることができる。でも今は、早く手紙を読み終わって返事を書いてほしい。

今日は、アヨーサのことやぼくの生活のことは何も書けない。ただこの手紙を出して、待つだけだ。愛している（この言葉を書いたら心が軽くなった！）愛している、愛している。

シャー

第二十五章

悲しいうそ

わたしはぽかんと口を開けて、手紙を見つめていた。そしてもう一度読んで、またぽかんと見つめた。手紙に親指のすすのあとがついているのが、ぼんやりと目に入った。シャーはわたしを愛している。はじめて会ったときからずっと愛していた！　わたしはそんなに前から好きだったわけではない、と思う。でも今は同じくらい、ううん、それ以上に、彼を愛していた。シャーの笑い声も、字も、じっと見つめる眼差しも、彼の正しさも、そばかすも、わたしの冗談を気に入ってくれることも、手も、彼のいちばん悪いところでもある意思の強さも。そして恥ずかしいことかもしれないけれど、彼のわたしへの気持ちを愛していた。

わたしはそっとロウソクを置くと、部屋の中をくるくる踊りまわった。

シャーと結婚して、いっしょに暮らせる。オルガママとあの娘たちとおさらばできる。

もう、わたしに命令をする人はいない。こんな結末を迎えるなんて、思ってもみなかった。ルシンダはわたしがこんなふうに従順から逃れるのを、おもしろく思わないだろう。マンディだって、こんな方法で呪いに終止符が打たれることにさぞかし驚くにちがいない。

わたしは、洋服ダンスのいちばん奥に隠していた便箋を引っぱりだした。彼をこれ以上待たせることなんてできない。

「親愛なるシャー、大切なシャー、愛するシャー」と書いたところで、ロウソクの炎が揺らめいてふっと消えた。

字が書けるくらい明るくなったら、すぐに起きよう。そして、手紙の返事をああでもないこうでもないと考えながら眠りについた。

真夜中に、ふと目が覚めた。さっきまでの幸せな気分は消え失せていた……シャーと結婚しても、呪いから逃れることはできない。それどころか、ますます苦しむことになる。シャーまで呪われてしまうだろう。もしわたしがどんな命令にも従うことがだれかに知れたら……もう、わたしの義理の家族は知っている。それを利用して、もっと高い身分や財産を得ようとするかもしれない。でも、そんなのはたいしたことじゃない。キリア国の敵がそれを知れば、呪いはもっと恐ろしいことにでも利用できるのだ。悪人の手に落ちれば、わたしは強力な道具となる。国家の機密をもらしてしまうかもしれない。この手でシャーを殺してしまうかもしれないのだ！　秘密はまちがいなく知られてしまうだろう。宮廷には、つねに何かないかと目を光らせ、耳をすましている者がたくさんいる。彼らをうまくあざむくことなんてできるわけない。お母さまは呪いのことを言わないように命じた。でも、マンディに逆の命令をしてもらえば、シャーに話すことができる。そうすれば、シャーは前もって用心することができる。

シャーに言おう。ぜんぶ話してしまおう。今すぐ、マンディを起こさなきゃ。わたしはふたたび幸せな気持ちになって、起きあがった。が、またすぐベッドに身を沈めた。

どうやって用心すればいいというの？　だれもわたしに話したり、手紙を渡したりできないようにすればいい。わたしを閉じこめておけばいいのだ。うまくいくかもしれない。でもわたしだって食べ物もいるし、服を紡ぐ亜麻だって暖炉の薪だっている。何もかも、シャーが運ばなければならなくなる。それじゃ、ルシンダの結婚の贈り物と変わらない。彼の重荷になってしまう。それに、キリアの国民は世捨て人の王妃なんてどう思うだろう？　わたし自身だって、塔に閉じこめられたラプンツェルみたいになったらどう思う？　しかも、用心に用心を重ねたって、まちがいは起こるかもしれないのだ。

シャーに頼んで、王位を妹に譲ってもらうこともできる。王にならなければ、狙われることもない。でも、そんなことを頼めるわけがないし、シャーだって受け入れられるわけがない。そもそも、危険がただ妹に移るだけではないの？

結婚を秘密にすることもできる——バカバカしい。そんなの、すぐばれるに決まってる。

ほかにもさんざん考えた。でも、何も浮かばなかった。呪われているうちは、シャーと結婚することはできない。もし、いつかなんとかして呪いを破ることができたら、一か月後か二十年後になるかわからないけれど、ぜったいシャーを見つけだす。そして、もしシャーが結婚してなかったら、もう一度、振り向かせる。それがどんなに大変でも、どんなに時間がかかっても。でも今は、シャーにあきらめてもらうしかない。

ようやくどう書くか決めると、わたしは書きはじめた。最初の三枚は涙で汚れてだめになり、四枚目は字をまちがえるのを忘れてやっぱりだめにした。

シャーモント殿下へ

殿下からの義理の妹あての才後の手紙は、母のオルガ准男尺婦人とわたしがうけとりました。エラと料里人のマンディは、ここにはいませんでした。

エラがいないのは、かけ落ちしたせいです。うちの料里人もつれてってしまいました。彼女がのこしていった手紙をいっしょにいれときます。

殿下は、エラにだまされておいでででした。エラは毎回、殿下の手紙を大きな声で呼んで効かせ、殿下のような王室の肩と手紙をやりとりしていることを、まるで帽子につけた羽かぎりみたいに得意がってました。

しばらくは、王妃になろうと思ってたみたいですけど、あきらめて、もうひとつの申し出を受けました。あなたの手紙の内様を知ったら、火のように怒りくるうでしょう。

エラは、わたしたちの好意にたよって暮らすのはいやだったみたいです。だから、わたしたちがのぞんでいるよりもずっとすごい命声を手に入れて、いばりたかったんです。わたしたちは、今の生活で万足してるのに。

殿下の手紙は、エラがいなくなって四日後につきました。どうして覚えてるかというと、その夜デンピー家が無踏会をひらいて、みんなエラがいなくて残念がってたからです。なぐさめてもらおうと、わたしのところにやってきたエラのお相手たちに言ったことと同じことを殿下にも申上げます。あんな知り軽女のことはわすれてください。むこうはとっくにわすれてますから。おどろかせてごめんなさい。あなたに思いを寄せてる者の心のこもった言葉で、殿下がなぐさめられますように。

いやしの天使ハティより

わたしは同封する手紙を書くため、便箋を半分に切って、こんどは自分の字で書いた。

結婚してはじめてしたためる手紙です。彼のことは知っているでしょう。名前はあえて書きません。とても年とっていて、とてもお金持ちで、フレルからはるか離れたところに、住んでいます。そして、わたしを花嫁にするような愚かな人です。いつか、そしてそれはそんなに先ではないでしょうが、わたしは広大な領地をもつ未亡人となるでしょう。二度と手紙は書きません。わたしを探してみてちょうだい。夫が死んだら、フレルにいくつもりです。どの馬車よりも立派な馬車を探して、中をのぞいてみるといいわ。宝石にかこまれ、世の中をせせら笑っているわたしがいることでしょう……。

エラ

シャーの家庭教師に対する憎しみなんて、これに比べればなんでもないだろう。世界が終わるその日まで、わたしのことを憎みつづけるだろうから。

その朝、マンディはいつもの手紙だと思ってこの手紙を送った。マンディには、シャーに結婚を申しこまれたことは言わなかった。申し出を受けるべきだと言われるのがこわかったのだ。自分が正しいと信じていたけれど、何を言われても押し通せるだけの自信はなかった。

マンディが手紙を出しに出かけるとすぐに、暖炉の前で泣きくずれた。三十分くらいでマンディが帰ってきたときも、わたしはまだ泣いていた。

マンディはわたしを抱き寄せた。「何があったんです?」

しばらくのあいだ、わたしは激しく泣きつづけてひと言もしゃべれなかった。どうにか落ちつくと、マンディに何があったかを話した。「わたしは正しいことをしたわよね?」最後にわたしはきいた。

「こちらへいらっしゃい、レディ」マンディはわたしの手をつかむと、広間にいる召使いたちの前を半分引きずるようにして、自分の部屋まで連れていった。そして部屋に入ってしまうと、扉を閉め、わたしのほうへ向きなおった。「レディ、あなたは正しいことをしましたよ。次はわたしが正しいことをする番です。もっと前にすべきだった。カーテンの後ろに隠れなさい」

わたしはためらい、従おうとする強い衝動を押し返しながらきいた。「どうして?」

「ルシンダを、こんどこそやりこめてやるんです。わたしがこれからやることを見てほしいけど、ルシンダにあなたを見られたくないから」

わたしは隠れた。マンディが叫んだ。

「ルシンダ！　会いたいの」

ライラックの香りが部屋を満たした。わたしはむせそうになるのを、ぐっとこらえた。カーテンの粗い織り目から、ルシンダの輪郭がすけて見えた。

「台所の妖精からお呼びがかかる日が来るとは思いもよらなかったわ。うれしいわ。大好きなマンディ、何か手を貸してほしいことがあるのかしら？」

「大好きな、なんて呼ばなくてけっこうですよ」マンディはため息をついた。「でもそのとおり。おまえさんの助けが必要なんだよ」

「わたしは人助けが大好きよ」

カーテンの後ろで、わたしはルシンダに向かってイーッとしかめっ面をした。

「妖精の舞踏会以来ずっと、おまえさんにこれをきくために勇気をたくわえてきたんだよ」

「あら、ただきけばいいのに」

マンディはいかにも後悔しているような口調で言った。「舞踏会で、キルビーと言い争いをしちまったんだよ」

「それはいけないわね。わたしは言い争いなんてしないわ」

「でも、しちまったんだからしょうがない。おまえさんのことでね。キルビーが言ったのさ。おまえさんに、一度自分でリスになってみるよう言ってみたらどうだ、ってね。それから従順にもなってもらおうじゃないかって。もし、おまえさんがきちんと公平にやってみたら、そう、リスを三か月、従順な人間を三か月やってみれば、おまえさんも自分の贈り物が本当のところそんなにすばらしくなかったってことがわかるだろうってさ」

「わざわざ試す必要はないわ。わたしの贈り物は最高ですもの」

「わたしはまさにそう言ったんだよ。おまえさんはそう言うだろうって。よし、これでキルビーにわたしの勝ちだって言える。キルビーはね、おまえさんは自分がまちがっているとわかるのがこわくて、試すことなんでできやしないって言ったんだから」

ルシンダが消えた。きっとマンディに腹を立てて、これ以上話す気がなくなったんだわ。ところが、しばらくしてマンディがけらけら笑いだした。「従順のほうも忘れないようにね、おチビちゃん。ほら、おいしいクルミだよ。居心地のいい公園まで送ってあげようね」一瞬、間があいて、マンディが言った。「もう出てきても大丈夫ですよ、レディ」

「本当にリスになったの?」わたしはおそるおそる外へ出た。

「なりましたよ」マンディはまだ笑っていた。

「これであの人にも、わかるかしら?」

「もしこれでもわからなかったら、本物の大バカ者ですよ」

「もし、動物に食べられちゃったらどうする?」

「そんなことになったら、食べた動物のほうが心配ですよ。ひどい腹痛を起こすでしょうからね」マンディはクックッと笑った。

「もし自分がどんなことをしでかしたのかわかったら、贈り物を取り消してくれるかしら?」

「どうでしょうね。わたしはただ、あの人の悪さをやめさせるだけ。あなたの呪いは、あなたが自分で破るものだと思いますよ」

「でもあの人だって、自分がどんなにまちがっていたかわかったら、魔法を解きたいと思うでしょ?」

「かもしれないですね。だけど、それはもっと大きな魔法になるんです」マンディはわたしを引き寄せてぎゅっと抱きしめた。

「ああ、かわいい子。あの魔法のせいであなたがどんな目に遭っているか、わたしはわかってますよ」

わたしはマンディの腕を押しのけた。「わかってないわ! 自分はどうなのよ? ちゃんと大きな魔法に注意しているわけ? ルシンダを呼びだしたくせに」

「妖精が妖精にすることは、大きな魔法ではないんです、レディ」

「レディって呼ぶのはやめて。マンディは、お母さまのことをそう呼んでいたじゃない」

「今では、あなたも立派なレディです。もしあなたが自分のことしか考えないで、殿下と結婚したら、殿下とキリア国は危険にさらされることになったにちがいないんですから。あなたは英雄ですよ」

「英雄なんかより、彼の奥さんになるほうがよかった」また涙が溢れてきた。わたしはマンディのベッドに身を投げだした。

マンディは隣に座って、わたしの背中をなでながら低い声で言った。「ああ、かわいそうに。わたしのレディ。きっと何もかもうまくいきますよ」

マンディが体重をかけたひょうしに、何かがパリパリと音を立てた。「何かしら? ああ、忘れてましたよ! 手紙を出したとき、あなた宛ての手紙が来ていたんです」マンディは、エプロンのポケットから一通の手紙を引っぱりだした。

わたしはびくんとした。

「殿下の筆跡じゃないですよ」

手紙はお父さまからで、家には帰らないと書いてあった。わたしが召使いとしてこき使われていることには心を痛めているけれど、それでも、最愛の妻の腕の中にもどる気にはなれなかったらしい。お父さまはこう書いていた。「おまえに大金持ちの夫を見つけてやれば、おまえはわが妻オルガから逃れることができる。それまでは、わたしにできるのは強く勇敢な娘でいてくれと言うことだけだ」

わたしはまたベッドに倒れこんで、くるったように笑った。お父さまのおかげでシャーへの手紙が本当になる。お父さまはわたしを、莫大な財産を遺してすぐ死んでくれる年寄りと結婚させるだろう。皮肉なもんね！　息もつけずに笑いつづける。涙がボロボロと頬を流れ、自分でももはや笑っているのか泣いているのかわからなかった。マンディは、わたしが落ちつくまで抱きしめていてくれた。マンディに揺すられながら、わたしは考えた。まだルシンダがいる。マンディはまちがっているかもしれない。従順ってことがどういうことだかわかれば、ルシンダだってわたしを呪われたままにしておくことはできないはずよ。わたしを救ってくれるにちがいない。

一週間後、魔法の本でシャーがわたしの手紙を受け取ったことを知った。挿し絵の中のシャーは、わたしの手紙を燃やしている。でも、何をしてようと、シャーの姿を見られるだけでうれしかった。

絵をじっと見つめて、シャーの姿に指を走らせる。それからページをめくると、シャーの日記が出てきた。

ぼくは何も失ってはいない。彼女は、ぼくが思っていたような人ではなかったのだから。だから、何も失ってはいない。むしろ運がよかったのだ。キリア国も助かった。ぼくの手紙が着く前に彼女が駆け落ちしてくれて。

彼女の姉からの手紙を受け取ったとき、最初はエラを嫌いにならせるための策略だと思った。だまされてはいけない、とぼくは決意した。アヨーサを離れて、本当のことをつきとめようと。でも、だんだん真実はこの手の中にあることに気づきはじめた。

彼女の姉がぼくにうそをつく理由はない。エラとぼくが結婚したら、彼女は得をするのだから。決め手となったのは、エラの残したメモだった。あれはエラの字だし、最後の、宝石にかこまれて世の中をせせら笑うというくだりはいかにもエラらしい言い回しだから。

彼女は、オグルのときと同じようにいとも簡単にぼくをとりこにした。彼女が父親の結婚式のとき、どうして隠れていたのかは永遠に謎のままだ。おおかた、どこかの恋にやつれた男から身を隠していたのだろう。思ったより金持ちでないか、年をとっていないという理由で。結婚式のあと、ぼくのことを避けたのも、何かの策略にちがいない。ぼくには理由は想像もつかない。だが、何よりもひどい裏切りは、彼女のくれた手紙だ。本当に思いやりがある女性のように思えたのに。でもあれが、ああいう女性のやりかたなのだろう。うそと策略を使いこなせるようでなければ、性悪とは言われないのだ。ぼくが自分の欠点を告白したときも、大笑いしたにちがいない！

それだけでは終わらなかつた。シャーは性悪にくわえて、浮気女、強欲、妖婦、魔女、誘惑女とつづけ、最後には怪物とまで言った。最後はこう締めくくっていた。

アヨーサにいるのでなければ！　ここはあまりにも静かで、考える時間がありすぎる。一日に何度も、もう彼女のことは考えまいと誓い直している。せめて二度と彼女について書いたり話したりしまい。わがペンと声にかけて、そう誓おう。

わたしは、ルシンダが呪いを解いて自由にしてくれる日のことをひたすら夢見て、六か月間ハティとオリーヴとオルガママに耐え抜いた。

シャーには手紙を書きつづけた。でも、その手紙が本当にシャーの手に届くことはないから、わたしはオルガママの家でどんな生活を送っているのか本当のことを書きつづった。ハティが、あの伯爵はわたしのことを好きなのよ、とか、あの男爵はわたしに気があるわ、などと言いだすと、それをシャーに話して大笑いした。オリーヴがまたお金を数えさせたときも、すぐに手紙に書いた。

「毎日のように、オリーヴはお金の新しい隠し場所を思いつきます。ドレスのすそはもちろん、サッシュにも硬貨が縫いこまれていますし、腰あての詰めものの中にも硬貨が埋めこんであります。体のあちこちに金属を隠しもっているわけだから、ボートに乗ろうなんて気は起こさないほうが身のためね」

オルガママに根菜用の地下室を掃除させられたとき、子猫を連れたトラ猫を見つけて大喜びしたことも、シャーは知っていた。マンディに料理の秘訣を教わったときも、すぐにシャーにも教えた。

そして、わたしは呪いのない未来を描いた。

「何よりも先に、あなたを愛していることを告白するわ。それから、あなたを苦しめたことを一千回謝って、つぐないに一千回笑わせてあげる」

ルシンダがもどってくる前の晩だった。舞踏会から帰ってきたハティに起こされ、寝るしたくを手伝いなさい、と命令された。今までそんなことはなかったから、わたしは本当の理由がわかるのを待った。

「今夜は、来月シャーモント王子がもどってくる話題で、もちきりだったわ」洋服を脱がせていると、ハティはしゃべりはじめた。

シャーがいつ帰ってくるかくらい知っていた。なのに、どうしてこんなに胸が騒ぐの？

「ジェロルド陛下は、殿下の帰国を祝うために三日間、宮廷で舞踏会を催されるんですって。その舞踏会で、殿下は結婚相手を見つけるんだそうよ。痛い！　気をつけなさいよ」

コルセットの芯でハティをチクッと刺してしまったのだ。本当に偶然だったのは、これが初めてだった。

「お母さまはね、わたしが……」

そのあとはもう何も耳に入らなかった。舞踏会はシャーが言いだしたことなの？　本当にそこで花嫁を見つけるつもりなの？　もうわたしのことは忘れてしまったの？　ルシンダに自由にしてもらっても、わたしのことを思い出してもらうことはできないの？

やっとハティはわたしを解放した。それから夜明けまで、わたしはずっと呪いから自由になって、シャーと再会する日のことを、ああでもないこうでもないと思い描いた。オルガママの馬を一頭盗んで、アヨーサまでいって驚かせるか？　それとも、ここで待って、舞踏会でびっくりさせる？

朝になると、すぐさまマンディを起こして、お願いだから今すぐルシンダを呼びだすために、仮病を使ってと頼みこんだ。でも、だめだった。まずわたしたちはオルガママの朝食を用意し、それからお皿を一枚も残さず洗わなければならなかった。マンディは仕事を早く終わらせるために、いちばん小さな魔法さえ使おうとしなかった。

それもついに終わると、マンディとわたしはマンディの部屋にいき、わたしは前と同じように隠れた。

今回はルシンダが現れても、部屋がライラックの香りに満たされることはなかった。カーテンの後ろで息をひそめていると、カサカサという衣ずれの音とすすり泣く声が聞こえてきた。

「めそめそするのはおやめ」マンディが言った。泣き声はますます大きく、手に負えなくなった。「無理よ」その声にはもう、前のような音楽的なうきうきした響きはなかった。ルシンダは息をつまらせてしゃくりあげた。「でももし、わたしがまだ従順だったら」ヒック。「あなたにそう命じられたら、泣くのをやめなくちゃいけないのよね」グスン。「わたしったら、かわいそうな罪のない人たちになんてことをしてしまったのかしら？　どうしてあんな大きな魔法を使ったのかしら？　それもあんなに軽率に！」

「おまえさんの贈り物はお恵みなんかじゃなかったってことね？」マンディのこんなに辛らつな口調ははじめて聞いた。

「ええ、ひどかった、恐ろしいものだったわ」ルシンダはおいおい声をあげて泣いた。

ルシンダもわたしと同じような経験をしたってこと？

「何があったんだい？」マンディの声はやさしくなっていた。

「従順でいるのとはくらべものにならないけど、リスだって最低だったわ。三か月のあいだ、半分は寒くて濡れていたし、四六時中お腹をすかせてた。一晩ゆっくりと眠れたことなんてなかったわ。木のうろの中で丸まっているのはとても窮屈だったし。一度なんて、ワシにさらわれたのよ。ワシが嵐の中に飛びこんで、木の上でわたしのことを落としてくれなかったら助からなかった」

「じゃあ、従順だったときは?」

「わたしは、商人の八歳の娘になったの。子どもになるのが公平だと思ったのよ。わたしが従順の贈り物を授けたのは、いつも赤ん坊だったから。たぶん両親には悪気はないの。だけど、ひどい食べ物を食べろとか、眠くなる前にベッドに入れとか言うのよ。それに、どんなことにでも、ちがう意見は言わせてもらえないの。そこのお父さんはたとえ話を読んで聞かせるのが好きでね、わたしはひとこともらさず聞いてなきゃいけなかった。おまけに道徳について考えろと命令されて、頭の中まで従わされたわ……。しかも、そうした苦しみはすべて、わたしのことを愛してくれる人たちがもたらしたものなのよ! あの人たちに万一のことがあったら、わたしはどうなっていたのだろうと思うとぞっとするわ」

「もう二度と贈り物を授けたりしない?」

「決して。今までのものもすべて取り消せたらと思うわ」

姿を見せないと約束していたにもかかわらず、わたしはカーテンの後ろから出ていった。「なら、どうか、取り消して」

第二十六章　王子の舞踏会

ルシンダはぎょっとした。

わたしもぎょっとした。このひとはルシンダじゃない。それともルシンダなの？

大きな目は前と同じだけど、背の高さがちがう。この妖精は年とって腰が曲がっている。それに、つるつるだった肌はしわが寄り、鼻の横にはあざができていた。わたしは、魔法の力に守られていない、本物のルシンダを見ていた。

「マンディ、これはだれ？　人間にわたしをのぞき見させたのね！」ルシンダがしゃんと体を起こした瞬間、若く美しいルシンダがかいま見えた。それから、妖精はため息をついた。「どこかで見たことがあるわ。あなたもわたしの犠牲者なのね？」

今こそ、絶好のチャンスだ。本当だったら生まれたときから持っていたはずの自由を手に入れるチャンス。義理の家族から逃れ、シャーを取りもどすための絶好のチャンス。わたしは緊張のあまり、声が出せなかった。そして、ただこくんとうなずいた。

「わたしは何をしてしまったの、お嬢ちゃん?」ルシンダは答えを聞くのが恐ろしくてたまらないというように、消え入るような声でたずねた。

わたしは声を取りもどした。「わたしのことを従順にしたんです。それがどんなことだか、もうおわかりになったでしょう」

「ええ、そのとおりよ」

ルシンダはわたしの頬にふれた。わたしの胸は高鳴った。

「でも、助けてあげることはできない。もう、大きな魔法を使うのはやめたから」

「そんな!」わたしは必死になって頼んだ。「今度のは、すばらしい贈り物になります。今度は本当に感謝するわ」

「エラ……」マンディがいさめようとした。

「マンディ、どうかしら? 今回だけ」そう言いかけて、ルシンダは首を横に振った。うすくなったネズミ色の巻き毛が揺れた。「いいえ、やっぱりだめ。でももし、何か小さい魔法が必要なときがあれば、呼んでちょうだい。ただ『ルシンダ、助けにきて』と言えばいいから」ルシンダはわたしの額にキスをした。

「思い出したわ。あなたはアヨーサ語しか話せないのかと思っていた」

わたしはルシンダにとりすがった。今、どんな状況にいるかを話し、涙を流して訴えた。ルシンダはいっしょになって、わたしよりも激しく泣いたけれど、考えを変えることはなかった。わたしはマンディに、ルシンダを説得してくれるよう訴えたけれど、マンディも聞き入れなかった。

「できません、レディ」マンディは言った。「まず第一に、呪文をかけるのは大きな魔法です。でも、呪文を解くのも同じくらい大きな魔法なんです。そのせいでどんなことが起こるか、わからないんですよ」

「いいことしか起こりっこないわ。いいことだけよ」

「もう耐えられないわ」ルシンダは声をあげて泣いて、大げさに手をもみしぼった。「あなたが苦しんでいるのを見ていられない。さようなら、お嬢ちゃん」ルシンダは消えた。

わたしはマンディの部屋から飛びだすと、まっすぐ図書室へいった。ひとりになれるところへ、だれかに掃除をさせられたり、縫いものをさせられたり、何か言われたりしそうもない場所へ。

もうこれで、宮廷の舞踏会にいくことはできない。ハティとオリーヴは、オルガママといくだろう。ふたりはシャーと自由に踊ることができる。フレルの若い娘は、みんな踊ることができるんだから。そのなかのだれかひとりが、シャーの心を射とめるだろう。シャーはやさしい人だもの、きっとだれか愛する人を見つけるにちがいない。

でもわたしは、町でシャーを見かけることができるだけでも、運がいいと思わなくちゃならない。シャーはきっとわたしに気づかない。汚い召使いのかっこうをした子がわたしだなんて、遠くからじゃわからない。でも、わたしの顔が見えるほどシャーが近くに来ることは二度とないのだから。

舞踏会にはいけないのに、舞踏会から逃れることもできなかった。ハティとオルガママは、朝から晩までそのことばかり話していたし、オリーヴでさえ、何を着ていこうか悩むくらいの関心はもっていた。

「金の糸で縫ってちょうだい」オリーヴはメイドに指示した。「わたしだって、ハティくらいには見えるでしょ?」

わたしだって、あのふたりくらいには見えるわ!

わたしはすさまじい怒りのなかで、料理をし、掃除をし、ふたりの世話をした。マンディとは二週間、口をきかなかった。台所には、わたしが鍋やフライパンをガシャンと置く音だけが響いた。

その考えが浮かんだのは、そのあとだった。どうしていっちゃいけないわけ? シャーにわたしが来ていることを知らせる必要はない。みんな、少なくとも最初は仮面をつけている。ほとんどの人はシャーに自分の美しさを見せつけるために、すぐ外すだろうけど。でも、わたしは外さなければいい。わたしはシャーを見るけれど、シャーはわたしを見ない。

わたしだとわからなければ、どんな危険があるというの? わたしは決心した。シャーの姿をこの目に焼きつけてこよう。もしうまく近づくことができたら、シャーの声でこの耳も満たそう。もしだれかにきかれても、わたしはエラではない。何か新しい名前を考えるわ。シャーと同じ場所にいられれば、それでいい。ほかには何も望まない。

ハティとオリーヴとオルガママには、気をつけなくては。仮面をつけて、優雅なドレスをまとっていれば、わたしだとわからないだろうけど、あの三人、特にハティには近づかないほうがいいだろう。

わたしはマンディと仲直りし、計画を話した。

マンディは、わたしが冒そうとしている危険については何も言わずに、ひとことだけ言った。「どうしてまた、わざわざ傷つきにいくんです?」

今だって、わたしの心は傷ついていた。シャーの姿を見れば、傷は癒される。でもシャーから離れれば、きっとまた傷つく。舞踏会は三回ある。わたしの心は三回切り刻まれることになるだろう。

いつの間にか、お母さまのドレスが着られるくらい背が伸びていた。マンディはいちばんいいものを三枚選び、今の流行に合うように手直ししてくれた。おまけに、後ろに長くひきずる優雅なトレーンまでつけてあった。小さな魔法ですよ、とマンディは言った。それから、お父さまの結婚式でつけた仮面も探してきてくれた。ふちに小さな白いビーズのついた白い仮面だった。

舞踏会の日が近づいてくると、もうシャーと舞踏会のことしか考えられなかった。忘れるときがあるとすれば、寝ているときくらい。目が覚めれば、輝くばかりに美しい自分が宮廷の階段をのぼっていく姿を想像した。わたしが遅れて入っていくと、すでに宮廷中の人が集まっている。年とった召使いがつぶやく。「とうとうわが殿下にふさわしい乙女が来た」人びとはぱっと振り返り、わたしを見つめ、うらやましさとあこがれの入りまじったため息が、さざなみのように広がっていく。そしてシャーがかけ寄ってきて……。

ううん、シャーに見られるわけにはいかない。年とった召使いは認めてくれるかもしれないけど、ほかの人には気づかれないようにそっと入っていかなければならない。中に入ったら、近くにいる紳士たちが、次々ダンスを申しこむかもしれない。そうしたら、その申しこみを受けよう。ダンスのステップが、わたしをシャーのもとへ運んでいく。シャーはわたしを見て、いったいだれかといぶかしがる。ダンスが終わると、シャーはわたしを探すけれど、わたしの姿はどこにもない。そして次にシャーが見たときには、わたしはまた別の人の腕の中だ。だれか知らない人にほほえむわたしを見て、シャーの心はうずく。そしてシャーは……。

バカバカしい夢物語だった。わたしはシャーを見るけれど、シャーの目にわたしの姿は映らないのに。彼がだれかほかの女性と恋に落ちるのを見ることになるだけなのに。

夜になると、シャーの姿か、何かシャーの書いたものがあるかもしれないと思って、魔法の本を開いた。でも、出てきたのは、アヨーサ語の文章だった。アレイダの日記だ。わたしは夢中になって読んだ。

うちの宿屋が、こんなに大切なお客さまをお迎えしたのは初めてのことです。昨日の夜、シャーモント王子と騎士たちがここに泊まったのです！　お母さまは緊張のあまり、お辞儀をしたときにテーブルにぶつかってしまいました。テーブルは引っくり返って、エネーぺおばさまの花びんが粉々に砕け散りました。お母さまも、お父さまも、わたしも、オロも、ウフリムも、イスティも、エッティムまで、みんなかがみこんで、殿下がとがったものでケガをなさらないように、かけらを拾い集めました。それだけの大人数が床にかがみこんでいたので、わたしはだれかの肩にぶつかってしまいました。あやまろうとして振り向くと、目の前にあったのは殿下の顔でした。わたしたちといっしょに、手足を床についてかけらを拾ってくださっていたのです！

殿下は、花びんを弁償すると言い張りました。もし自分が来なかったら、こんなことにはならなかったのだからとおっしゃるのです。それから、わたしに、ぶつかったことまで、謝ってくださいました！　わたしは返事ができませんでした。言葉が出てこなかったのです。わたしはただうなずいて、ほほえみました。

どうか礼儀を知らない田舎娘だとお思いになっていませんように。

夕食にエールをお持ちしたとき、今度こそ殿下に話しかけることができました。ただ印象をよくしたいと思っただけではなくて、本当におききしたいことがあったからです。わたしは、フィニシング・スクールにいたときエラが逃げだしたことをお話しし、エラが無事かどうかたずねました。

エラの名前を口に出すと、騎士のひとりが大きな声で言いました。「オグル使いの姫か。あれからどうなされたんだろう?」

殿下は、わたしが質問してからずっと黙りこくっておいででした。わたしは、殿下を怒らせてしまったのではないかと不安になりました。でも、次に口を開かれたときは、怒っていらっしゃるようではありませんでした。彼女の友人なのですか? 殿下はたずねました。「彼女のことが好きですか?」わたしは、エラは今までいちばんの親友だと申しあげました。殿下がまた黙りこんだので、エラは亡くなったと言われるのではないかと、こわくなりました。でも、やっと殿下は、エラは元気だと思う、今ごろはお金持ちの紳士と結婚しているだろう、とお答えになりました。それから、「彼女は幸せだと思いますよ。お金持ちなら、彼女は幸せですから」とおっしゃいました。

わたしは思わず言っていました。「エラはお金持ちかどうかなんて、気にするような子じゃありません」それから、はっとしました。殿下に口ごたえをするなんて!

「どうしてわかるのですか?」と殿下はたずねました。

わたしはこう答えました。「学校ではみんな、わたしが裕福ではなくて、アヨーサなまりで話すという理由でわたしを嫌いました。エラだけがやさしくしてくれたんです」

「では、きっと変わってしまったんだ」

「そんなことはありえないと思います、殿下」二回も口ごたえしてしまった！

これでぜんぶです。わたしは一生忘れないでしょう。お話しする前もあとも、わたしはその夜ずっと殿下のことを見ていました。お話しする前は、よくおしゃべりになり、家来たちと冗談を言い合っておられました。でもそのあとは、ひとこともしゃべられませんでした。

エラが結婚したなんて！　そんなことあるかしら？　もう一度、エラに会いたい。

わたしもアレイダに会いたい。アレイダがわたしをかばってくれたときのシャーの顔が見たい。でも魔法の本には、アレイダの日記のほかはなんの絵もなかった。

十二月十二日、一回目の舞踏会の日だった。朝は晴れていい天気だったのに、昼ごろから雲が出はじめ、身を切るような冷たい風が吹きはじめた。

わたしのドレスは、マンディの洋服ダンスの中にかかっていた。シャーとわたしが見つけたガラスの靴は、旅行カバンの奥深くにしっかりしまわれている。靴はペチコートの下に隠れるから、シャーが見て気がつくことはないだろう。

ハティの準備は朝食の直後からはじまり、延々とつづいた。

「まだゆるいわ、エラ。もっと引っぱりなさい」

「これでいい？」わたしの指には、ハティのコルセットの締めひもの跡が、赤と白の縞模様になって残っていた。窒息したって、わたしのせいじゃないから！

「どれどれ」ハティは鏡の中の自分に向かってお辞儀をすると、顔をあげた。ゼイゼイしながら、笑顔を作っている。「殿下、わたくしのことを忘れたなんておっしゃったら、わたくし、胸が張り裂けてしまいますわ」ハティは自分に向かって甘くささやいた。「すてきでしょう、エラ？　あなたもわたしみたいになって、舞踏会へ行きたいと思わない？」

「すてき。魅力的。ええ、行きたいと思うわ」なんでもいいから、早くいってよ。

「きっと真珠をつけたら、もっと髪が引き立ってきれいに見えるわ。いい子だから、取ってきて」

それからさらに二時間、オルガママが三回も呼びにきて、置いていきますよと脅してからようやく、ハティはこれで完璧だわと言って、出かけていった。

やっと、わたしがお風呂に入って着がえる番になった。わたしは、いつも使っている台所用石鹸のかわりに、ハティがしまいこんでいるバスオイルと香りのついた石けんを失敬し、マンディはふわふわのタオルと上等のブラシを出してくれた。

「今夜は、おつきの女官になりますよ」マンディはお風呂に湯気の出ているお湯を注いでくれた。

おつきの女官が名づけ親の妖精の場合、お湯でやけどしたり、お湯がさめてしまうことはない。体中ぴかぴかになって、しかもお湯は決して汚れないのだ。

わたしは一年分の灰も、垢も、オルガママの命令も、ハティの言いつけも、オリーヴの要求も、すべて洗い落とした。お風呂からあがって、マンディが用意して待っていてくれたドレスにそでを通すと、わたしはもう皿洗いではなく、シャーの舞踏会にいくのにふさわしいレディになっていた。

ドレスは春めいた緑色で、濃い緑の葉とふっくらとした黄色いつぼみが刺繍されていた。マンディの腕はたしかだった。最新の流行に合わせて腰のところがきゅっと細くなり、後ろに引きずっているすそは六十センチもあった。鏡の中で、マンディがお辞儀をした。

「すてきですよ、レディ」

マンディは涙を浮かべているように見えた。わたしはマンディに抱きついた。マンディはぎゅっと抱きしめてくれた。焼きたてのパンの甘い香りが胸に充ち満ちた。

それから鏡に向き直り、わたしは仮面をつけた。目のところに小さな穴が開いているほかは、額の大部分と頬が半分、仮面の下に隠れる。顔が半分隠れると、口もいつもとちがって見え、わたしにさえまるで見知らぬ人の口のように感じられた。変身は完璧だった。仮面をつけたわたしはエラではなかった。

とはいえ、ドレスは完璧とは言えなかった。わたしには宝石がなかった。胸もとがさびしいけれど、しかたがない。舞踏会一優雅じゃなきゃいけないわけではないし、シャーに会えればいいのだから。

ところが、玄関まで駆け下りていくと、氷のように冷たい雨がザアザア降っていた。お城まで四百メートルほどあるのに。歩いていったら、ずぶ濡れになってしまう。宝石がなくても舞踏会にはいけるけれど、濡れネズミになってブルブル震えながらいくわけにはいかない。

「マンディ！　どうしよう？」

「残念だけど、これじゃ、やめるしかないですよ」

舞踏会はあと二回あるし、明日になれば、きっとみぞれもやむだろう。でも、やまないかもしれないし、今夜はもういくつもりになっていたのに。

「何か小さい魔法はないの？　妖精の傘でもなんでもいいから、雨をよけてくれるようなものは？」

「ないですよ。それは小さな魔法じゃないんです」

たかが天気のせいで、シャーに会えなくなるなんて。マンディが雨を降らせたわけではないけれど、雨をやませることはできるはずなのに。

「マンディが正真正銘の妖精だったらよかったわ。何をするにもいちいちこわがったりしないようなね！」

そのとき、とんでもないことを思いついた。そして、よく考えもせずにすぐさま実行に移した。ルシンダが教えてくれた言葉を口にしたのだ。「ルシンダ、助けにきて」わたしが濡れないようにするのを大きな魔法だと思わない人がいるとすれば、ルシンダだわ。

「エラ！」マンディはとめようとした。「やめなさ……」

マンディの命令は間に合わなかった。ルシンダが、わたしたちのあいだに立っていた。ルシンダはまだ年とって見えたけれど、前に会ったときより背筋がしゃんとして、しわもずいぶん消えていた。

「かわいい子。わたしの助けがほしいのね」ルシンダがにっこりすると、若いルシンダがちらりとのぞいた。

「そんなに大きな魔法でないかぎり、わたしにできることをしてあげるわ」

わたしは説明した。

「舞踏会に？　そんなかっこうで？　いいえ、だめよ」ルシンダはポンとわたしの首にふれた。すると、フィニシング・スクールの特訓の成果をすべてつぎこんでようやく頭をまっすぐにしていられるような、ずっしり重い宝石が首にぶらさがっていた。

マンディが鼻をフンと鳴らした。

「小さい魔法にしては、ちょっと大げさかもね」

ルシンダは認めた。すると、首の重みがなくなり、かわりに靴と同じガラスでできた白いユリのついた細い銀のペンダントが現れた。頭にかすかな重みを感じたので、手に取ってみると、同じユリの花輪の形をしたティアラだった。

「きれいだわ」

ルシンダは、ちゃんとティアラを髪につけ直してくれた。「さあ、あとは馬車ね。これは、そんなに面倒でないはずよ」

「馬車を出すのが小さい魔法だなんて、どうして言えるんだい?」マンディが強い口調で言った。「それに、馬に、御者に、従者。人間と動物なんて！　もう忘れたんじゃないだろうね?」

「いいえ、忘れていないわ。何も空中から取りだそうってわけじゃないの。実際にあるものから作るのよ。それだったら、あなたもぶつくさ言ったりしないでしょう、ねえマンディ」

マンディはフンとうなった。わたしはそれが賛成の意味じゃないのを知っていたけれど、ルシンダは能天気にしゃべりつづけた。

「さっきフレルで、カボチャをいっぱいのせた巨人の荷馬車を見たわ。オレンジ色の馬車も、きっとすてきよ」

ゴロゴロゴロという音が聞こえてきた。向こうのほうから、まわりの雨にくらべても一段と暗い、大きな物体が現れ、みるみるうちにさらに大きくなった。二十メートルもあるカボチャがこちらへ転がってきて、屋敷の前でぴたりと止まった。

わたしはルシンダを見た。ルシンダは呪文を唱えたり、杖を振ったりしなかった。一瞬、視線を動かしただけ。外のものではなくて、中にあるものを見つめているように見えた。そして、わたしに向かってウインクをした。

「見てごらんなさいな」

カボチャは、キラキラと輝く馬車に変わっていた。扉には真ちゅうの取っ手がついていて、窓からレースのカーテンがのぞいている。

「ネズミなら、太った馬にはぴったりね」ルシンダは言った。

六匹のまるまると太った茶色のネズミが、広間のタイルの上を走ってきた。ネズミがふっと消えたかと思うと、次の瞬間、馬車の前に六頭の馬が現れた。さらに、白ネズミが御者になり、六匹のトカゲが従者に変えられた。

「すてき！　ありがとう」

ルシンダはうれしそうに顔を輝かせた。

マンディがにらみつけた。「こんなことして、何が起こるかわからないよ、この考えなし！」

「何が起こるって言うの？　安全な方法で作ったのよ。さあエラ、早く舞踏会へいきなさい。真夜中になると、馬車はカボチャにもどって、動物たちもまた次の舞踏会まで元の姿にもどってしまいますからね。ティアラとペンダントも消えてしまうわ」

シャーといられるのは三時間しかない。でも、それでじゅうぶんだと思わなくちゃ。

「ああ、舞踏会にいくなんて、若いってすばらしいわ！」そう言い残して、ルシンダは消えた。

すばらしい！　ええそうよ。シャーに会いにいくんだから。これ以上のことはないわ。

「いってくるわ、マンディ」わたしは言った。

「待ちなさい」マンディは台所へ走っていった。

わたしはイライラしながら、外を見た。すると、馬車の扉からオレンジ色のじゅうたんがひとりでにくるくると転がりながら、屋敷の玄関まで伸びてきた。これ以上待っていたら、じゅうたんは濡れて役に立たなくなってしまう。すると、マンディが傘を持ってもどってきた。頑固なくらい平凡な真っ黒い傘で、骨が二本曲がっていた。

「これをお使い。後悔するようなことにならないことを、祈ってますよ。抱きしめるのはやめておきましょう、ドレスがめちゃめちゃになってしまうからね」マンディはわたしにキスをした。「さあ、もうおいき」

わたしはじゅうたんの上へ足を踏みだし、傘をかかげた。御者が御者台から飛びおりると、馬車の扉をさっと開けた。

第二十七章 バストの町のレラ

馬車がお城に着くと、同じように遅れてきた招待客が、ほかにもちらほらといた。馬車を降りる前に、わたしは仮面がしっかりとまっているかどうかたしかめた。

前にここに来たのは、生まれて一週間後に陛下にお目見えしたときで、そのとき以来、足を踏み入れたことはない。広間の天井の高さは、オルガママの屋敷の二倍はあった。どの壁にも、狩猟や宮廷や田園の風景を描いたタペストリーがかけられ、壁に沿って左右に大理石の柱がずらりと並び、広間のはしまでつづいている。わたしはぽかんと見とれないように気をつけた。今に、窓の数を数えだしそうだった。

「お嬢さん……」若い貴族がワインの入ったグラスを差しだした。召使いでないというのは、気持ちのいいことだった。「殿下がお客さまをお迎えしていますよ。あそこの列です」

彼は列をなしている宮廷の人びとのほうを示した。ほとんどが女性だ。列は、巨大な両開きの扉から広間のはるか向こうに小さく見える王子まで、うねうねとつづいている。ほとんどの女性はすでに仮面を外していて、シャーに美しい目もとや完璧な鼻が見えるようにしていた。

「みなさん、この場で殿下に結婚を申しこまれようと狙ってらっしゃる」そう言って、貴族はお辞儀をした。「わたしと踊って、お嬢さん。列はまだまだですよ」

命令だ。王子のそばで楽団が演奏していた。十人くらいの人が踊っている。「喜んで」わたしは、ふだんよりも声を少し低くして言った。

わたしの目は、すぐにダンスの相手から離れてさまよった。シャーはひとりひとりにほほえみ、お辞儀をし、うなずき、話しかけていた。一度、シャーが笑った。彼を笑わせるのは、わたしの役目だったのに。笑わせたのは、中くらいの背のほっそりとした、波うつブロンドを腰まで伸ばした女性だった。仮面は外していたけれど、背中を向けていたので、顔は見えなかった。

ハティとオリーヴとオルガママは、列にはいなかった。おおかた、どこかで食べているのだろう。でも、ハティはきっとすぐにもどってくる。シャーがいるかぎり、長いあいだこの部屋を離れるはずはない。

ダンスが終わると、時計が九時四十五分を打った。

「ありがとうございます」わたしは言った。

「今夜は、われわれ男性の出る幕はないでしょうね」彼は離れていった。

あと二時間ちょっとしか残っていない。わたしは広間のはしに置いてある椅子のほうへいき、精いっぱいシャーに近づいた。三人の紳士にダンスを申しこまれたけれど、どれも断った。わたしは全身を目にして、仮面の下からひたすらシャーを見つめた。耳はいらなかった。シャーの声を聞くには離れすぎていた。言葉もいらなかった。話すには遠すぎた。考える必要もなかった。それはあとにとっておくから。

シャーが首を傾げた。わたしは、彼の首筋の髪が好きだった。シャーが唇を動かした。わたしは、絶えず形を変える唇に見とれた。シャーが握手をした。わたしは彼の指をいとおしく思った。

一度、あんまり見つめてしまったからだろう、シャーがふとこちらへ視線を向けた。あわてて目をそらすと、列のほんの数メートル向こうで、ハティがうろうろしているのが見えた。唇をひきつらせて、つくり笑いを浮かべている。

シャーは最後の女性に話しかけた――ううん、最後から二番目よ。シャーに姿を見せないというわたしの決意は、もろくもくずれ去った。最後はわたし。わたしは立ちあがって、ハティがすっ飛んでくる前に急いでシャーの前にいった。

わたしは膝を曲げてお辞儀をした。シャーはお辞儀を返した。ふたりが頭を上げると、わたしは、自分の背が伸びて、シャーとの差が縮まったのに気づいた。

「お名前は、レディ?」シャーは礼儀正しい笑みを浮かべてたずねた。

なかなか声が出ない。「レラです」

わたしたちは黙った。

「フレルに住んでいらっしゃるのですか、レディ・レラ?」

「バストです、殿下」わたしはエルフの森の近くにある町の名前をあげた。

シャーの視線はわたしを通りすぎ、次へ移ろうとしていた。「舞踏会とフレルの町を楽しんでいってください」

　このままシャーをいかせることはできなかった。「アベンサ　オフド。イッセニ　イミ　エセット　ゥウレブ　アモウファ」わたしは、わざと強いキリアなまりを残して言った。

「アヨーサ語を話されるのですね！」シャーの関心をとらえた。

「上手ではありませんけど。叔父がアヨーサ出身なのです。叔父は歌い手で、森さえ聞きほれるような声の持ち主ですの」

　シャーのほほえみは本物になっていた。「彼らの歌が懐かしい。国に帰るのがうれしかったのに、今はアヨーサのすべてが懐かしいのです」

　わたしはアレイダの好きだった歌を少しハミングした。家族が飢えている農夫の悲しい歌だった。シャーもいっしょに、低い声で歌った。まわりにいた人たちが振り返った。ハティのつくり笑いが凍りつき、こわい顔でこちらをにらみつけた。

　歌い終わると、シャーはもう一度お辞儀をした。「踊っていただけませんか？」

　大勢のなかで、シャーはわたしを選んだ！　わたしは膝を曲げ、シャーはわたしの手を取った。

　わたしたちの手は、お互いを覚えていた。シャーは驚いた顔で、わたしを見た。「どこかでお会いしたことがありましたか、レディ？」

「わたしは一度もバストを離れたことはありません。ずっとフレルをこの目で見たいと思っていました」

　シャーはうなずいた。

　時計が十一時を打った。

ダンスはガヴォットで、話すには活気がありすぎた。でも、速い動きは、押し寄せる感情からいっときわたしを解放してくれた。わたしたちはぴったりと息のあったステップで、広間を飛ぶように踊った。シャーがほほえむ。わたしも幸せいっぱいで笑みを返す。そして、わたしたちは離れた。次から次へと束の間のパートナーと腕をからませる。公爵、伯爵、騎士……そして、またシャーへ。ちょうど一周して、ダンスは終わった。

「ガヴォットは大好きだわ」わたしは言って、仮面がまだきちんと元の場所にあるかどうかたしかめた。「早くて、勢いがよくって、飛ぶようだもの」わたしったら、なんてバカなことを言っているの？

「階段の手すりと同じです、同じ感じだ」シャーは言った。「すべるのはお好きですか？」

シャーの声には熱がこもっていた。

階段の手すり！　まさかわたしだと疑っているの？　わたしは無理やりため息をついた。「いいえ、殿下。わたしは高いところが苦手ですの」

「そうですか」よそよそしい感じがもどってきた。

「殿下は？」

「何ですか？」

「手すりをすべるのがお好きですか？」

「ええ、そうなんです。昔のことですが」

「わたしもやってみたいわ。高いところがこわいのは、本当に困りますの」

シャーはうなずいた。思いやりはあったけれど、気持ちは離れていた。このままでは、シャーはいってしまう。

「そう、特に、」わたしは言った。「どんどん背が高くなると」

シャーは目を見開いた。それから、驚いてうれしそうに笑いだした。こんなにわたしらしく振舞うなんてどうかしてる！　時計が十一時半を打った。

シャーははっとした。「十一時半！　ほかの人たちのことをすっかり忘れていた！」シャーはまた、礼儀正しい主人役へもどった。「次の間に、軽い食べ物を用意しています。もし、お召しあがりになりたければ、どうぞ」シャーはアーチのほうをさし示した。「またあとで、あなたを探しにきます」

もう一度わたしに会いたがってる！　わたしって言っても、レラだけれど。

わたしは急いで広間を出た。外に出ると、みぞれはやんでいた。カボチャの馬車は、黒い馬車が並んでいるなかでひときわ目立っている。わたしは馬車に乗りこんだ。家へ着くと、御者はわたしに手を貸し、また御者台へのぼるとムチをピシリと鳴らした。馬たちは走り去った。


翌朝、ハティはみんなが朝食をとっているあいだ、わたしを小さな椅子に座らせて、舞踏会で自分がどのくらいシャーと踊ったか、ベラベラ話しつづけた。

「殿下はわたしと踊ったのよ」ブルーベリーマフィンのせいで歯が紫色になっている。「そのあとわたしといっしょにすごされなかったのは、殿下が礼儀正しいからだわ」

「いつ払ってくれるの？」オリーヴが言った。

「払わなくちゃいけないわけ？　殿下と踊れたのにうれしくないの？」

「殿下がわたしのせいでほかの人と踊れなかったら、一回につき三枚硬貨をくれるって言ったじゃない。だから払ってよ……」オリーヴは考えた。「硬貨八枚よ」

「何回、殿下と踊ったの？」わたしはきいた。

「三回よ。四回申しこんだんだけど、四回目は、ほかのお客さまのお相手もしないとなりませんからって言われたの」


次の舞踏会では、もうシャーには近づかないと誓った。危険すぎる。

その夜は晴れていたけれど、ルシンダは馬車を用意してくれた。今夜のティアラとペンダントは、ピンク色のバラだった。ドレスは銀色に輝くブルーで、ペチコートは淡い紫。今夜は、接見の列はなかった。わたしはダンスがよく見えて、ほかの人からは見えにくい席を探し、石の鉢に植わった巨大なシダの陰になっている奥まった場所に座った。

わたしはシャーのダンスの相手をじろじろとながめて、品さだめした。本当は恋敵たちを恨む権利がないことくらいわかってはいた。シャーは昨日の夜、彼を笑わせたブロンドの女性と三回踊った。彼女は仮面をつけていなくて、きれいだった。シャーを彼女に渡すなんていや。

時計が十時半を打った。あっという間に十一時になってしまう。わたしは仮面がちゃんと留まっているかたしかめると、シダの陰から出て、ダンスを眺めている人たちの中に入っていった。

シャーはわたしに気づいた。シャーは、ダンスの相手の肩越しに、「そこで待っていて」と口を動かした。

わたしは根が生えたように動けなくなった。地震が起きたって動けない。時計が十時四十五分を打った。

そして十一時。もし時計が世界の終わりを告げたとしても、わたしはここに立ちつづけていたにちがいない。

最後の演奏が終わり、シャーがこちらへやってきた。

「踊っていただけますか?」シャーは言った。「探していたんです」

時間はある? わたしはシャーの腕につかまり、ゆったりとしたサラバンドのダンスの輪へ入っていった。

「ずっといましたわ。あなたのことを見ていました」

「何を見ましたか?」

「舞踏会を心から楽しんでいない、すばらしい主人役を」ブロンドの美人と踊っていたときは別だけど。

「そんなにあからさまですか?」

「わたしには」

シャーは話題を変えた。「明日もいらっしゃいますか? 父上にアヨーサの歌を披露するように言われたのです」

「いつごろお歌いになるのですか?」お願いだから、真夜中より前であって!

「少し遅くなってから」シャーはにやりと笑った。「運がよければ、たくさんの人がすでに帰ったあとでしょうから。自分たちの将来の君主が恥をかくところを見る必要はありませんからね」

「恥をかくなんてありえませんわ。アヨーサでお習いになったんですから。何を歌われるおつもりなんですか?」

「帰国の歌です」シャーはわたしの耳もとで歌った。

カシの木、みかげ石
道ばたのユリよ
わたしを覚えているか?
わたしは覚えている
かすれた雲よ
クローバーの生えた丘よ
わたしを覚えている?
妹や子供たちも
背が伸びた
わたしを覚えているか?
わたしは覚えている

ダンスが終わり、シャーは足を止めた。「もっとあるのです。あなたに聞いてほしい。いいですか?」明日の夜は遅くまでいよう。ルシンダの贈り物がなくても、なんとか家までたどりついてみせる、たとえ泳ぐことになったって! 「ええ、喜んで。でも今夜は帰らなければなりません。十二時までに帰るよう言われていますので」真夜中まで、あとどのくらいだろう? 宝石が急に消えたら、シャーは変に思うにちがいない！

「ああ、もっと……いえ、すみません。そういうわけにはいきませんね……」シャーはお辞儀をした。

わたしもひざを曲げてお辞儀を返した。

「また明日、殿下」

「最後にもうひとつ」シャーはわたしの手をとった。「シャーと呼んでください」

第二十八章
仮面の下のエラ

わたしは帰りの馬車の中で、自分のことを責めて責めて責めつづけた。けれど、うれしさが湧きあがってくるのも、抑えることはできなかった。部屋にもどると、さっそく魔法の本を開いた。なんでもいいから、舞踏会かシャーのことがわかるものが見たい。何もなかった。けれども次の朝、もう一度開いてみると、昨日の夜シャーが書いた日記が出てきた。

なんてすごいんだ！　ぞっとする。彼女——ハティ——は、レラがわたしのもとを去ったとたん、駆け寄ってきた。「男の方の気をひくためなら、どんなことでもやる女がいますわ。興味をひくために仮面をつけるだなんて、わたしなら、耐えられませんもの」

彼女は、仮面の下に何が隠されているかわからない、と言った。醜さ、年齢、おたずね者として知れ渡った顔。「わたしが君主だったら、仮面をとるよう命じますわ」

もう少しで「もしあなたが君主だったら、キリア中の人があなたに仮面をかぶせたがるでしょうね」と口の先から出かかった。

たしかに、ぼくもどうしてレラが顔を隠しているのか不思議に思ってはいる。でも、もしかしたらバストの習慣なのかもしれない。もし彼女がおたずね者なら、宮廷に来るとは勇敢だ。おそらく彼女は美しくないのだろう。キズがあるとか、片方のまぶたが垂れ下がっているとか、鼻に紫色のあざがあるとか。

そんなことはどうでもいい。退屈なだけだと思っていた舞踏会で、友人を見つけることができたのだから。

~~エラ~~レラは、友情以上のものを望んでいるのだろうか。ぼくは、どうしてこの名前を書いてしまったのだろう?

彼女も、ほかの女性と同じように王子と結婚したくて、この舞踏会に来ているのだろうか?(ぼくはどんな人間であれ、いちおう王子だから)

正直に言おう。ぼくは彼女の顔が見たい。

ページをめくると、オリーヴからハティへの請求書があった。

お姉さまは6KJの借金あります。お姉さまが食べているあいだ、わたしは伝下と二回おどりました。はらってください。

昼過ぎにわたしは屋敷を抜け出して、動物園の近くにある温室へいった。そしてヒナギクを摘んで、ルシンダのティアラの代わりにする花輪を編んだ。真夜中が過ぎても舞踏会にいるのなら、ルシンダの宝石をつけていくわけにはいかない。

最後の舞踏会に着ていくドレスは、わたしがいちばん気に入っているものだった。真っ白で、深く開いたえりぐりはレースで縁どられている。スカートは前でふたつに分かれ、あいだからレースのひだ飾りが三段ついたペチコートがのぞいていた。後ろは大きなリボンで結ばれ、そのまま優雅なトレーンの上に長くたれている。

わたしが鏡を見て、髪に花輪をつけはじめると、マンディがとめた。

「もっといいものがありますよ」マンディはうす紙の包みをふたつ渡した。「開けてごらん」

銀の葉で編んだティアラと、ラピスラズリでできたアスターの花のさがった銀のペンダントだった。

「ああ、マンディ!」

「市場で買ったんですよ。これなら、真夜中になっても消えませんよ」マンディはわたしの髪にティアラをのせ、首のまわりにペンダントをつけてくれた。「あなたがつけると、とてもきれいに見えますよ」

わたしは鏡をのぞきこんだ。マンディの選んだものには、ルシンダの作りだしたものにはない何かがあった。わたしのドレスに、そしてわたしにぴったりと合っていた。

シャーは、宮廷の玄関でわたしを待ちかまえていた。馬車が宮廷の前につくと、シャーは駆け寄ってきて、御者よりも早くわたしが馬車から降りるのに手を貸してくれた。時計が八時半を打った。最後の舞踏会がはじまった。

「とてもすてきです」シャーはお辞儀しながら言った。

わたしはシャーの気高い態度に胸がいっぱいになった。本当はわたしのことを醜いと思っているのに。中に入りながら、シャーが言った。「あなたの馬車はおもしろい色ですね」

「バストではよくある色なんです」もしシャーがバストのことをよく知っていたら、面倒なことになるところだった。本当にオレンジ色の馬車がよくあるんじゃない限り。

シャーはわたしの腕をとった。「こんど、会いにいってもよろしいですか？」

「バストの人たちが光栄に思いますわ」

「あなたは？」

「もちろん、わたしもです」

「わたしがあなたのご家族にお会いするなら、あなたもわたしの家族に会ってくださらなければなりません」

「いつか、喜んで」

「今がいいと思いませんか。両親は近くにいるし、あなたもここにいる」

「今？　ジェロルド陛下に？」

シャーはクスクス笑った。「そうですよ、わたしの父上ですからね」

「でも……」

「父上はオグル以外には、とてもやさしいですよ。心配することはありません」

わたしたちが入っていくと、王は立ちあがった。わたしはお辞儀をしながら、顔から火が出そうになった。仮面をつけたまま王の前に出るなんて、あまりにも無礼だった。顔をあげると、王は満面の笑みを浮かべてシャーを見ていた。ダリア王妃もにこにことほほえんでいる。何度か両陛下を見たことはあったけれど、こんなに近くで会ったのは初めてだった。王妃は、にこにことした笑顔がよくにあう、まるい顔をしていらっしゃる。シャーは父親似だった。でもシャーのほうが、やさしい顔つきをしている。王の顔は黙っているときは近寄りがたかったけれど、今は喜びに溢れていた。

「母上、父上、わたしの新しい友人、レディ・レラを紹介いたします。馬車がオレンジ色をしている、バストからいらっしゃいました」

「レディ・レラ」ジェロルド王はわたしの手をとった。今まで聞いたこともないほど、よく響く深みのある声だった。「フレルへようこそ」

「よくいらっしゃいました」ダリア王妃はわたしを抱きしめた。「息子の愛する女性に会うのを、ずっと楽しみにしておりましたのよ」

「愛するなんて。その、もちろん好きですが」

王妃の肩越しに、シャーがおかしいくらい困りはてているのが見えた。

ダリア王妃はわたしを立たせると、わたしの顔をじっと見た。「仮面の上からではわかりませんけれど、あなたはわたくしが大好きだった女性を思い出させます。あんなに遊び心のある方は、ほかにいなかったわ」それから、わたしだけに聞こえる声で付け加えた。「もしあなたが彼女に似ているなら、シャーには選ぶ目があるということね」

そして、王妃はわたしを離した。わたしは後ろへ下がった。うろたえていた。王妃が言ったのは、お母さまのことにちがいないから。

「レディ・レラは、わたしが、だれにでも礼儀正しく、よそよそしく振舞っているわけではないという証拠です」シャーが言った。

「たしかにすばらしい証拠だ」ジェロルド王が答えた。「もっと証拠をお連れしなさい。そうすれば納得するから」王はわたしの仮面を見て、眉をひそめた。

「そろそろ、ほかのお客さまのところへもどらなければ」シャーはあわてて言った。

部屋を出るとき、ダリア王妃が「バストでオレンジ色の馬車を見た覚えはないけれど」と言っているのが聞こえた。

広間にもどると、シャーは、あとでいっしょに踊ってください、と言った。「今しばらくは、礼儀正しく、よそよそしく振舞ってこないとなりませんからね」

シャーにいってほしくなかった。シャーと過ごす最後の貴重な夜を、一秒たりとも失いたくない。けれども、わたしはうなずき、シャーは去っていった。

わたしは、ダンスを眺め、ダンスの申しこみを断りつづけた。

「レディ……」気がつくと、ハティがつくり笑いを浮かべながら、前に立っていた。「あなたがおひとりのときにお話ししたかったんです。わたしは、レディ・ハティ。オルガ准男夫人の娘です」

レラにハティを嫌う理由はない。「またフレルの方とお近づきになれて、うれしいですわ」

「シャーモントが、あなたはバストからいらしたと言っていました」

シャーをシャーモントと呼ぶ人はいないはずだけど。

ハティは、わたしの家族やら暮らしむきのことをあれこれ聞きだそうとしはじめた。あまりにしつこいので、とうとうわたしは、「この国では、お客に尋問するのが習慣ですの？」と言った。

「すみません。でも、王室に関係する者は、慎重にならないといけませんから。おわかりでしょ？　シャーモントとわたしのあいだには、取り決めがあるんです。わたしたち、密かに婚約していますの」

頭がおかしくなったの？　そんなでたらめを言うなんて！

「彼を守るために、お願いしなくてはなりませんわ。仮面をお外しくださいな。わたしには、その下にあるお顔を拝見する義務がありますから」

命令でなくてお願いで助かったわ！「お願いなさるのは自由ですけれども、承知するわけにはまいりませんわ。失礼します、レディ・ハティ」わたしはハティに背を向けて、歩きだした。

「レラ！　そこにいたんだ！」

シャーがもどってきた。「さあ、踊ろう。あなたの王子の命令です。これからあとは、ずっとあなたとすごしたい」シャーは、数メートル先に立っていたハティに向かってお辞儀をした。「失礼」

わたしも、ハティの怒りに快感を覚えながらお辞儀をしてやった。

「みなが、あなたのことをたずねます」シャーはダンスに合わせて、わたしを引き寄せながら言った。「あの謎の女性はだれだろうって」

「仮面をつけた女ですわ」

「どうして……」シャーは言いかけて、話題を変え、宮廷の行事について話しだした。

あとどれだけいっしょに踊れるだろう？

九時半を告げる鐘が鳴った。あと数時間で、レラは永遠にいなくなる。こんなにシャーのそばにいられることは二度とないだろう。

懸命にこらえていた涙があふれだした。仮面のおかげで、シャーには見られなくてすんだはずなのに、涙は頬を伝って流れ落ちた。

「レラ！　すまなかった！」シャーの声がひどく後悔したふうだったので、わたしは驚いた。

「どうして？　今、何のお話をしてらっしゃったの？　あやまるのはわたしのほうです。あなたのお話を聞いていなかったの。フレルを去らなくてはならないのが、悲しくて」わたしはちょっと笑った。「もう、毎晩舞踏会もないし」

「でも、またいらっしゃれるでしょう？」

「たぶん。でも、同じではありません。幸せだったころには、決してもどれませんから」

「そのとおりです」ダンスが終わった。「外へいきませんか？　音楽が始まるたびに、いっしょに踊らなければいけない女性たちのことを思い出してしまうんです」

わたしたちはお城の庭を散歩した。わたしはそのあいだずっと、時計の鐘の音に耳をすませていた。どのくらいたったのだろう？　あとどれだけ残っているの？

シャーはフレルについて話しはじめた。わたしがいったところをたずね、その場所についてひとつひとつ説明してくれたので、わたしも必要なときは、それなりの返事をした。でも、わたしやシャーがなんて言ったか、繰り返してみるように言われても、できなかったと思う。頭も心も、シャーの声や、組んだ腕の温かさや、ふたりで歩くリズムや、夜の爽やかな空気の香りでいっぱいだったから。一分一分が一年の長さだったらいいのに！　また涙が溢れてきたけれど、ここは真っ暗だから、シャーには見えないだろう。

そのあいだも、時計は容赦なく時を刻んでいった。十時、十時半、十一時、そして十一時半。

「よし」とうとうシャーが言った。「やっと、みんなの前に立てそうだ」

中に入ると、わたしたちはまた踊った。「そろそろ、歌の時間です。さあ、あとは、音楽を愛する人びとに囲まれて称えられるか、そっぽを向かれるかだ」

「称えられますわ」わたしは言った。「それに、わたしは決してそっぽを向いたりしません」

「どうかな。本当のことを知ったら、そっぽを向かれるかもしれない」シャーは深呼吸すると、突然、あらたまった調子になって言った。「そのつもりでなかったにしろ、もしあなたを期待させてしまっていたら、あやまります。わたしは、結婚はしないと決めているのです」

じゃあ、舞踏会はシャーが言いだしたことではないのね。わたしは勝ちどきの声を上げそうになってしまった。「誤解させるようなことなど、何もなさってません。おみやげ話を増やしてくださっただけですわ。みんなに話します。殿下がこんなことをおっしゃって、わたしはこんなふうにお答えしたのよって。母には、わたしは殿下を笑わせたのよ、って言います。わたしたちの王子を笑わせたって。父には、殿下と踊ったのよ、って、一晩なんてほとんどわたし以外のかたとは踊られなかったのよって、言います。『殿下は何をお召しになっていたの？』って妹は知りたがるでしょう。『いつも剣は持っていらっしゃるのか』って、きっと父はききますわ」

シャーは、わたしの腰にまわした手に力を入れた。「結婚は永遠ということになっていますが、友情も永遠になれると思います。どうか……」

そのとき、頭の後ろに何かがふれた。ハティだ。すぐそばでデンビーの伯爵と踊っていたハティが、わたしの仮面をさっとはぎとったのだ。わたしはシャーを突き飛ばして、両手を顔で覆ったけれど、わずかに遅かった。

第二十九章　ガラスの靴

「エラ！」ハティが声をはりあげた。

シャーは息を飲んだ。「エラ？」

わたしはシャーから逃れて、走りだした。それと同時に、時計が真夜中を打ちはじめた。シャーにつかまるのは時間の問題だった。でも、ハティがどうにかしてシャーを引きとめたにちがいない。

外に出ると、馬車の列にまじって、巨大なカボチャがむなしく並んでいた。わたしはそのまま走りつづけた。白ネズミが一匹、さっと前を横切った。どこかで、靴を片方、落としたらしい。それでも、わたしは追手が来ないか耳をすませながら飛ぶように走った。

家に帰れば、マンディがどうすればいいか教えてくれる。でなければ、地下室か馬小屋か、ともかくどこでもいいから隠れればいい。どうして舞踏会なんかにいったんだろう？

シャーとキリア国を危険にさらして！

「マンディ！」わたしは屋敷に着くなり、叫んだ。召使いが驚いてわたしを見ていた。わたしは台所に駆けこんだ。「またシャーを危険な目に遭わせてしまった、キリア国まで！　どうしよう？」

「荷物をまとめなさい」わたしが大急ぎで説明すると、マンディはすぐにどういうことか理解して言った。

「どこへいけばいい？」

「わたしがいっしょにいきます。料理人の仕事を探せばいい。早く！」

「魔法で荷造りできないの？」前にもやったことがあるはず。ほんの小さな魔法なのだ。

「こんなときには、小さな魔法なんてないんです。さあ！」

　まったく、妖精っていうのは！　わたしは部屋へ駆けこむと、旅行カバンにどんどん荷物を投げこんだ。持ち物なんてたいしてない。一分足らずで終わる。ところがそのとき、下でドアの開く音が聞こえた。声がする。もう逃げられない。わたしは舞踏会のドレスを大急ぎでぬぎ捨てると、ボロボロの召使いの服を頭からかぶった。そして、すすだらけのスカートを顔にこすりつけ、みすぼらしい亜麻布で髪をすっぽりと覆った。

　ナンシーがドアのところに来た。「王子さまだよ！　屋敷の者全員に会いたいとおっしゃってる」

　わたしは凍りついた。

　ナンシーは、ぎこちなく笑った。「別に取って食われるわけじゃあるまいし。少なくともそう信じたいね。さあ、来て」

　わたしはナンシーについていった。心臓の音だけが大きく響いている。もう何も考えられない。

シャーは広間に立っていた。騎士たちと、屋敷中の者たちがいる。こんなときだというのに、わたしはシャーに、ボロを着た灰だらけの姿を見られたくないと思った。

わたしは、いちばん背の高い使用人の影に隠れて立った。けれどもシャーと騎士たちは、わたしたちが立っているところまで入ってきた。頭の弱い召使いという役まわりを精いっぱい演じることにして、わたしはこぶしをしゃぶって、間の抜けたようすであたりをきょろきょろ見まわした。

でも、サー・スティーヴンがわたしを見つけた。「ここにいます！　さあ、こちらへきなさい」サー・スティーヴンはわたしの手をとって、シャーのほうへ連れていった。

「エラ！　エラか？　どうしてそんなかっこうをしているんだ？」

「殿下、わたしは……」わたしが、そんな名前じゃありませんと言おうとすると、ハティが横から言った。

「この子は灰かぶり《シンデレラ》です、皿洗いの。そんなことより、せっかくいらしたんですから、何か召しあがっていきませんか？」

「皿洗いなのか？」

「ええ、そうです。ただのつまらない皿洗いですわ。でも、うちの料理人のマンディが焼くケーキは、きっと殿下のお口にも合いますわ」

ドアまではそんなにない。でも、サー・スティーヴンは、まだしっかりわたしの手をつかんでいる。振りほどこうとしたけれど、無駄だった。

「娘よ」シャーはわたしに向かって言った。「あなたを傷つけるようなことはしない。何があっても」シャーはわたしのあごに手をあてて、自分のほうに向かせた。わたしはその手を掴んでキスをしたい衝動にかられた。

ふれ合ったとたん、シャーがわたしだと確信したのがわかった。シャーはマントの下からわたしの靴を取りだした。「これはエラのものだ。彼女の足にしか合わない。彼女が、たとえ皿洗いだろうと公爵夫人だろうと」

椅子が運ばれてきた。ああ、わたしの足がふつうの大きさだったらよかったのに！

「これはわたしの靴ですわ」ハティが言った。「何年も前になくしたものです」

「お姉さまの足じゃ大きすぎるわ」オリーヴが口をすべらせた。

「なら、試してごらんなさい」シャーはハティに言った。

「しょっちゅう脱げてしまうから、なくしたんですのよ」ハティは座って、自分の靴を脱いだ。いつもの臭いがぷうんと漂う。ハティはつま先さえ、押しこむことができなかった。

「わたしはハティより若いわ」オリーヴが言った。「だから足も小さいはずよ。たぶん」

それでも大きすぎた。

次はわたしの番だった。

シャーは靴を持ってひざまずいた。わたしが足を伸ばすと、シャーが靴をはかせた。靴はぴったり合った。あたりまえだ。ああ、どうすればいいの？

シャーはわたしの顔をのぞきこんだ。わたしがおびえているのがわかったにちがいない。

「いやなら、無理にエラになる必要はない」シャーは小声で言った。

なんてやさしい人なのだろう。

「ええ、ちがうんです」わたしは言った。が、抑えきれずに涙がどっと溢れだした。

シャーの顔に希望の色が浮かんだ。「あんな手紙！　あれは見せかけだ」シャーはハティをにらみつけた。それからわたしに、探るような表情を向けた。「ぼくを愛している？」シャーは相変わらずやさしい口調でたずねた。「答えて」

命令だ。「ええ」わたしは泣きながら、ほほえんだ。どうやって、もう一度彼のことをあきらめればいいの？

シャーは嬉しさに小躍りした。そして高らかに言った。「なら、ぼくと結婚するんだ」

また命令。わたしはうなずき、泣きつづけた。

いつの間にかシャーと手をとり合っていた。

「結婚してはだめよ、エラ」ハティは思わず口をすべらせて、わたしの名前を言ってしまった。

わたしは手を引っこめた。「結婚できません」ハティがわたしたちを救ってくれることになるかもしれない。

「ハティ、バカなことを言うんじゃありませんよ」オルガママがぴしゃりと言った。「王妃の義理の姉になって、なんでも好きなものをいただけばいいじゃないの」そして、にっこりわたしに向かってほほえんだ。「殿下はあなたと結婚したいと言ってくださっているのよ、かわいいエラ」

すでに始まっている。呪いは、ハティとオルガママに望むだけの高い地位と、オリーヴに際限ない富を与えつづけるだろう。

シャーは喜びに満ちた目でわたしを見つめている。わたしも、シャーを愛している。わたしはシャーの喜びのもとなのだ。でもそれと同時に、破滅のもとになってしまう。敵の手に秘密が届けられたら最後、わたしはこの手で密書をしたため、秘密の合図を送り、シャーのグラスに毒を盛り、胸に短剣を突き刺し、欄干から突き落としてしまう。

「結婚して、エラ」シャーはもう一度言った。命令はささやきになった。「結婚すると言うんだ」

ほかの人なら、「はい」とも「いいえ」とも答えられる。これは、君主としての命令ではない。たぶんシャーは、自分が君主として命令しているなんて思ってもいないだろう。

けれど、わたしは従わなければならない――従いたい――でもシャーを危ない目に遭わせるわけにはいかない――でも結婚したい。わたしは、彼と国を滅ぼすだろう。シャーもキリアも、危険にさらされる。だれも救うことはできない。国中が不幸な運命を背負う。国中が呪われる。

シャーのように大切な人を傷つけることなんてできない。失うことなんてできない。裏切ることなんてできない。結婚することなんてできない。殺すことなんてできない。従うことはできない。

言葉がせりあがってきて、口にあふれ、唇を押し開けた。はい、結婚します。ええ、愛してるわ。はい！はい！はい！

言葉を飲みこみ、引きもどそうとする。のどが引き裂かれる。声にならない声が口から飛び出したけれど、言葉ではなかった。承諾ではなかった。

シャーがわたしの肩に手をかけた。わたしのようすを見て、心配になったにちがいない。でも、シャーの顔を見ることはできなかった。わたしの目は外でなく自分の内面へ、戦いが行われている場所へ、向けられていた。

ルシンダの声が聞こえる。「エラへの贈り物は従順です。エラはどんな命令にも必ず従うでしょう」誕生日のケーキを食べなさいと言っているマンディが見えた。シィーふがわたしをにらみつけている姿が浮かび、「これの場合、わざわざおれたちの力を使う必要もないんだ。そうしろって命令すりゃ、自分から料理されるんだから」と言うのを聞いた。わたしは、オリーヴがわたしのお金を数えているのを、オルガママが中庭のタイルをみがいているわたしを見おろしているのを、ハティがお母さまの首飾りをつけているのを見た。

わたしはケーキを食べ、トニックを飲み、首飾りをあきらめ、継母にこき使われ、オリーヴにすべてを吸いつくされた。みんな、わたしから自分のほしいものを何もかも奪った。でも、シャーだけは奪わせない。絶対に。決して。

従順になりなさい。結婚しなさい。はいと言いなさい。はいと言いなさい。はいと言いなさい。

涙が頬をひりひりと焼き、噛んだ舌から血とにがい汁が溢れ、塩辛く、酸っぱく、甘い味が口を満たした。こらえきれずに口を開く。承諾が勝った。従順が勝ったのだ。

でも、わたしは手で口を押さつけた。わたしの「はい」はまだ生みだされてはいない。

お母さまのお葬式のときのシャーを思い出す。わたしが泣いているあいだじっと待って、いっしょに悲しんでくれたシャーを。動物園での約束も思い出した。「すぐにセントールを一頭捕まえて、プレゼントするよ」シィーふの足首をしばっているシャーの姿が浮かんできた。階段の手すりをすべりおりたあと、ボタンのない上着をひらひらさせながら、お父さまにお辞儀をしたシャーの姿も。舞踏会を、息子を見て顔を輝かせているジェロルド王を、キリアの希望と未来のことを、考える。

はいと答えて、楽になるのよ。はいと答えて、生きなさい。従いなさい。結婚しなさい。

わたしは椅子に座ったまま揺れだした。前へいくと、言葉が飛びだしそうになり、後ろへいくと、引きもどされる。どんどんはやく、もっともっとはやく。椅子の足がタイルにガツンガツンとあたる音が、耳の中で鳴り響いた。結婚しなさい。しないわ。結婚するんだ。いいえ、いやよ。

それから、すべての感覚が失われた。わたしは揺れつづけ、泣きつづけた。けれども、わたしの思考は内へ内へともぐりこみ、胸の奥深くの一点に集中した。そこには、たったひとつの真実があった。わたしはシャーを救わなければならない。わたしはその場所にとどまった。安全で、守られた場所に。そして、力を得た。これまでとくらべものにならない力を、ルシンダの呪いがなければ必要とすることのなかった意思と決断力を、どうしても手に入れたいものがあって初めて得られる不屈の精神を。そして次の瞬間、言葉が飛びだした。

「いいえ」わたしは叫んだ。「あなたとは結婚しません。絶対にしないわ。だれもわたしを無理やり結婚させることはできない!」わたしはごくりとつばを飲みこみ、汚れたそでで口をぬぐった。そして、さっと立ちあがった。もうわたしはだれにも屈しない。

「だれが無理やり結婚させるんだ?」シャーはショックを受けた声で言った。

「だれかなんて関係ない。わたしはしない。結婚しない! だれにも無理強いできないわ。だれにもできない。わたしはあなたとは結婚しないわ」

オリーヴが言った。「エラは結婚するわ。そう命じればいいのよ。逆らえないんだから」オリーヴはけらけら笑った。「殿下と結婚して、わたしにお金をちょうだい!」

「いやよ! わたしに命令するのはやめて!」わたしはすっかり勇気を得て、叫びつづけた。旗を振りかざして行進したい気分だった。もうシャーがわたしのせいで死ぬことはない。シャーは生きる。生きて、ますます幸せになる。

「エラは無理に結婚する必要はない」シャーは言った。

「黙って、オリーヴ」ハティが言った。

「エラ、部屋にもどりなさい、殿下はもうあなたに用はないわ」

「用はある、大切な用が」

「黙って、ハティ！」わたしは勝利に酔いしれて言った。「部屋になんかもどらないわ。みんなちゃんと聞いてちょうだい。わたしは王子とは結婚しないわ」わたしは外へ通じるドアに向かって走っていくと、ドアを開けて、夜に向かって叫んだ。「わたしは王子とは結婚しない」そして、駆けもどって、シャーの胸に飛びこんで首に腕をまわした。

「わたしはあなたとは結婚しないわ」シャーの頬にキスをする。もうシャーがわたしのせいで危険な目に遭うことはないんだから。

シャーはわたしの顔を自分のほうへ向けると、唇にキスをした。キスは全身をかけぬけ、わたしはうれしさに身を震わせながらシャーにしがみついた。

後ろで、ハティがキイキイ声で叫んでいる。「今すぐ、部屋へもどりなさい。命令します」

わたしは無視した。けれど、シャーはわたしの腕をほどいた。

「どうしてぼくと結婚しないんだ？　ぼくを愛しているのなら……」

「わたしは呪われているの。もしあなたの妻になったら、あなたを危険な目に遭わせることになる」わたし、今、なんて言った？　八歳のときから、だれにも呪いのことを話さずにきた。お母さまに禁止されたから。だれかわたしに言えと命じた？

ううん、だれも命じていない。じゃあ、なぜ……。

ああもう、わからない。

わたしはシャーとは結婚しない。これはたしかだ。シャーはすてきだった。キスのあとの笑顔も、今の面くらった顔も。わたしのすすが、鼻についてしまっている。わたしはすすをぬぐいとった。シャーを救ったことで、ますますふたりの絆が強くなったように感じられた。

結婚を断ったということは、呪いが破られたということなの？　本当に？　わたしはつくづくと自分を見つめなおした。こんな気持ちは初めてだった。ひとまわり大きく、満ちたりて、完全になったように感じる。もう、従おうとする衝動と、従いたくないという気持ちと、ふたつのあいだに引き裂かれることもない。そう、大きくなったけれど、同時に軽くなっていた。そう、ずっと身軽に……重荷は取りのぞかれたから。大きな重荷が。

わたしは、シャーの命令だけでなくオリーヴの命令にも従わなかった。ハティは部屋へもどれと言ったけれど、わたしはまだここにいる。わたしは秘密を話した。でも、めまいもしないし、どこも痛まない。

「自由になったんですよ。呪いは終わったんです」マンディが横にきて、わたしを抱きしめた。「殿下を救ったとき、自分自身も救ったんです。わたしは、心底、誇りに思いますよ。叫びだしたいくらいです！」

わたしは自分で呪いを打ち破ったのだ。その意思と力を手にするためには、それだけの理由が、それだけの愛が必要だった。オグルから逃れたいというだけではじゅうぶんではなかった。ザフルふを助けたいというだけでも足りなかった。あのときは味方になってくれる守衛たちがいたからかもしれない。オルガママにこき使われるのでもだめだった。でも、キリア国ならじゅうぶんだった。シャーならじゅうぶんだった。

これで終わった。永遠に終わったのだ。わたしは生まれ変わった。

エラ。ただのエラ。奴隷のエラではない。皿洗いではない。レラでもない。エレノアでもない。エラ。わたし自身。かけがえのないわたし自身。

わたしは髪を覆っていたボロきれをさっと取った。それからシャーにお辞儀をした。

「さっき結婚を申しこまれたときは、まだ結婚するには若すぎたの」シャーを見あげると、笑いが広がりはじめていた。「今は年をとって、結婚できるだけじゃなくて、どうか結婚してくださいってお願いできるようになったわ」わたしはひざまずいて、シャーの手をとろうとした。

でも、シャーはわたしをひざまずかせなかった。わたしを引っぱりあげて、またキスをした。

きっとこれはイエスってことね。

エピローグ

一か月後にわたしたちは結婚した。わたしは、この一年で初めての新しいドレスを着て、ハティから取り返したお母さまの首飾りをつけた。うそをついた理由を説明すると、ジェロルド王とダリア王妃も喜んでわたしを王室に迎え入れてくれた。

義理の家族たちは、結婚式には招待されなかった。フレルの町の人びとと街頭で祝うことになる。まあ、祝いたいならだけど。お父さまは招かれたけれど、旅に出ていたので、招待状を受け取ったのは、式が終わったあとだった。

アレイダはもちろん来てくれた。わたしたちは友情を新たにし、しょっちゅう行き来しようと誓って、それを実行した。

人間以外の者たちも、オグル以外は、みんな式に出席した。スラネンは、アーグレンの作った新しい作品をプレゼントしてくれた。木を抱いたエルフの子どもの像だった。ザハタふとザフルふも来た。ザフルふはまだよちよち歩きだった。ノームは人間より成長が遅いのだ。うああくすも来て、唯一の動物の参列者であるアップルが、宮廷の大広間を走りまわらないように面倒を見てくれた。

招待はしなかったけど、やっぱりルシンダも来た。贈り物を持って。

「けっこうです」シャーとわたしは声をそろえて言った。

「リスになったときのことを忘れるんじゃないよ」マンディが言う。

けれども贈り物は、お父さまだったら妖精の戯れとでも呼びそうなものだった。わたしの親指のつめほどもない小さな箱で、中に入れるものの大きさに応じて自在に伸び縮みするのだ。すばらしく便利で、これっぽっちも害はなかった。わたしたちが心をこめてお礼を言うと、ルシンダは喜びで顔を輝かせた。

やがてハティもわたしたちの結婚をしぶしぶ受け入れ、わたしたちとの関係をできるかぎり利用するようになった。ハティは一生結婚しなかったけれど、なんとオリーヴはした。相手はとてもおしゃべりで、奥さんに先立たれていた。身じろぎもせずに話を聞いてくれるオリーヴに、すっかりまいってしまったらしい。オリーヴが頼むと、自分の手がらや、敵のことや、あらゆることに関する自分の意見を話して聞かせた。オリーヴが結婚に乗り気ではなかったので、その人は承諾をもらうかわりに、毎日20KJを支払い、毎食ホワイトケーキをつけることを約束した。

お父さまとオルガママは遠く離れたまま、愛し合いつづけた。お父さまは、わたしの結婚後、王室の後押しを受けて再び成功した。シャーはつねに目を光らせ、必要なときはあいだに入って、お父さまや、ときにはお父さまにだまされてひどい目に遭った人を助けた。

マンディは料理人兼わたしたちの子どもの名づけ親として、そして密かな小さい魔法の使い手として、わたしたちを寒さや、陶器のかけらや、王室のもろもろの面倒ごとから守ってくれた。ナンシーも宮殿に住み、召使いたちの指揮を取った。そのなかには、階段の手すりを、君主がすべれるようにピカピカにみがく仕事をまかされている者たちもいた。

わたしは王妃になるのは断った。代わりに、宮廷付きの言語学者兼料理人手伝いの称号をもらった。それから、シャーが旅に出るときに、宮殿に残ることもしなかった。そして、旅先で見聞きした言語や方言をすべて学んだ。子どもたちを残してきたときは、魔法の本が子どもたちのようすを伝えてくれた。

呪いのあとでは、ものごとを決めるのはこのうえない喜びとなった。「はい」と「いいえ」を自由に言えるのは最高だったし、特に断るときにはうれしくてしょうがなかった。わたしのあまのじゃくぶりはシャーを笑わせ、わたしはシャーの善良さを愛しつづけた。

こうして笑いと愛に満ち、わたしたちはいつまでも幸せに暮らした。

【改訳版】訳者あとがき

今回、『魔法にかけられたエラ』が世に出ることができたのは、クラウドファンディングで資金協力してくださった読者の方々のおかげです。この作品は、一九九七年にアメリカで出版、二〇〇〇年に『さよなら、「いい子」の魔法』としてサンマーク出版から刊行されました。当時のあとがきに、わたしはこう書いています。

従順という呪いをかけられながら、明るさとユーモアを失わず、自分の意思を押し通そうとするエラは、おとぎばなしのお姫さまというより「自分らしくあること」がますますむずかしくなっている今の時代のヒロインだと思います。

それから二十年近くたった今、状況は変わったでしょうか。例えば、二〇一三年の『アナと雪の女王』では、ついに王子に頼らないプリンセスが登場し、主題歌の『レット・イット・ゴー』は大ヒットしました。けれど、「ありのままで」いいという歌がこれだけの共感を得るということは、裏返せば、実際にはありのままでいること、「自分らしくあること」がまだまだむずかしいからではないでしょうか。だからこそ、今再び、「自分らしくあること」を貫こうとするエラの物語が注目を集めるのかもしれません。

このように時代を超えて読み継がれるのは、ファンタジーの力だと思います。一見、現実世界とはなんの関わりもないように思える物語だからこそ、時代によって、読む人の年齢や状況によって、さまざまな解釈が可能なのです。若いころはエルフや妖精に憧れた読者も、もしかしたら次は、地に足のついた生活をしている巨人たちに魅力を感じるかもしれません。エラの苦悩に思春期を重ね合わせる読者もいれば、ジェンダーの問題を彷彿する読者もいるでしょう。

そしてシンプルに、セントールやオグルやノームのいる世界を、魔法に満ちあふれたファンタジーの世界を楽しんでいただければ、訳者としてそれほどうれしいことはありません。どうかこの物語が長く読み継がれますように。

最後に、この作品が再び世に出ることに尽力してくださったサウザンブックスの古賀一孝さんと伊皿子りり子さん、そしてクラウドファンディングに協力してくださった読者の皆さんに心からの感謝を捧げたいと思います。

二〇一六年十一月　　三辺律子

著者略歴

Gail Carson Levine（ゲイル・カーソン・レヴィン）

1947年、米国ニューヨーク市生まれ。YA作家。ニューヨーク・シティ・カレッジで哲学を専攻後はニューヨーク州の福祉庁に勤める。ザ・ニュー・スクールで執筆コースを修了後、1997年に『Ella Enchanted』でデビュー。1998年、同書でニューベリー賞のオナー賞を受賞。著書に『Dave at Night』、『The Wish』、『The Two Princesses of Bamarre』、『Fairy Haven and the Quest for the Wand（『ラニーと魔法の杖』柏葉幸子訳)』、『A Tale of Two Castles』、『Stolen Magic』など多数。

訳者略歴

三辺律子（さんべ・りつこ）

英米文学翻訳家。白百合女子大学、フェリス女学院大学講師。主な訳書に『龍のすむ家』シリーズ（クリス・ダレーシー著)、『モンタギューおじさんの怖い話』（クリス・プリーストリー著)、『ジャングル・ブック』『少年キム』（ラドヤード・キプリング著)、『マザーランドの月』（サリー・ガードナー著)、『エレナーとパーク』（レインボー・ローウェル著)、『世界を７で数えたら』（ホリー・ゴールドバーグ・スローン）など。共著に『今すぐ読みたい！ 10代のためのYAブックガイド150』、『子どもの本 ハンドブック』ほか。翻訳家・金原瑞人氏とともに海外小説を紹介するフリーペーパー『BOOKMARK』監修。

魔法にかけられたエラ

2016年12月23日　初版発行
2018年 4月24日　第二版発行
2024年 4月23日　第二版第三刷発行

著　　者　ゲイル・カーソン・レヴィン
訳　　者　三辺律子

発 行 者　古賀一孝
発 行 所　株式会社サウザンブックス社
〒151-0053
東京都渋谷区代々木2丁目23-1
http://thousandsofbooks.jp
装　　幀　オザワミカ
本 文 DTP　ダブリューデザイン
印 刷 製 本　欧文印刷株式会社

Special Thanks　越前敏弥、小山内未来、八角冬子、山﨑美紀、渡辺果奈子

ISBN978-4-909125-00-2 C0097